문우영 신무협 장편소설
ORIENTAL FANTASY STORY & ADVENTURE

악공전기(樂工傳記) 9
주악천인(奏樂天人)

초판 1쇄 인쇄 / 2009년 1월 23일
초판 1쇄 발행 / 2009년 2월 2일

지은이 / 문우영

발행인 / 오영배
편집장 / 김경인
펴낸 곳 / (주)삼양출판사 · 드림북스

주소 / 서울특별시 강북구 미아8동 322-10호
대표 전화 / 02-980-2112~4 팩스 / 02-983-0660
편집부 전화 / 02-980-2116 팩스 / 02-983-8201
홈페이지 / www.sydreambooks.com

등록번호 / 제9-00046호
등록일자 / 1999년 3월 11일

ⓒ 문우영, 2009

값 8,000원

(주)삼양출판사 · 드림북스의 서면 허락 없이는 어떠한
형태나 수단으로도 이 책의 내용을 이용하지 못합니다.

ISBN 978-89-542-3031-5 04810
ISBN 978-89-542-2584-7 (세트)

* 지은이와 협의하에 인지는 생략합니다.
* 잘못된 책은 구입한 곳에서 바꾸어 드립니다.

문우영 신무협 장편 소설

ORIENTAL FANTASY STORY & ADVENTURE

樂土傳記

악공전기

9

주악천인

목차

제1장 태산압정(泰山壓頂) • 007

제2장 망자(亡者)의 귀환(歸還) • 041

제3장 천무곡(天武谷)의 주인 • 081

제4장 하늘의 음악, 땅의 음악 • 111

제5장 식음가(識音家)는 천하에 가득하다 • 149

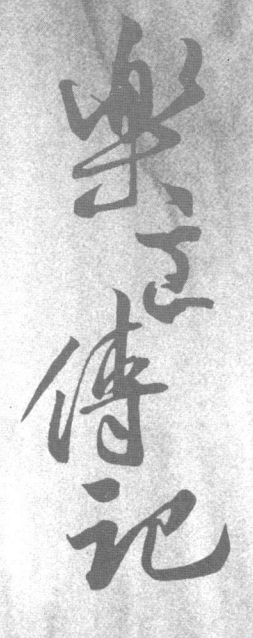

제6장 천마협(天魔俠)이 돌아온다! • 181

제7장 식음가의 원수 • 211

제8장 결전(決戰)의 날 • 245

제9장 함정 속의 함정 • 275

제10장 각주구검(刻舟求劍) • 303

제1장
태산압정(泰山壓頂)

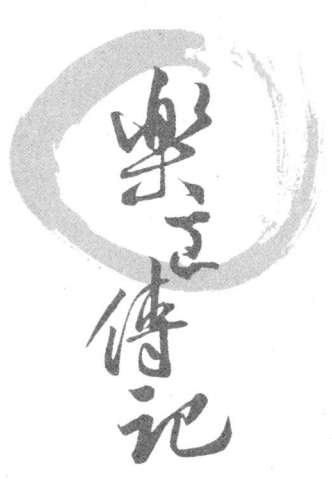

태화산(太和山), 삼상산(蔘上山), 선실(仙室), 태악(太岳).

명칭은 다르지만 모두 호북의 명산 무당산을 일컫는 이름들이다.

무당산은 도가의 한 종파인 무당도(武當道)의 산실로 주봉인 천주봉(天柱峰)을 비롯한 72개 봉우리 곳곳에 수를 헤아릴 수 없는 숫자의 도관이 자리를 잡고 있다.

선실이라는 이름에 걸맞게 그 많은 도관에서 무수히 많은 도사들이 오늘도 선인지로(仙人之路)에 들기 위해 뼈를 깎는 수행을 하고 있다.

무당산이 도가의 성지로써 지니는 중요성에도 불구하고 세간에서는 무당산 하면 대개 무당파를 떠올리기 마련이다.
 그러나 오랫동안 무림의 태산북두로 자리매김해온 무당파의 위용은 예전 같지 않았다. 일 대 일 비무로 승부를 가렸던 화산파와 달리, 무당파는 진무궁과의 싸움에 너무 많은 것을 걸었던 탓이다.
 여기저기 부서지고 불에 탄 건물이 남아 있는 무당파 안쪽에 두 사람이 나란히 마주 앉아 심각한 표정으로 차를 마시고 있다.
 장량진인의 뒤를 이은 젊은 장문인 장요진인(暲耀眞人)과 괴협오선의 일원인 서산일굴 자허다. 두 사람의 배분을 따지자면 나이 차이가 아주 많은 사숙과 사질의 관계였다.
 장요진인과 서산일굴은 갑자기 날아든 소식, 석도명이 악소천과 싸우기 위해 달려오고 있다는 소문을 두고 대화를 나누는 중이었다.
 "사숙께서는 혹시 이런 일이 있을 것을 예측하고 계셨던 겁니까?"
 장요진인이 물었다.
 서산일굴이 씁쓸하게 웃었다.
 "허허, 내가 멀리 백두산에서 황급히 달려왔다는 사실을 잊었더냐? 나는 제천대주인지 뭔지 하는 자가 있었다는 것도 몰랐구나."
 "허면……."

장요진인이 의아한 표정을 지었다.

장요진인은 무림맹이 4,000여 명의 병력을 끌어 모아 진무궁에 도전했던 개화나루의 싸움에 대해 묻고 있었다.

그날 일에 대해서는 아직도 뒷말이 분분한 상태였다.

장요진인도 죽을 각오로 나선 싸움에서 칼 한 번 뽑아보지 못하고 돌아서야 했던 아쉬움이 쉽게 떨쳐지지 않았다. 고작 사마중과 악소천의 비무로 승부를 가릴 거였으면 뭐 하러 진무궁보다 4배나 많은 숫자를 모았더란 말인가?

자존심을 굽히고 사마세가의 이름만 십대문파 앞에 놓아주고는 아무것도 얻지 못한 셈이었다.

사실 당시 현장에서는 사마중의 패배를 깨끗이 받아들이고 무림맹을 해체하자는 의견과 죽을 때까지 싸워보자는 의견이 팽팽하게 대립했었다. 진무궁에 원한이 깊은 무당파의 입장은 당연히 후자였다.

그때 서산일굴이 뜻밖에도 사마중의 손을 들어줬다. 게다가 괴협오선이 전부 서산일굴을 따르는 바람에 십대문파는 사마중에게 변변한 책임추궁도 못해 보고 백기를 들어야 했다. 전부가 덤벼도 될까 말까 한 판에 자중지란을 일으킨 상태로 진무궁과 싸울 도리가 없질 않은가?

장요진인이 그 자리에서 서산일굴로부터 들은 것이라곤 '그럴 만한 까닭이 있다'는 모호한 말이었다.

그런데 풀리지 않는 의문을 안고서 무당산으로 돌아오자마자 석도명이 사광 현신으로 부활해 진무궁으로 가고 있다는 소문이 들려온 것이다. 마치 누군가가 미리 각본을 짜놓기라도 한 것처럼.

장요진인은 서산일굴이 석도명의 존재를 염두에 두고 있었던 게 아닐까 하는 일말의 기대감으로 물어본 것인데, 돌아온 대답은 그게 아니었다. 그러면 대체 '그럴 말한 까닭'이란 무엇이란 말인가?

서산일굴이 장요진인의 질문을 알아듣고는 천천히 입을 열었다.

어차피 무당산에 도착한 다음에는 장문인과 진지하게 상의를 하려던 일이기도 했다.

"50여 년 전…… 천마협을 이끌던 자들은 스스로를 사대신룡(四大神龍)이라고 칭했다."

"예, 알고 있습니다. 지금까지도 적룡(赤龍), 청룡(靑龍), 흑룡(黑龍), 백룡(白龍)으로만 알려져 있을 뿐이지요."

장요진인은 서산일굴이 갑자기 천마협의 일을 꺼내자 다시 의아한 표정을 지었다.

워낙에 갑자기 나타났다가 사라진 탓에 천마협의 실체는 아직까지도 안개에 가려져 있었다. 그저 알려진 것이라고는 그들이 구사하는 패도적인 마공과 천마협을 이끌던 4명의 절정고수, 사신룡의 존재 정도였다.

천마협에는 무주(武主)라고 불리는 수장 자리가 있었던 것으로 알려졌지만 실질적으로 천마협을 이끈 것은 사신룡이었다. 무주조차도 결국은 사신룡 가운데 한 명이 맡고 있는 게 아니냐는 추측이 정설로 굳어질 정도였다.

4명의 마신 또는 마황(魔皇)으로 불릴 정도의 강자였지만, 사신룡은 결국 사마세가의 오행금쇄진 안에서 비참한 최후를 맞아야 했다. 사마세가가 퍼부은 화공에 시신조차 제대로 남기지 못한 채.

그렇게 사라진 자들의 이야기를 이제 와서 왜 다시 꺼내는 것일까?

이런저런 생각으로 복잡한 장요진인의 머릿속으로 서산일굴의 음성이 들려왔다.

"사신룡이 오행금쇄진에서 최후를 맞았다는 이야기를 믿지 말거라. 무당의 장문인이라면 더더구나 그래서는 안 되는 게야."

"사숙······."

장요진인은 너무 놀라서 말을 잇지 못했다. 서산일굴이 말을 이어갔다.

"다들 쉬쉬하고 있는 이야기지만······ 그때 양곡에서 사마세가가 펼친 오행금쇄진은 완전한 게 아니었다. 천마협이 새외에서 이끌고 온 무사들과 또 사파에서 달려온 자들이 너무 많았기 때문이야. 당시 사마세가는 그 정도 규모의 진법을 혼자서 펼칠 힘이 부족했지. 결국 무당과 소림, 화산이 한 축씩을 거들어야 했고."

"십대문파가 양곡대전에서 사마세가의 공적을 폄하하는 것도 사실은 그 때문이지 않습니까. 사마세가 혼자서 이긴 게 아니라고……."

"하지만 십대문파도 제 역할을 다 하지는 못했구나. 막판에 사마세가가 화공을 펼치고 있는 와중에 갑자기 돌개바람이 들이치는 바람에 불길이 마른 들판을 태우며 사방으로 번졌지. 십대문파의 제자들 가운데 일부가 불길을 피하느라 소란을 피우는 틈을 이용해 외곽에서 사파의 고수들이 배후를 치고 들어왔고……, 그 바람에 오행금쇄진이 허물어진 게야."

"예……."

양곡대전 이후에 무당파에 입문한 장요진인으로서는 처음 듣는 이야기였다.

하지만 장요진인이 진짜로 놀라야 할 일은 따로 있었다.

"그때…… 사파가 배후를 찌른 곳이 하필이면 무당파가 지키고 있던 자리였더란 말이지."

"사, 사숙……."

장요진인의 놀람과 상관없이 서산일굴은 담담히 말을 계속했다.

"우리는 그때 눈앞에서 천마협의 사람들이 사라지는 것을 보고 있어야 했지. 사방이 불바다인데다 사파에 포위까지 당한 상태였으니까. 그때 무당파가 놓친 자들이 적게 잡아도 일, 이백은 될 게야."

"하지만 고작 일, 이백입니다. 양곡대전에서 살아 돌아간 사파의 무사들이 수천 명을 헤아리는데 천마협의 잔당을 조금 놓친 게 대수겠습니까?"

장요진인이 힘주어 말했다.

겨우 그 만한 일을 무당파의 치욕으로 삼고 싶지는 않았다.

하지만 서산일굴의 반응은 이번에도 장요진인의 예상을 벗어났다.

"다들 그렇게 생각했지. 조무래기 몇 놈이 운 좋게 살아난 것뿐이라고. 하지만…… 내 눈에는 그렇게 보이지 않더구나. 그들에게 길을 열어주기 위해서 천마협의 무사들은 불길을 마다하지 않고 뛰어들었지. 달아나는 자들도 뒤를 돌아보지 않았고. 그게 무슨 의미겠더냐?"

"자기 목숨을 구하기에 급급해서 그런 거 아니겠습니까?"

"내 생각은 좀 다르다. 한쪽은 누군가를 반드시 살려야 했고, 다른 쪽은 반드시 살아야 할 이유가 있었던 건 아닐까?"

"설마……."

"지금껏 증명된 건 하나도 없다. 그러나 천마협이 훗날을 기약하기 위해서 꼭 필요한 인물이 그 가운데 있었던 게 아닐까 하는 생각을 나는 지금껏 떨치지 못하고 있구나. 물론 내 짐작에 동조하는 사람은 그때도 별로 없었다만……."

장요진인이 고개를 끄덕였다.

서산일굴이 양곡대전이 끝난 뒤에도 무당산으로 돌아오지

않고 천하를 떠돈 이유를 조금은 알 것 같았다. 아무도 보려고 하지 않는 것을 혼자서 목소리 높여 주장하다가 끝내 사문에서 겉도는 존재가 됐으리라.

"그러면 사숙께서는 천마협이 어딘가에 숨어서 옛 세력을 복구했을 거라고 보시는 겁니까? 그게 개화나루의 싸움을 멈추게 하신 이유이고……."

"크흠……. 그건 여전히 알 수 없는 일이다. 솔직히 나는 진무궁이 사방천군을 내세워 십대문파를 무릎 꿇렸다는 이야기를 듣고서는 사신룡이 되돌아온 줄 알았다. 그래서 백두산에서 허겁지겁 달려왔지. 하지만 내 눈으로 확인한 사방천군의 무공은 천마협의 것이 아니었어. 진무궁주의 검술 또한 선기(仙氣)가 가득했고……."

"……."

장요진인이 말없이 서산일굴을 응시했다.

자신이 혼란스러운 것 못지않게 서산일굴 또한 혼란스러운 모양이었다. 그가 어떤 결론에 도달할지 끝까지 듣지 않고서는 알 수가 없었다.

"나는 천마협 때문에 평생을 안개 속에서 살았지만…… 지금은 그보다 더한 혼란에 빠진 기분이다. 천마협의 행방과 진무궁의 실체에 더해 사마세가의 속셈까지 의문스러우니 말이다. 이렇게 한 치 앞도 볼 수 없는 상황에서 무조건 눈앞의 적만 보고 달려드는 건 어리석기 짝이 없는 일이지. 싸움에서는 기선제압이 중요하다고 한다만, 안개 속에서는 먼저 날뛰는 자가 당하기 마련이니까."

"하지만 상황이 불투명하다고 납작 엎드려 있기만 해서야 뭐가 달라지겠습니까? 더구나 결과적으로 사마 가주가 진무궁주와의 싸움에서 지는 바람에 무림맹은 해체되고 천하가 진무궁의 손아귀에 들어갔습니다. 말이 좋아서 '강자와 약자가 공존하는 세상'이지 결국은 정사를 불문하고 전 강호가 진무궁의 발아래에 무릎을 꿇은 셈인데 말입니다. 저는 지금도 사마세가가 누굴 위해서 그런 결단을 내렸는지 의심스럽습니다."

"허허, 사마세가가 의심스럽다는 데는 동의한다만, 사마 가주의 선택은 나쁘지 않았다고 생각한다. 진무궁주의 무공이 이미 인간의 경지를 넘어섰으니 우리가 죽을 각오로 싸웠어도 이기기는 어려웠을 게다. 양쪽이 만신창이가 된 상태로 그날 싸움이 끝났더라면 뭐가 남았겠느냐? 아직도 건재한 사파의 무리들……, 그리고 어디선가 복수의 칼을 갈고 있을지도 모를 천마협……. 그들의 세상이 열릴 수도 있었겠지."

"하아, 참으로 갈피를 잡을 수가 없는 형국입니다. 헌데 사숙의 말씀대로 정말로 사마세가가 의심스럽지 않습니까? 혹시 진무궁과 은밀히 손을 잡은 게 아닐까 하는 생각을 하는 이들이 꽤 있는 것 같습니다만."

장요진인이 화제를 사마세가 쪽으로 돌렸.

무림맹과 진무궁이 이전투구를 벌일 경우 사파가 어부지리를 취할 것이라는 점은 일찍이 사마중이 지적한 대목이다. 거기에 더해 서산일굴의 우려대로 천마협이 어디선가 권토중래(捲土重來)를 꿈꾸고 있다면 확실히 개화나루에서 전면전을 피한 게 나쁜 결정은 아닐 듯했다.

그렇다고는 해도 십대문파가 자존심을 접고 도움을 청했던 사마세가가 판을 멋대로 바꿔버렸다는 사실은 여전히 불쾌했다.

"허허, 양곡대전으로부터 세월이 많이 흐르기는 흘렀나 보구나. 사마세가에 대해 제대로 알고 있는 이들이 별로 남지 않은 것을 보니."

"사마세가를 제대로 알다니요?"

"눈에 보이는 것만으로 사마세가를 평가하지 말라는 말이다. 과거 양곡대전 때도 사마세가가 오행금쇄진이라는 절진을 보유하고 있다는 사실을 아무도 몰랐다. 십대문파가 싸우다 죽겠다는 각오로 양곡에 도착했을 때는 사마세가가 기본 포진을 비밀리에 끝낸 상태였지. 십대문파는 결전 당일에야 진법이 동원될 거라는 사실을 통보 받았고……. 사실 오행금쇄진이 완벽하지 못했던 까닭도 사마세가를 돕기로 한 3개 문파가 진법을 제대로 숙지하고 대비할 시간이 부족했기 때문이다.

당시 사마세가는 오행금쇄진을 완벽하게 펼치는 대신, 적과 아군을 철저히 속이는 데 승부를 걸었던 게야. 그게 바로 사마세가의 방식이지. 내가 의심스럽다고 한 것은 사마중의 결정이 처음부터 예정된 것이었는지, 갑자기 바뀐 것인지를 알 수 없다는 의미였다."

"허면 사숙께서는 사마 가주가 제천대주의 일은 물론, 천마협의 위험까지 전부 계산에 넣고서 그런 결정을 내렸다고 생각하시는 겁니까?"

"그럴 수도 있고, 아닐 수도 있을 테지. 어쨌거나 50년간 무림맹을 좌지우지하면서 뒤로는 진무궁에 버금가는 엄청난 전력을 길러낸 자들이다. 만에 하나, 폐인이 됐던 제천대주가 되돌아올 것까지 헤아리고 있었다면 진무궁과 사마세가의 싸움은 아직 끝나지 않은 것일 수도 있어."

"사숙의 말씀을 들으니 가슴이 더욱 무거워지기만 합니다. 이 난국을 어떻게 헤쳐가야 할까요? 더구나 우리 손으로 무림맹에서 내친 제천대주가 신인(神人)이 되어 돌아오고 있다니, 앞으로가 더욱 걱정스럽습니다. 부디 사숙께서 무당파의 버팀목이 되어 주십시오."

"허허, 반평생을 떠돌이로 지낸 늙은이에게 무슨 힘과 지혜가 있겠느냐? 다만 한 가지…… 바라건대 이런 난국일수록 깊이 자중해야 할 게야. 십대문파가 강호의 주인이라는 허황된 생각 같은 것은 버리고."

"사숙, 십대문파가 강호의 중심이고 무당파가 그 으뜸이라는 것은 오랜 역사를 통해 입증된 일입니다. 잠시 불리한 상황에 처했다고 해서 긍지와 자존심까지 버려야 한단 말입니까?"

장요진인이 불편한 기색을 감추지 못했다.

과거 천마협이 천하를 삼킬 듯이 날뛰었지만 십대문파의 저력을 이기지 못했다.

지금은 진무궁이 천하를 손에 넣은 것 같지만, 시간이 흐르면 모든 것이 바로잡힐 것임을 믿어 의심치 않고 있다. 아니, 그런 믿음이 있어야 미래에 희망을 걸 수 있지 않겠는가? 잠시 검을 거둘 수는 있지만, 의기와 기개마저 꺾을 수는 없는 법이다.

"허허, 역사가 대체 뭘 입증했다는 게냐? 넓은 대륙을 차지하고 있는 것 같지만, 동쪽으로는 바다를 건너지 못하고, 서쪽으로는 가욕관에서 번번이 가로막히는 게 바로 우리의 역사다. 게다가 그조차도 우리의 땅이기는 했더냐?"

"중원(中原) 밖의 땅이 넓다고 하나, 척박한 오랑캐의 땅일 뿐입니다. 적어도 중원의 주인이 십대문파라는 것은 사실이지 않습니까? 천마협이나 진무궁이 변방에서 쳐들어와 잠시 주인 노릇을 한다고 해도 그것이 역사가 되게 해서는 안 되는 겁니다."

대화가 엉뚱한 곳으로 번졌다고 생각하면서도 장요진인은 은근히 열변을 토했다.

무당파를 필두로 한 십대문파의 위상을 부정하는 어떤 유의 발상도 받아들일 수가 없었다. 그 상대가 사숙이라고 해도.

서산일굴 역시 사뭇 진지한 얼굴이 됐다.

"바로 그게 문제인 게다. 네 말마따나 그 척박한 오랑캐의 땅에서 우리가 감당할 수 없는 강적들이 자꾸 나타나는 이유를 정녕 모르겠더냐? 아니, 오랑캐들보다 인구도 훨씬 많고, 십대문파와 같이 유수한 문파가 즐비한데도 왜 이렇게 당하기만 하는 게냐?"

"그거야……."

장요진인은 대답이 궁해졌다.

지금 같은 상황에서 과거의 역사가 어쩌고저쩌고 해봐야 옹색한 변명에 지나지 않았다.

서산일굴이 침통한 음성으로 말을 이어갔다. 사실은 그가 정말로 무당파의 제자들에게 들려주고 싶은 이야기였다.

"간단하게 말하마. 이 땅의 주인은 십대문파가 아니라 황제다. 때로 나라가 쪼개지고, 혼란이 일기도 하지만 진시황이 천하를 통일한 뒤로 대륙의 주인은 줄곧 황제였다. 강호의 자유라는 것도 황제가 틀어쥔 질서 안에서 용인되는 게 고작이고.

솔직히 십대문파가 천하의 명산을 하나씩 꿰차고 앉아서 떵떵거리는 것도 황제의 권력이 유지된 덕분인 게다. 나라가 망하지 않는 한, 오늘도 어제처럼 평화로울 것임을 믿어 의심치 않으면서 하루하루를 살아가고 있지 않으냐 말이다. 더구나 황제는 강호의 문파들이 필요 이상으로 거대해지는 것에는 언제나 경기를 일으킨다. 십대문파의 규모가 비슷비슷한 것은 황제의 용인 아래 살아가야 하기 때문이지.

하지만 우리가 오랑캐라고 깔보는 변방의 사정은 어떠냐? 시대에 따라 왕조가 들어서고, 권력이 태생하기는 하지만, 그곳은 대체로 혼돈이 지배하는 땅이다. 황제가 안전을 지켜주는 일 따위는 기대할 수가 없지. 생존을 위해서 사내라면 누구나 전사가 되어야 하는 곳이다. 무당파에서라면 목검도 채 쥐지 못할 어린 나이부터 생존을 위해 싸워야 하는 게 그들의 운명이지. 우리는 소림사나 화산파가 무당산에 쳐들어오리라고 걱정조차 하지 않지만, 그들은 오늘 친구로 지내는 이웃 부족이 내일 약탈자가 될 수 있다는 불안 속에서 살고 있다.

이것이 내가 50년 동안 변경을 돌아다니면서 보고 느낀 것이다. 자, 네가 보기에 과연 어느 곳에서 진정한 강자가 나오겠더냐? 아직도 십대문파가 천하의 주인이라고 말하고 싶은 게냐? 아니, 한 가지만 물어보자. 황권조차 위협을 받는 이 난국에서 우리는 스스로를 지킬 힘이 있기는 한 걸까?"

"……."

장요진인이 꿀 먹은 벙어리가 됐다.

어려서부터 자신들이 사는 곳이 세상의 중심이고, 십대문파가 천하의 주인이라는 사실을 믿으며 살아왔다.

그러나 그 생각이 송두리째 흔들리고 있었다. 서산일굴의 말은 충격적이기는 했지만, 반박을 하기가 어려웠다.

천마협이, 또 진무궁이 왜 그렇게 강한 건지 조금은 헤아릴 수 있을 것 같았다. 일곱 살에 무당파에 입문한 뒤 평생을 무림인으로 살아왔지만, 진무궁이 나타나기 전까지 한 번도 생명의 위협을 느끼면서 싸워본 적이 없었다. 무당파의 이름이 든든한 버팀목이 되어 준 덕분이다.

하지만 서산일굴의 말을 듣고 보니, 그 평화는 무당파의 힘만으로 얻은 게 아니었다. 황제가 세운 질서 아래서 십대문파가 사이좋게 지역의 패자 노릇을 해왔을 따름이다. 그리고 보면 십대문파나 오대세가 간에 실력의 고하를 제대로 따져본 일도 없었다.

황권이라는 보이지 않는 보호막 안에서 십대문파는 번영을 누렸고, 또 제약을 받았다. 무림이 황권을 위협할 정도로 강해지는 것을 황제가 원하지 않기 때문이다.

사실 사마세가가 길러낸 엄청난 전력은 평화로운 시절이라면 황궁으로부터 엄중한 경고를 받았을 것이고, 진무궁 또한 견제의 대상이 되고도 남았다.

송나라의 존립기반이 위태로울 정도로 황권이 약화된 현재의 상황은 사실 십대문파에게는 재앙이었다. 진무궁이 노골적으로 힘을 키운다고 해도 견제할 수단이 전혀 없으니 말이다.

그리고 보니 헤아려지는 게 있었다.

"개화나루의 싸움을 물리자고 하신 것도 결국은 그 때문이었습니까? 십대문파가 힘을 더 키워야 한다고 보신 건가요?"

"대충은 그렇다."

서산일굴이 퉁명스럽게 여겨질 정도로 짧은 대답을 던져놓고는 굳게 입을 다물었다.

 장요진인의 표정이 한층 복잡해졌다.

 십대문파가 천하의 주인이 아니라는 전제를 세워놓고 보니 모든 게 달리 보였다. 진무궁에 무릎을 꿇은 것도, 개화나루에서 단 한 번의 싸움에 모든 것을 걸지 못한 것도 수치스러운 일이 아니었다.

 강자한테 패배했다고 약자가 목숨까지 내놓고 싸울 필요는 없는 게 아니겠는가. 힘이 부족하다면 물러나 후일을 도모하는 게 백 번 옳은 일이었다.

 서산일굴과 함께 수십 년 동안 변방을 떠돌고 다녔던 괴협 오선의 생각이 모두 그러했을 터였다.

 이런저런 생각에 빠져 긴 침묵을 지키고 있던 장요진인이 한참 뒤에 다시 입을 열었다.

 "헌데 말입니다. 제천대주가 돌아와 진무궁주를 꺾는다면…… 우리에게도 기회가 있지 않겠습니까? 그 경우에도 미리 대비를 해야 할 것 같은데……."

 "허허, 아직도 누군가에게 기대고 싶은 마음을 버리지 못했구나. 십대문파가 작당을 해서 그를 무림맹에서 내쳤다고 들었다만……."

 "예……. 그렇기는 하지요."

 장요진인은 다시 말문이 막혔다.

 바로 조금 전까지만 해도 십대문파가 천하의 주인이라고 믿었던 자신이다. 그런데 지금 이 순간 실낱같은 희망을 걸고 있는 대상은 십대문파가 아니라, 자신들의 손으로 내친 석도명이요, 사마세가다.

"하아……."

장요진인이 깊은 한숨을 토해냈다.

생각하면 할수록 스스로가 왜소해지는 기분이었다. 그러면서도 부디 석도명이 악소천을 꺾어줬으면 하는 바람만은 버릴 수가 없었다.

그것은 비슷한 시기에 같은 소문을 주워들은 십대문파의 공통된 소망이기도 했다.

하지만 장요진인은 짐작도 못하고 있었다. 자신이 깊은 고민에 빠져 있는 바로 그 순간에 석도명이 악소천을 마주하고 있다는 사실을.

천하의 이목을 집중시킨 두 거인의 싸움은 정작 아무도 모르게 시작되고 있었다.

　　　　　*　　　　*　　　　*

차르릉, 차르릉.

열두 개의 석경이 낮은 울음을 토하며 석도명의 몸을 중심으로 허공에서 빙빙 돌기 시작했다.

그 한가운데서 석도명이 굳은 얼굴로 악소천을 마주 보고 섰다.

 석도명이 싸울 준비를 끝냈음에도 정작 악소천은 뒷짐을 진 채로 옅은 미소를 지었다.

 "허허, 뭐가 그리 급한 것이냐? 설마 아직도 부질없는 시간 따위에 질질 끌려가면서 허겁지겁 살고 있는 것은 아닐 테지."

 "내 인생에서 단 한순간도 부질없는 때는 없었소만."

 "허허, 좋구나 좋아. 하지만 말이다. 네 사부의 쉼터를 갈아 엎을 생각이 아니라면, 싸울 장소는 좀 가려야 하지 않겠느냐?"

 "……."

 석도명이 침묵으로 동의를 표했다.

 확실히 악소천의 말대로 이 자리에서 두 사람이 싸웠다가는 사부의 무덤이 온전하지 못할 터였다. 사부의 생전에 별로 좋은 제자가 아니었다는 송구스러움이 여전한데, 영면(永眠)까지 방해할 수는 없질 않은가.

 악소천이 돌아서서 어딘가로 향했다.

 자연스럽고 느린 발걸음이었지만 악소천의 신형은 바람처럼 빠르게 멀어져갔다. 어지간한 경신술로는 쫓아갈 수 있는 속력이 아니었다.

 석도명이 천천히 석경을 거둬들이고는 악소천이 사라진 방향으로 걸음을 움직였다.

 휘잉.

한 줄기 바람이 세차게 불어와 석도명의 두 발을 떠받쳤다. 바람을 탄 석도명의 모습 또한 바람 같은 속도로 멀어졌다.

악소천은 남쪽으로 꼬박 한 시진가량을 달려 인적 없는 넓은 황무지에 도착했다.

기다리고 기다리던 석도명과의 대결을 누구의 방해도 받지 않고 해치우고 싶었기 때문이다.

악소천이 석도명에게 말을 걸었다. 싸움을 서두르는 기색은 여전히 보이지 않았다.

"한 가지만 묻자꾸나. 나와 싸우려는 이유가 무엇이냐?"

"이미 알고 있지 않소. 당신 때문에 부친을 잃고, 자유마저 빼앗긴 한 소저를 되찾아야겠소."

"허허, 그 대답은 좀 실망스럽구나. 허면 지금이라도 그 아이를 돌려주면 싸우지 않겠다는 뜻이냐?"

"그렇지는 않소. 나는 반드시 당신과 싸울 생각이오."

석도명의 다부진 대답에 악소천이 흥미로운 표정을 지었다.

"그 까닭은?"

"내가 얻은 것이 무엇인지를 확인해 줄 사람이 달리 없기 때문이오."

"허허, 다행이로다. 혹여 무림의 평화니 뭐니 하는 허튼 것을 입에 올리지 않을까 걱정을 했었구나. 그런데 어째 이번에는 네가 나를 가르치겠다는 말 같기도 하고. 물론 그만한 자신이 있는 것이겠지?"

"그저 사부님께 부끄럽지 않은 제자가 되기 위해 애를 쓸 따름이오."

악소천의 미소가 더욱 짙어졌다.

"과연 네 사부가 제자 농사는 나보다 더 잘 지었느니, 허허허."

석도명은 악소천의 칭찬에 귀를 기울일 기분이 아니었다. 주악천인경을 대성했음에도 불구하고 악소천과의 싸움에서는 마음을 놓을 수가 없었다. 자신은 살상의 기술이 아닌 음악을 익혔을 따름이지만, 악소천은 평생 무공만 수련한 사람이 아니던가.

"더 이상의 대화가 필요하오?"

"어찌 입으로 떠드는 것만이 대화겠더냐?"

악소천이 먼저 공격을 시작하라고 손짓을 해보였다.

석도명이 사양하지 않고 선공에 나섰다.

우우우웅.

열두 개의 석경이 무극음을 내뿜으며 석도명을 둘러쌌다.

석도명이 손을 뻗자 그중 두 개의 석경이 악소천을 향해 날아갔다.

모든 것을 부숴 버리는 무극음이 실린 석경은 그 자체로써 검강을 능가하는 훌륭한 무기였다. 과거에는 자기 몸 하나를 지키는데 그쳤지만, 이제는 악기를 연주하듯 무극음을 자유자재로 다룰 수 있었다.

"호오, 재미있구나."

악소천이 검을 들어 석경을 가볍게 쳐냈다.
까르릉.
쇠가 긁히는 거친 소리가 터졌다.
다시 석경 네 개가 네 방향에서 악소천을 노리고 들어갔지만, 결과는 같았다.
석도명이 그에 실망하지 않고 집요하게 손을 휘저었다. 이번에는 여섯 개의 석경이 먹이를 노리는 뱀의 혀처럼 날카롭고 기민하게 악소천을 찌르고, 할퀴고, 두드렸다.
석도명은 열두 개의 석경 가운데 절반으로는 자신의 몸을 지키고, 나머지 절반으로 악소천을 몰아붙였다.
악소천의 검과 석경이 부딪칠 때마다 날카로운 소음과 함께 불꽃이 튀었다.
그 같은 상황은 좀처럼 끝날 기미를 보이지 않았다.
'저 움직임을 어떻게 잡지?'
석도명의 눈은 악소천 주위를 겉돌기만 하는 기의 실타래를 주시하고 있었다. 과거 진무궁에서 경험했던 것처럼 악소천은 기의 흐름에 영향을 받지 않는 것처럼 보였다. 마치 기름이 물 위를 떠다니는 것처럼 기의 바다를 자유롭게 미끄러질 뿐이었다.
무수히 공격을 퍼붓고 있으면서도 정작 수세에 몰린 쪽은 석도명이었다. 공격으로 악소천을 무너뜨리는 게 아니라, 잠시 잡아두는 것에 불과했기 때문이다. 그 공격이 통하지 않는 순간, 싸움의 양상은 정반대로 바뀔 터였다.

석도명이 긴장을 감추지 못한 것은 과거에도 악소천이 저런 몸짓으로 자신에게 다가서는 바람에 꼼짝 못하고 그에게 잡혔던 경험이 있기 때문이다.

다만 지금은 무극음을 방벽 삼아 자신을 지킬 수 있으니 그때처럼 호락호락 당하지는 않을 것이다.

문제는 자신이 어떻게 악소천의 움직임을 상쇄할 것이냐였다.

"신통은 하다만, 하루 종일 이 짓만 하고 있을 작정이더냐?"

악소천이 연신 석경을 쳐내며 물었다.

악소천 또한 이 지루한 공방전이 마음에 들지 않는 눈치였다.

석도명은 거기서 작은 실마리를 발견했다. 적어도 자신의 공격이 악소천의 발목을 잡고 있기는 하다는 사실이다.

공격의 빈도와 강도를 높이면, 악소천의 움직임을 좀 더 치밀하게 봉쇄할 수 있지 않을까 하는 생각이 떠올랐다.

'가둬 보자.'

여섯 개의 석경은 악소천을 전후, 상하, 좌우에서 공격하고 있었다. 현실적으로 움직일 수 있는 방향을 석경이 가로막고 있으니 악소천이 보이지 않는 상자에 갇힌 것과 비슷한 형국이다. 그 상자를 더욱 두텁게 만들면 악소천의 행동반경이 좁아질 게 분명했다.

호위병처럼 석도명을 에워싸고 있던 여섯 개의 석경이 파공성을 내며 악소천에게 쏘아졌다.

석도명이 칠현금을 뜯기라도 하듯, 두 손을 기민하게 놀렸다.

잘 조율된 칠현금이 경쾌한 선율을 토해내듯 석경 열두 개가 한 치의 오차도 없는 완벽한 조화와 현란한 변화를 연출하며 악소천을 밀어붙였다.

전후, 상하, 좌우 여섯 방향에서 여섯 개의 석경이 날아들고 악소천이 이를 쳐냈다. 다음 순간 나머지 여섯 개의 석경이 또다시 들이닥쳤다. 그것은 마치 잘 훈련된 합격진을 보는 듯했다.

악소천이 첫 번째 석경을 쳐내는 틈을 이용해 두 번째 석경이 거리를 좁히고 들어왔다. 악소천이 두 번째 석경을 쳐냈을 때는 조금 전 밀려난 여섯 개의 석경이 다시 쳐들어왔다.

열두 개의 석경이 두 패를 이뤄 악소천을 거듭 공격했다.

싸움은 여전히 지루했고, 석도명의 이마에서는 굵은 땀방울이 흘러내렸다.

그 와중에 석경이 조금씩, 조금씩 악소천에게 다가서고 있었다. 자연히 악소천이 움직일 수 있는 공간이 좁아졌다.

'지금이다.'

석도명이 이를 악물었다.

그러자 또 다른 변화가 생겼다. 자연스럽게 석도명의 몸으로 흘러들어오던 기의 실타래가 심하게 출렁였다.

석도명이 무리해서 기운을 빨아들이는 바람에 주변의 공간이 순간적으로 일그러지는 것 같았다.

그 효과는 석경에 나타났다.

석경을 채우고 있던 무극음이 밖으로 발출되기 시작한 것이다. 석경 위아래와 좌우로 두 자쯤 될 듯한 무극음의 장벽이 펼쳐졌다. 석경 하나하나가 무극음을 머금은 방패 같았다.

"훙!"

상황이 심상치 않음을 느낀 악소천이 코웃음을 치며 검에 내기를 불어넣었다. 검 끝에서 황금빛 강기가 솟구쳤다.

까가가가강.

악소천의 검이 순식간에 십여 자루로 분열을 하더니 쉬지 않고 무극음의 방패를 두드려댔다. 석경에서 뻗어 나온 무극음의 장벽이 악소천의 검을 맞을 때마다 움푹 파였다.

하지만 무극음은 검강으로도 쉽게 파괴되지 않았다. 마침내 악소천이 검을 똑바로 뻗지도 못할 정도로 열두 개의 석경이 간격을 좁혔다.

"가라!"

석도명이 가슴 앞으로 두 팔을 교차시키며 외쳤다.

석경 열두 개가 세차게 무극음을 뿜어대며 여섯 방향에서 악소천을 밀고 들어갔다.

그르르릉.

무극음을 머금은 석경이 서로 맞닿으면서 파열음이 터졌다.

누구라고 해도 그 안에서 몸을 보전하는 것은 무리였다. 막창소가 그랬던 것처럼 악소천의 몸도 가루가 되어 흩어질 터였다.

그때였다.

번쩍!

섬광이 터졌다.

그리고 믿을 수 없는 광경이 벌어졌다. 악소천이 여섯 방향에서 석경을 뚫고 나타난 것이다. 개화나루에서 사마중의 공격을 뚫을 때와 비슷한 수법이었다.

석도명의 충격은 이루 말할 수 없었다.

악소천이 자신처럼 무극음을 몸 안에 받아들일 수 있는 게 아니라면, 설명 가능한 답은 하나였다. 악소천은 무극음의 장벽을 관통한 것이다. 마치 그 자리에 아무것도 있지 않은 듯이.

'공간을 뛰어넘었다.'

석도명은 그제야 악소천이 기의 바다를 자유롭게 헤치고 다닐 수 있는 까닭을 깨달았다. 자신이 자연의 기운과 자유롭게 소통할 수 있다면, 악소천은 기로 가득한 공간 자체를 건너뛸 수 있었다.

석도명의 눈앞에 상상하지 못했던 세계가 열린 것이다.

그것이 어떻게 가능한지를 곱씹어 볼 겨를은 없었다.

석경을 뚫고 나타난 악소천이 자신을 향해 짓쳐들어왔다. 이제 악소천의 공격이 시작될 차례였다.

석도명이 급히 발을 굴렀다. 예의 바람이 불어와 석도명의 몸을 훌쩍 실어갔다.

석도명은 허공에서 쉬지 않고 움직였다. 감당할 수 없는 악소천의 몸놀림에 따라잡히지 않기 위해서였다.

악소천이 기의 바다를 미끄러져 벼락처럼 다가섰지만 그 때마다 석도명은 바람을 타고 아슬아슬하게 악소천의 공격을 피해냈다.

"허허, 이렇게 해서는 천 년쯤 싸워야 결판이 나겠구나."

악소천이 소리 내어 웃더니 천천히 땅에 내려섰다.

석도명이 석경 열두 개를 불러들인 채 그 반대편에 멈춰 섰다.

그때 악소천이 물었다.

"그래, 네 마음이 기장쌀 한 알을 들어 올렸더냐? 그러면 이제 태산을 받아 보거라."

악소천이 느릿하게 검을 머리 위로 치켜들었다. 지극히 단순하고 평범한 동작, 태산압정의 시작이었다.

헌데 또다시 이해할 수 없는 일이 벌어졌다.

악소천이 검을 들어 올리는 것과 함께 그의 등 뒤에서 거대한 그림자가 솟아올랐다. 그 그림자는 한없이 커져 빈 들판을 가득 채웠다. 그 앞에서 석도명의 존재는 미약하고 무기력하게만 느껴졌다.

그것은 거대한 산이었다. '거일량(擧一梁)이면 동태산(動泰山)'이라더니 정말로 태산을 불러일으킨 것이다.

"자, 이제 어디로 갈 터이냐?"

악소천이 일직선으로 검을 내리쳤다. 한없이 느린 동작이었다.

악소천의 검을 따라 태산이 움직이기 시작했다.

석도명은 자신의 머리 위로 떨어지는 것을 보면서 아연실색하지 않을 수 없었다. 천하에 누가 있어 태산을 막아선단 말인가?

석도명이 바람과 함께 뒤로 물러났다.

순식간에 수십 장은 족히 날아온 것 같았지만, 태산은 여전히 머리 위에 있었다. 물러나고 물러나도 태산은 여전히 똑같은 자리, 똑같은 방향에서 일직선으로 떨어졌다.

악소천의 모습은 보이지도 않았다.

석도명은 피하는 것이 해답이 아님을 알았다.

문득 떠오르는 것이 있었다.

산하를 돌린다고 누가 묻는가? 산하를 돌리면 누구에게로 향하는가?
원통(圓通)에는 두 개의 둘레가 없듯이 법성은 본래 돌아갈 곳이 없노라.

誰問山河轉 山河轉向誰
圓通無兩畔 法性本無歸

태산이 나를 향해 돌아서거나 내게 다가오는 것이 무슨 차이가 있겠는가? 내가 산이 되고, 산이 나를 품으면 되는 것을.

원통의 테두리 안에서 법성과 법성이 마주하면 그만인 것을.

'그래 태산이 높다한들 자연의 일부일 뿐이다.'

석도명의 마음이 태산보다 무겁게, 바다보다 깊게 가라앉았다.

보이는 것이 진짜 태산인들 어쩔 것이며, 악소천의 의지인들 또 어떤가? 내 자신의 의지로 부딪치고 또 부딪치다 보면 그 안에 길이 있지 않겠는가?

석도명이 숨을 고르고 똑바로 태산을 노려봤다.

그리고 그 압도적인 위용을 향해 손을 뻗었다.

무극음을 잔뜩 머금은 석경이 앞으로 날아가 태산을 두드렸다.

꽈과과광.

폭음이 쉬지 않고 터졌다.

그럼에도 태산은 멈추지 않고 떨어졌다. 느리게, 느리게. 기이하게도 산이 떨어지는 속도가 느리게 느껴질수록 석도명을 짓누르는 중압감은 더욱 커졌다.

석도명은 석경을 움직이는 두 팔이 점점 무거워짐을 느꼈다. 팔뿐이 아니었다. 어깨가 무거워지고, 허리가 끊어질 듯 아팠다. 이러다가 산이 떨어지기 전에 몸이 먼저 찌부러질 것 같았다.

그 순간 석도명은 맹목적으로 산을 두드리고만 있지는 않았다. 마음을 세워 태산을 마주보려고 애썼다.

악소천이 마음으로 들어 올린 산이라면, 결국 마음에 답이 있지 않겠는가?

 석도명이 질끈 눈을 감았다.

 산의 형상이 사라졌다.

 그러자 산에 눌려 제대로 느끼지 못하고 있던 소리가 들려왔다. 산이라면 으레 품어야 할 소리였다. 맑은 계류가 졸졸졸 계곡을 휘감아 흘렀고, 산새들이 서로를 불렀다. 서늘한 바람에 나뭇잎이 바스락거렸으며 풀벌레의 바지런한 날갯짓이 대기 속에 녹아들었다.

 굳게 감겨진 석도명의 눈앞에 산의 형상이 또렷하게 나타났다. 기의 실타래가 풀어헤쳐진 흐릿한 영상이 아니라, 멀쩡한 눈을 가졌을 때보다 더 생생하고 선명한 광경이었다.

 마침내 석도명이 산으로 걸어 들어갔다.

 산이 물었다.

「너는 어디로 갈 것이냐?」

 풀이 무성하고, 숲이 울창한 산에는 길이 보이지 않았다. 사람을 받아들이기 전, 태고의 모습 그대로였다.

 석도명이 되물었다.

「어디로 가야 합니까?」

 석도명은 바위처럼 움직이지 않았다. 굳이 어디로 가지 않아도 좋았다. 스스로 이 산 한구석을 지키는 바위가 되어도 행복할 것 같았다. 시간이 멈춰 선 듯 흘러갔다.

휘잉.

서늘한 바람 한 줄기가 불어왔다. 바람이 지나가는 곳으로 풀이 열리고, 나무가 비켜섰다.

길이 열린 것이다.

석도명이 눈을 떴다. 얼마나 오래 그러고 있었는지 모르겠지만, 태산이 바로 눈앞에 다가와 있었다.

석도명이 힘차게 손을 뻗었다.

방향을 잃고 허공을 맴돌고 있던 석경 열두 개가 일렬로 늘어서더니 빛을 발하며 날아갔다.

산이 열어준 길을 석경이 치고 올라갔다.

쫘르르릉—!

석경이 산속으로 들어가는 것과 동시에 지축이 무너지는 소리가 들렸다.

태산이 쩍 갈라지더니 와르르 허물어졌다. 그리고 세찬 소용돌이가 휘몰아쳐 모든 것을 쓸어갔다.

악소천의 음성이 들렸다.

"으허허, 태산 같은 짐을 네가 내려주었구나."

이윽고 바람이 그쳤을 때 석도명 앞에는 아무것도 남아 있지 않았다. 악소천도 어디론가 사라진 뒤였다.

석도명이 자신의 손을 내려다봤다.

어느 틈에 쥐어준 건지 얇은 책 두 권이 들려 있었다. 그리고 그 위에 반으로 접힌 종이가 보였다.

석도명이 종이를 펼쳐 손바닥으로 가볍게 쓰다듬었다. 먹의 기운을 일으키기 위해서다.

그것은 한 장의 지도였다. 지도 귀퉁이에 글자가 적혀 있었다.

천산 단장애(斷腸崖) 절류곡(絶流谷).

그곳으로 찾아가라는 뜻인 모양이었다.

석도명이 이번에는 책을 살폈다.

태산경(泰山經) 그리고 수라경(修羅經).

무황태제의 첫째 제자인 맹악의 후예들에게 전해진 4경과 막창소가 익힌 반쪽짜리 무공비급이었다.

악소천은 아무런 설명도 없이 천룡부의 절학을 석도명에게 건네준 것이다. 이제 4경 가운데 셋이 석도명의 수중에 있었다.

"하아……."

악소천이 어디로 갔는지, 4경을 준 까닭이 무엇인지를 알 수 없어 석도명이 긴 한숨을 내쉬었다.

그때 석도명이 뭔가에 놀라서 뒤돌아섰다. 등 뒤에서 귀에 익은 소리가 들려왔다.

철썩, 철썩.

드넓은 바다가 그곳에 펼쳐져 있었다.

제2장
망자(亡者)의 귀환(歸還)

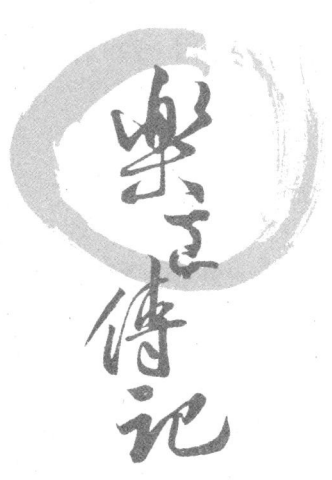

　진무궁의 군사 허이량은 지난밤도 뜬눈으로 새웠다. 벌써 보름이 넘도록 악소천의 종적이 묘연한 탓이다.
　본시 있는 곳, 가는 곳을 제대로 알리지 않고 바람처럼 표홀히 움직이는 것이 악소천의 버릇이다. 하지만 이렇게 오래도록 자리를 비운 일은 단 한 번도 없었다.
　악소천의 마음은 비록 하늘을 향해 있지만, 진무궁주로서의 책임만큼은 소홀히 하지 않았다. 지금처럼 미묘한 시기에 아무런 언질도 주지 않고 자리를 비울 사람이 결코 아니었다.
　"대체 어디로 가신 건가……."
　허이량의 얼굴에 그늘이 드리워졌다. 알 수 없는 불안감이 가슴을 짓눌러왔다.

 본능적인 직감이 악소천의 부재를 한 방향으로 몰아가고 있었다.

 '궁주는 이 세상에 없다.'

 그 한 마디가 자꾸만 뇌리를 맴돌았다.

 갑자기 등줄기가 서늘해졌다. 젊은 날 악소천에게 모든 것을 걸기로 한 뒤, 그는 자신의 기둥이자 삶의 이정표였다. 악소천이 어느 날 갑자기 무황태제처럼 신선이 되어 떠나갈 것을 근심하지 않은 것은 아니지만, 그게 오늘이 될 것이라는 생각은 차마 하지 못했다.

 헌데 직감은 악소천이 이 세상 사람이 아니라고 속삭인다. 궁주는 정말 세상을 등지고 하늘로 날아간 것일까? 세상일은 모두 세상에 남겨 놓고서.

 처음에는 악소천이 석도명을 찾아 나선 게 아닐까 하는 추측을 했었다. 사마세가가 허무할 정도로 쉽게 무릎을 꿇은 이상, 악소천의 남은 관심은 석도명뿐이라고 해도 과언이 아니었다.

 그러나 이 넓은 세상 어디에 석도명이 있는 줄 알고 찾아가겠는가? 더구나 석도명이 복수를 위해 진무궁으로 오고 있는 중이라는데 굳이 찾아 나설 필요가 없질 않은가?

 "석도명……."

 허이량이 나지막이 석도명의 이름을 되뇌었다.

행방을 알 수 없기는 석도명 또한 마찬가지였다. 환상요희의 손에서 벗어난 뒤로 그 흔적이 전혀 드러나지 않았다. 진무궁으로 향했다는 소문은 무성한데 말이다.

천하의 주목을 받고 있는 두 사람이 동시에 모습을 감추다니 생각할수록 공교로웠다.

문득 떠오르는 게 있었다.

"허허, 신선이 신선을 만난들 뭐가 문제겠는가? 둘이서
천 년쯤 바둑이나 한 판 두면 될 것을."

석도명이 사광 현신으로 추앙받고 있다는 소식을 듣고서 악소천이 한 말이다.

혹시 두 사람이 진짜로 만난 게 아닐까? 그리고 함께 뭔가를 하고 있는 게 아닐까?

터무니없다고 생각을 하면서도 허이량의 머릿속으로는 석도명과 악소천이 한가롭게 선계를 거니는 장면이 그려졌다.

"이럴 때가 아니다……. 대비를 해야 해, 대비를……."

허이량이 세차게 고개를 저었다.

악소천의 부재가 장기화되면 될수록 진무궁에 이로울 게 전혀 없다. 최악의 경우 악소천이 세상을 떠난 것을 전제로 하고 대책을 세워야 했다. 악소천이 없다는 사실을 알면 천하가 진무궁을 잡아먹으려고 달려들 테니 말이다.

그날 오후 허이량은 사방천군을 모두 청공전에 불러 모았다.

"사부님께서 돌아오시지 않을 경우를 대비해야 한다…….
진심이시오?"

동방천군 문적방이 침통한 음성으로 물었다.

악소천이 오랫동안 나타나지 않을 수 있다는 허이량의 설명이 끝난 다음이다.

"허어……."

사방천군 가운데 나머지 세 사람이 깊은 한숨을 토해냈다.

사방천군의 나이가 오십 줄 안팎으로 적지 않음에도 악소천 앞에서는 언제나 왜소한 기분이었다.

더구나 개화나루 싸움 이후로 악소천에 대한 경외심은 더할 나위 없이 깊어져 있는 상태였다. 십대문파 장문인들을 손쉽게 꺾으면서 한때 기고만장하기도 했지만, 악소천과 자신들 사이에 도저히 뛰어넘을 수 없는 간격이 있음을 확인했기 때문이다.

그들에게 사부는 넘을 수 없는 장벽이면서, 동시에 믿고 기댈 수 있는 두터운 방벽이었다.

헌데 그런 사부가 행방불명인지, 우화등선인지 알 수 없는 이유로 진무궁에서 사라져서는 다시 돌아오지 않을 수도 있다고 한다. 그 여파가 어떠할지는 상상하고 싶지도 않았다.

잠시 답답한 침묵이 이어진 끝에 둘째인 서방천군 곽오가 입을 뗐다.

"허 군사가 말하는 대비책이란 무엇이오? 설마 당장 후계자라도 뽑자는 말은 아니겠지요?"

민감한 문제였다.

진무궁에는 아니, 과거 천룡부 시절부터 장제자가 후계자가 된다는 전통 같은 것은 없었다.

사실 무황태제라는 독보적인 인물이 나타나기 전에는 아예 수장이라는 개념조차도 명확하지 않았다. 가장 강한 사람이 암묵적으로 무리를 이끌었을 따름이다.

무황태제가 타의 추종을 불허하는 실력으로 천룡부를 이끌면서 수장 노릇을 했고, 그가 우화등선을 한 뒤에는 제자들 가운데 가장 무공이 뛰어난 제자가 그 뒤를 이었던 것이다.

그러니 악소천이 아무것도 정해주지 않은 상황에서 장제자인 문적방이 자동적으로 후계자가 되는 건 아니었다.

곽오의 말은 그 부분을 은근히 지적하고 있었다.

문적방이 불편한 기색으로 앞을 바라봤고, 다른 두 제자는 어색하게 헛기침을 했다.

정작 허이량의 대꾸는 싸늘했다.

"후계자를 정하면 뭐가 달라집니까? 밖에 굶주린 늑대가 우글거리는데 우리 입으로 호랑이가 집을 비웠다고 사방에 알리자고요?"

사방천군의 얼굴이 크게 어두워졌다.

악소천이 진무궁에 없다는 사실이 외부에 알려지는 순간 어떤 일이 벌어질지가 훤히 그려진 탓이다.

"나는 우선 허 군사의 생각을 듣고 싶소. 달리 계책이 있으니 이 자리를 만든 것 아니오?"

문적방이 물었다.

악소천도 이런 일은 철저히 허이량에게 맡겼다. 정확하게는 전략을 짜는 게 허이량의 몫이라면, 그것을 취사선택하는 것이 악소천의 일이었다.

"당분간은…… 아니, 할 수 있다면 최대한 오래 궁주님의 부재를 비밀에 붙여야 합니다. 일단은 시간을 벌자는 이야깁니다. 그사이에 궁주께서 돌아오신다면 더는 걱정할 게 없겠지요. 그러나 궁주님의 출타가 생각 이상으로 길어진다면……."

"……."

사방천군의 눈길이 일제히 허이량에게 향했다.

단순히 악소천의 부재를 비밀에 붙이자는 건 대책이 될 수 없었다. 허이량이 이런 자리를 만든 것을 보면 아무래도 악소천이 돌아오지 않을 가능성에 무게를 두고 있다는 뜻이다. 그렇다면 이제부터 나올 이야기가 허이량의 진심이요, 본론이리라.

허이량의 말이 이어졌다.

"우리가 취할 수 있는 방법은 두 가지뿐입니다. 첫 번째는 일단 천산으로 돌아가 힘을 키우는 겁니다. 네 분의 무공이 사부님 못지않게 강해지지 않고서는 다시 강호에 나오기가 어렵겠지만……."
 허이량의 말꼬리를 흐렸다.
 굴욕적인 이야기다. 표현은 완곡했지만, 지금껏 이뤄놓은 것을 포기하고 조용히 달아나자는 말이다.
 "두 번째는 무엇이오?"
 북방천군 언목완이 첫 번째 방안에 대해서는 더 들을 것도 없다는 듯이 고개를 저었다.
 명색이 천룡의 후예로서 꼬리를 말고 달아나는 의견에 동조하고 싶은 생각은 눈곱만치도 없었다.
 "두 번째로는 동맹을 통해서 세를 불리는 방법이 있습니다. 우리의 힘이 부족하니 누군가의 손을 잡아야지요. 저는 개인적으로 이 방법을 추천하고 싶습니다만."
 그 말에 남방천군 권사웅이 경기를 일으켰다.
 "설마 이제 와서 사파를 끌어들이자는 말이오?"
 현실적으로 작금의 강호에서 진무궁의 편을 들어줄 곳이라고는 사파밖에 없었다.
 그러나 지금까지 진무궁의 기본 방침은 정사파를 공정하게 아우르는 것이었다. 과거 천마협이 했던 잘못을 되풀이 하지 않겠다는 뜻도 있지만, 천룡의 후예로서 사파와 한 배를 타고 싶지는 않았다.
 곽오가 한 마디를 보탰다.
 "왜, 이왕 손을 잡을 거면 천마협도 있지 않소이까?"

그 말에 다분히 비아냥거림이 섞였음을 알고 허이량의 표정이 굳어졌다. 허이량의 대꾸 또한 고울 리가 없다.

"허, 궁주께서 아니 계신다는 사실을 알면 천마협이 과연 우리 손을 잡아주기나 하겠습니까? 말 잘 듣는 황소도 어린아이가 고삐를 잡은 줄 알면 풀밭에서 버티고 나오지 않는 법이외다."

"우리가 어린아이라는 말이오? 표현이 과하오!"

"그만 해라! 지금 우리끼리 말꼬투리나 잡고 있을 때냐?"

곽오가 발끈했지만, 문적방이 바로 두 사람의 설전을 자르고 들어왔다.

곽오가 허이량을 쏘아보며 입을 앙다물었다.

후계자 자리를 놓고 싸우는 거라면 몰라도, 사형의 말을 함부로 하기는 어려웠다. 더구나 허이량과 말싸움이나 하는 모습을 사제들에게 보이고 싶지도 않았다.

문적방이 허이량에게 가볍게 손을 들어 보였다. 하던 말을 계속 하라는 신호다.

"진무궁의 목적이 편협한 정사파의 구별을 넘어서자는 것이지, 사파와 한 패거리가 되자는 게 아니라는 점은 누구보다 잘 압니다. 그러나 현실을 냉정하게 직시해야 합니다. 우리 앞에는 십대문파가 버티고 있고, 뒤에는 천마협이 숨어 있습니다. 궁주께서 계시지 않는 지금, 우리가 누구에게 의지할 수 있겠습니까?"

허이량이 말을 끝내고는 천천히 고개를 돌려 사방천군과 일일이 눈을 맞췄다.

"그게 누구요? 어서 말해보시오."

문적방이 다그쳐 묻자 허이량이 옅은 미소를 머금었다.

다음 순간 허이량의 입에서 뜻밖의 이름이 흘러나왔다.

"사마세가입니다."

"허……."

"사마세가라니……."

사방천군이 허탈한 탄식을 토해냈다.

한 뿌리에서 갈라져 나왔지만 지금까지 사마세가를 같은 편으로 생각한 적은 없었다. 오히려 반드시 꺾어야 할 숙적으로 여겼던 게 사실이다.

사방천군이 허이량의 말에 쉽게 동의할 수 없다는 표정을 지었다.

무슨 생각인지 허이량 또한 묵묵부답으로 일관했다.

청공전에 다시 불편한 침묵이 감돌았다.

잠시 뒤 청공전을 벗어난 허이량은 자신의 처소에서 누군가를 마주하고 앉았다.

"그들이 끝내 반대하면 어쩔 겁니까?"

허이량에게 질문을 던진 사람은 과거 사마세가의 총관 허정이다. 허정량이 그의 본명이었다.

동생의 물음에 허이량이 여유롭게 웃음을 지었다.

"흥, 무공은 제법 하지만 아직 세상 물정을 잘 모르는 애송이들이다. 자신들이 주인 노릇을 해야겠다는 생각만 앞섰지, 궁주와 같은 배포도 혜안도 지니지 못했지. 우왕좌왕하다가 결국에는 따라올 게다. 스스로의 실력을 잘 알고 있으니까."

사마세가와 손을 잡아야 한다는 허이량의 의견에 대해 사방천군은 확답을 주지 않았다. 사마세가를 꺾은 지 얼마 되지도 않아 먼저 허리를 굽히고 들어가야 한다는 게 자존심이 상했기 때문이다.

그러나 내놓고 사마세가를 적대시하지도 못했다. 개화나루에서 확인된 사마중의 무공이 사방천군보다 한 걸음 앞서 있음을 부인할 수도 없었다.

허이량은 적당한 명분만 쥐어주면 사방천군이 결국에는 사마세가와의 공조를 반대하지 못할 것이라고 확신했다. 문제는 오히려 사마세가였다. 악소천이 사라진 진무궁을 사마세가가 두려워할 까닭이 없는 탓이다. 더구나 그들 뒤에는 십대문파가 있지 않은가.

"하아, 결국 사마세가밖에는 없는 거군요······. 형님, 제 마음이 너무 참담합니다. 이런 결과를 보려고 우리 형제가 남의 밑에서 고개를 숙이고 살았단 말입니까? 고작 사람 하나가 사라졌다고 모든 걸 뒤엎어야 하다니······."

떠돌이 고아로 사마세가에 들어가 평생 남의 뒤치다꺼리만 해야 했던 허정량이다. 사마세가의 정보를 빼내다가 잡혀서 모진 고문까지 받아야 했다.

악소천이 사마중을 꺾어준 덕분에 그나마 위안이 되는 것 같았는데, 이제 다시 사마세가를 떠받들어야 할 처지라니!

그 마음을 어찌 허이량이라고 모르겠는가?

"후우, 너를 볼 면목이 없구나. 허나 그게 바로 절대 강자의 위력이라는 것이다. 보아라, 천룡부만 해도 무황태제 단 한 분의 그늘에서 수백 년을 헤어나지 못하고 있지 않느냐? 그러니 어깨를 펴라. 너와 네 몸 안에 그분의 피가 흐르고 있음을 잊지 말아야지."

"예, 어떤 일이 있어도…… 잊지 말아야지요."

"어쨌거나 일간 사마세가를 다녀와야 할 것 같구나. 너와 함께 가고 싶은데……."

허이량은 사마중을 상대하는 일이 사방천군을 설득하는 것보다 훨씬 어려울 것이라고 생각했다. 2대에 걸쳐 무림맹 군사를 역임하면서 온갖 술수와 계략을 꺼리지 않은 자들이니 말이다.

형제의 숙원을 걸고 임해야 할 담판에서 사마세가의 사정을 누구보다 잘 아는 아우의 도움이 절실했다. 물론 정체가 드러나 험한 꼴을 당했던 본인의 입장은 꽤나 곤란하겠지만.

"제가 어찌 수고를 아끼겠습니까? 기꺼이 형님을 모시겠습니다."

"고맙구나."

"헌데…… 사마세가로 가기 전에 내부 단속은 빈틈없이 해둬야 하지 않을까요? 사방천군이 혈기를 누르지 못하고 허튼 짓을 할지도 모르는데……."

"그건 걱정할 필요 없다. 내가 알아서 조치를 취해놓을 것이니…… 문제는 내부가 아니라, 제천대주의 행방이다. 아무래도 최악의 상황을 염두에 둬야 할 듯하구나."

"최악의 상황이라면?"

"궁주의 행방이 묘연한 것이 만에 하나 그자 때문이라면 그보다 상황이 나쁠 수 있겠느냐?"

허정량이 흠칫 놀랐다.

허이량의 말은 반문으로 끝났지만, 그 안에 담긴 뜻은 심상치 않았다. 뒤집어 해석하면 악소천이 석도명에게 죽음을 당했을 수도 있다는 의미가 아닌가?

"형님, 설마……."

"허허, 만사를 확실하게 대비하자는 이야기다. 궁주께서 홀로 선경에 드셨으면 드셨지, 설마 그자에게 흉한 일을 당했겠느냐? 다만 궁주께서 계시지 않으니 그자에 대한 방비 또한 소홀히 할 수 없다는 뜻이니라."

허이량이 가볍게 손을 내저었다. 비록 형제지간이라고는 해도 불안과 걱정의 불씨가 타오르게 하는 것은 바람직하지 않았다.

허정량이 조금은 안도한 표정이 되었다.

 그러나 불안이 모두 해소되지는 않았다. 사광 현신이라는 이름이 던져주는 무게감은 과거 구화검선이니 제천대주니 하는 명성과 비할 게 아니었다.

 "사광 현신은 귀신을 부린다고 합니다. 궁주에게 패한 사마중이 그를 막을 방패가 될 수 있을까요? 아니, 사마세가는 그자의 사부 때부터 깊은 인연을 맺고 있습니다. 더구나 사마 가주는 그를 싸고돌다가 무림맹에서 쫓겨나기까지 한 사이고요. 두 사람이 한편이 돼 진무궁을 요절내겠다고 덤비면 어쩌실 겁니까?"

 "흥, 그놈의 재주가 범상치 않은 것만은 분명한 사실인 듯하다. 하지만 그놈에게도 약점이 없는 건 아니지. 당장 과거의 일을 봐도 알 수 있지 않느냐. 여운도의 딸아이를 구하겠다고 무모하게 설치다 몸을 망친 녀석이다. 그 계집이 잡혀 있으니 함부로 경거망동하지는 못할 테지. 조만간 그 맹랑한 계집애가 이곳으로 올 게다. 어디 그뿐이냐? 그자는 만혼동에서 지옥귀음과 독고옹을 죽였다. 천마협의 공적이 된 상태라는 말이지. 그리고 사마세가는…… 따로 설득할 방법이 있다."

 "사마세가만 설득하면 그는 사면초가(四面楚歌)의 신세가 되겠군요."

 "후후, 어쩌면 계집 하나를 내주는 조건으로 그자를 잘 무마시킬 수도 있을 게다. 어차피 강호에는 큰 뜻이 없을 뿐더러 십대문파와도 사이가 좋지 않은 자니까. 더 얻을 것은 없고 목숨만 위태로운 싸움인데 죽자고 덤빌 까닭이 없단 말이지. 뭐라고 한들 그자의 근본은 나약해 빠진 악사가 아니더냐."

"후우, 이래저래 엮어야 할 패가 너무 많아서 저는 머리에 쥐가 날 것 같습니다."

"우리만 골치가 아픈 게 아니지. 우리가 나타나면 사마세가도 아주 심란해질 게다. 어느 놈이 밥이고, 어느 놈이 맹수인지는…… 오로지 수 싸움에 달렸느니, 후후후."

허이량이 음울하게 웃었다.

웃고 있으나 정말로 웃지는 못했다. 고금을 통틀어 천하제일인임을 믿어 의심치 않는 무황태제의 핏줄이라고 자부하면서도, 정작 수 싸움밖에는 할 수 없는 형제의 처지가 서글픈 탓이다.

자신의 소원을 이뤄주겠노라고 약속을 해놓고서는 종적을 감춘 악소천이 새삼 원망스러웠다.

'궁주, 아무래도 무일공을 얻어 홀로 선계로 드신 모양이오. 그러나 궁주가 없어도 나는 내 일을 하고야 말 테요.'

허이량이 주먹을 움켜쥐었다.

* * *

허이량과 허정량 형제를 맞은 사마세가의 분위기는 싸늘했다.

"진무궁의 군사께서 무슨 일로 가주를 뵙자고 하는 게요? 할 일도 많을 텐데."

사마중의 동생인 사마청이 냉소를 날리며 물었다. 두 사람을 실내로 안내하지도 않고 마당에 그냥 세워 놓은 채로였다.

허이량은 그 같은 태도를 별로 개의치 않는 모습이었다.

"할 일이 아무리 많아도 사마 가주를 만나는 것보다 중차대한 일이 있겠소이까? 우리가 쓰고 있는 지붕이 어디까지 덮여 있는지를 제대로 확인할 겨를이 없었으니 말이오."

"허엄……."

여기저기에서 낮은 탄식이 흘러나왔다.

개화나루의 싸움에서 승리를 거둔 뒤 진무궁은 딱히 사마세가에 뭔가를 요구하거나 하지 않았다. 다른 문파들이야 안도하며 돌아섰을지 모르지만 사마세가는 그게 더 불안했다.

천룡부에 얽힌 비극적인 과거사를 생각한다면 분명 진무궁에서 사마세가를 그냥 두고 보지는 않을 것이라는 우려가 있었기 때문이다.

사마세가의 사람들은 허이량이 찾아온 까닭이 승자의 권리를 행사하기 위해서라고 믿었다. 허이량이 말한 지붕이라는 것이 결국은 '우리 모두가 천룡부의 지붕 아래 있을 뿐이다'라는 뜻으로 들렸다. 그 지붕이 어디까지 덮여 있는지를 확인하겠다는 말은 천룡부의 이름을 내세워 사마세가를 속박하겠다는 의미이리라.

사마청이 침통하게, 그러면서도 여전히 싸늘하게 대꾸를 했다.

"날을 잘못 잡았소이다. 가주께서는 폐관 중이라오. 미리 연통이라고 넣고 올 일이거늘……."

"유감스럽소만 지금은 폐관이나 하고 있을 한가한 때가 아니오."

"무례하오!"

사마청이 허이량을 쏘아보며 일갈을 토했다.

오만하기 짝이 없는 소리였다. 사마중이 한가해서 폐관에 들어갔겠는가? 그것은 적어도 사마중이 폐관을 하게 만든 장본인들의 입에서 나올 이야기는 아니었다.

허이량이 의도적으로 상대를 도발하고 있다고 느낀 허정량이 두 사람 사이에 끼어들었다.

"사마세가에 무례를 범하려고 온 게 아니올시다. 사마 가주를 당장 불러달라는 것도 아니고. 우리가 왔다는 사실만 기별을 넣어주십시오. 불원천리하고 왔는데 며칠을 못 기다리겠습니까? 설마 그것마저 불가능하다고 하지는 않겠지요?"

"크험……."

사마청이 마뜩치 않은 표정으로 헛기침을 했다.

대개 그렇듯이 사마세가의 수련동 역시 들어간 사람이 열고 나오지 않는 한, 밖에서 문을 열 수 없다.

하지만 사마세가의 수련동은 특이하게도 외부와 완전하게

단절이 되는 구조가 아니었다. 천마협과의 혈투 이후 비상태세가 일상화된 사마세가의 형편상 가주와의 소통을 유지하는 게 무엇보다 중요했기 때문이다.

가주가 폐관에 들어간 상태에서 긴급한 일이 생기면 수련동 입구에 뚫린 작은 통풍구 앞에 향초를 피우게 돼 있었다. 깊은 묵상에 빠져 몰아의 경지에 들어간 경우라고 해도 정신을 차린 뒤에 향을 맡음으로써 바깥에 긴한 용무가 있음을 알게 되는 방법이었다.

사마세가의 사정에 정통한 허정량은 그 점을 꼬집고 나온 것이다.

사마청으로서는 딱히 억지를 부릴 수가 없었다.

"좋소. 기다리시오."

사마청이 더 이상 허이량 형제와 대면하고 싶지 않다는 듯이 휑하니 몸을 돌려 사라졌다.

남은 사람들 중 누군가가 내키지 않는 음성으로 아랫사람을 시켜 허이량 형제를 빈청으로 안내하도록 했다. 그리고는 사마청이 사라진 방향으로 우르르 몰려갔다.

수련동으로부터의 대답은 생각보다 빨리 돌아왔다. 그날 해가 저물기 직전에 가주 직을 대행하고 있는 사마청이 몸소 빈청에 나타났다.

"가주께서 뵙자고 하시니 허 군사만 따라오시오."

"알겠소이다."

허이량이 지체하지 않고 사마청을 따라 나섰다.

사마청은 사마세가의 장원 뒤편으로 이어진 산을 타고 올라가 산등성이 중턱에 뚫린 수련동 입구까지 허이량을 안내했다.

수련동의 거대한 석문이 반쯤 열려 있었다. 석문은 허이량이 안으로 들어서는 것과 동시에 둔중한 소음을 내며 다시 닫혔다.

허이량은 흐린 등불이 드문드문 걸려 있는 좁고 기다란 동굴을 따라 깊숙이 들어갔다. 어차피 이 안에 있는 사람은 사마중뿐이니, 계속 들어가다 보면 자연스레 만나게 될 것이라는 생각에서다.

중간에 몇 번의 갈림길을 만나기는 했지만 등불이 이정표 노릇을 해준 덕분에 허이량은 망설일 필요가 없었다.

그렇게 이각(30분)은 족히 걸은 모양이다. 동굴이 갑자기 크게 넓어지는 곳이 나타났다. 자연 암반 상태로 울퉁불퉁하기만 하던 동굴 바닥이 반듯하게 다듬어져 연무장으로 쓰기에도 손색이 없는 장소였다.

과연 그곳에 사마중이 좌정을 하고 앉아 있었다.

"역시 진무궁주는 사마세가를 그냥 두고 볼 수가 없었던 것인가?"

사마중은 허이량이 자신을 은밀하게 찾아온 이유가 천룡부의 일 때문이리라고 판단했다.

십대문파 앞에서는 약자에게 생존과 재도전의 기회를 인정해주겠다고 공언했지만, 돌아서서 따져보니 본전 생각이 났으리라. 피를 뿌리고 싸운 것 치고는 얻은 게 별로 없으니 말이다.

십대문파야 애초에 안중에도 두지 않았을 테지만, 천룡부의 한 갈래로 무황태제의 무공을 잇고 있는 사마세가는 경우가 달랐다.

진무궁이 탐을 낼만한 물건, 4경 가운데 하나가 사마세가에 있으니까. 천룡부의 적통이라는 자들은 300년 전에도 4경을 빼앗기 위해 같은 뿌리를 공격하지 않았던가?

허이량이 빙긋 웃음을 지어 보였다.

사마중이 경계심을 품고 긴장을 하면 할수록 대화를 유리하게 이끌 수 있다고 생각했기 때문이다.

"허허, 그럴 리가요? 저희 모두가 목숨을 걸고 우긴다고 해도 궁주께서는 결코 약속을 어기실 분이 아닙니다."

"허면 그대가 날 찾아온 까닭이 무엇인가?"

"제가 온 것은 한 가지를 여쭙기 위해서입니다. 사마세가는 언제까지 천룡의 후예임을 감추고 살 작정입니까? 우물 안 개구리나 다름없는 십대문파와 어울려 다니는 게 부끄럽지도 않습니까? 천하제일의 무공을 계승한 자로서 말입니다."

허이량의 어조는 더할 나위 없이 공손했다.

그럼에도 사마중은 조롱을 받는 듯한 기분이었다. 천룡의 후예이면서도 오랫동안 몸을 낮추고 살 수밖에 없었던 사마세가의 처지에 대한 자격지심 탓이리라.

"표현이 과하군. 숲에 버려진 어린 호랑이는 살아남기 위해서 늑대조차도 겁을 먹고 피해야 하는 법. 한 줌도 안 되는 숫자로 이곳에 뿌리를 내려야 했던 우리 가문이 어떤 고초를 겪으며 여기까지 왔는지를 알기나 하는가? 동문(同門)의 살수가 언제 뻗쳐 올까 전전긍긍하며 살아야 했던 그 시절을 말이다! 우리를 천룡부에서 내친 게 바로 그대들 진무궁의 선조가 아니었더냐?"

"허허, 내게 그런 말을 해서는 안 되지요. 적어도 당신네 일족을 포함한 네 가문에게는 그래도 뭔가를 해볼 수 있는 힘과 기회가 있었으니 말입니다."

"……"

사마중이 착잡한 표정으로 허이량의 눈을 응시했다.

확실히 개인적인 한을 따지자면 허이량에게 비난을 퍼부을 처지가 아니었다.

어색한 침묵 끝에 사마중이 입을 열었다.

"대체 사마세가에 무엇을 원하는가? 이제 와서 천룡부의 이름으로 다시 살림을 합치자…… 그런 이야기는 설마 아닐 테고……"

"합치면 안 되는 겁니까?"

사마중이 놀라서 되물었다.

"그게 진무궁주의 뜻인가? 황제의 땅 한가운데에 천룡부를 다시 세우고 스스로 무황태제의 뒤를 잇겠다고?"

사마중은 내심 혼란스러웠다.

천룡부는 기련산 동쪽에 발을 들여놓지 않는다! 그것이 과거 한나라 황실과 맺은 천외지약의 내용이다.

한나라가 멸망한 뒤에도 천외지약은 깨지지 않는 불문율로 지켜졌다. 상황이 바뀌었다고 해도 스스로 한 약속을 지켜야 한다는 고집 때문이다.

그리고 여러 왕조의 권력투쟁과 흥망성쇠가 되풀이되는 대륙의 한복판에 뛰어들어 천룡부의 순수성을 더럽히지 않겠다는 의지이기도 했다.

무황태제가 천하제일의 초인이 된 뒤에도 기련산을 지키다가 선계에 든 것도 그런 연유였다.

헌데 악소천이 이제 와서 무황태제조차도 하지 않은 일을 하겠다니!

그것이 어쩌면 몰락해가는 송나라 황실을 쳐내고 새로운 왕조를 열겠다는 야욕으로도 이어질 수 있다는 생각에 사마중은 모골이 송연해졌다.

놀란 사마중을 향해 허이량이 천천히 고개를 저었다.

"궁주의 뜻이 아닙니다. 오늘 제가 사마세가를 찾은 것은."

"허어, 점점 알 수 없는 소리로군."

허이량이 자세를 바로 했다. 이제부터 해야 할 이야기가 간단치 않다는 의미다.

"잘 들으십시오. 궁주께서는 천산을 떠나면서 제게 한 가지를 약조하셨습니다. 무황태제의 이름을 세상에 널리 알리고, 그 유지를 잇겠노라고."

사마중이 천천히 고개를 끄덕였다.

허이량 형제가 악소천에게 인생을 걸 만한 이유가 있다고 여겨졌다.

그러나 풀리지 않는 의문은 남아 있었다. 대체 무황태제의 유지란 무엇일까? 4경 안에서 무일공을 찾아보라는 것 외에는 남긴 말이 없는데. 그 마지막 말이 무슨 뜻인지가 명확하지 않아서 후손들이 골육상잔까지 벌였는데.

사마중이 의문을 잠시 접어두고 허이량의 말에 계속 귀를 기울였다.

"우선은 불행하게 흩어진 천룡부의 후예를 다시 모아야 한다는 데는 궁주께서도 저와 뜻을 같이 하셨습니다. 하지만 구체적인 방법과 그 이후의 행보에 대해서는 의견이 많이 달랐지요. 궁주께서는 천룡의 후예들이 서로 실력을 겨뤄 누가 무일공에 가까이 다가섰는지를 확인하는 것만으로도 충분하다고 생각하신 모양입니다. 굳이 4경을 모으거나, 천룡부의 주인을 따로 가릴 필요가 있겠냐는……."

"진무궁주가 그리는 천룡부는 무황태제 이전의 모습인 모양이로구먼. 그래, 지금까지 그가 보여준 행동이 일관되게 천룡부의 원형을 지향하고 있었어."

"맞습니다. 하지만 무황태제 이전으로 돌아가겠다는 건 아예 무황태제를 부정하자는 거나 마찬가집니다. 아니, 천룡부가 만들어진 목적이 무엇입니까? 황제조차도 어쩌지 못하는 단 한 명의 절대 초인을 탄생시키기 위해섭니다. 그분이 바로 무황태제셨습니다. 천룡부의 원형이 아무리 순수한 것이었다고 해도, 무황태제가 등장한 이상 그분이 새로운 원형이 되어야 하는 겁니다."

"그러면 허 군사는 무황태제의 유지를 계승하는 방법이 무엇이라고 보는가?"

"무조건 4경을 한데 모아야지요. 그래서 무일공을 완성하고, 제2의 무황태제를 탄생시켜야 합니다. 그 일에 장애가 되는 건 전부 깨부수고서라도 말입니다."

"허허허, 보기와 달리 그대의 성정은 꽤나 패도적이로구먼. 그렇게 다 깨부수다가 4경은 어떻게 모으려고? 보아하니 자네는 기회만 있었다면 진무궁주의 힘을 빌려서 우리 가문도 벌써 멸문을 시켰겠구먼."

사마중은 어느새 허이량과의 대화를 즐기고 있었다.

상대가 주인과 다른 뜻을 품고 있음을 알게 되자, 묘한 유대감과 함께 여유가 되살아난 덕분이다.

"선택은 인간이 하지만, 현실의 결과는 언제나 극단적인 법이지요. 모을 수 없다면, 아예 없애 버리는 방법도 있으니까요. 어차피 무황태제께서도 유일공의 끝에서 무일공을 얻으셨으니 후손들이 그리 못할 까닭이 있겠습니까?"

"허허, 역시 화통한 성격이로세. 그래서 어쩔 셈인가? 주인과 뜻이 맞지 않으니 배를 갈아타겠다, 그런 생각인가?"

사마중이 핵심을 찌르고 들어갔다.

허이량의 입에서 이 정도의 이야기가 나왔다면 결론은 자명했다. 허이량은 자신의 뜻을 이루기 위해 사마세가와 손을 잡을 아니, 사마세가를 이용할 속셈이다.

그러나 기대와 달리, 허이량이 가볍게 고개를 흔들었다.

"그럴 리가요. 제가 비록 꼬인 곳이 많은 성정이기는 하나, 주인을 무는 못된 버릇은 갖고 있지 않습니다. 제가 사마세가를 찾은 까닭은 의외의 상황에 대비하기 위해섭니다."

"의외의 상황이라니?"

사마중이 궁금증을 참지 못해 자신도 모르게 몸을 앞으로 기울였다.

허이량이 그 모습을 보고는 되레 잠시 뜸을 들였다. 사마중을 대화에 깊이 끌어들이는 데는 일단 성공했으니, 다음 단계를 냉정하게 밟아나갈 차례였다.

"소문은 익히 들으셨을 겁니다. 제천대주가 사광 현신이 되어 돌아오고 있다는 사실을."

일렁이는 등불을 따라 흔들리는 사마중의 얼굴에 미묘한 변화가 순식간에 떠올랐다 사라졌다.

석도명에 대해서라면 자신 또한 머리가 깨질 정도로 고민을 하고 있던 터였다. 진무궁주가 석도명에 대해 어떤 대비를 하고 있을지가 자신의 최대 현안이기도 했다.

사마중이 그런 내색을 하지 않고 심드렁하게 대꾸했다.

"허허, 천하의 진무궁주께 별일이야 있겠나? 험, 본시 세간의 소문이란 절반쯤은 깎아서 듣는 게 정상이 아니던가? 솔직히 나는 그에게 큰 기대를 하지 않네."

내심 석도명을 자기편으로 생각하고 있는 사마중이 고의적으로 소문을 폄하했다. 본시 자기 손에 쥔 패가 형편없다고 엄살을 떠는 게 도박의 기본이 아니던가?

"아니요, 그렇지 않습니다. 세상에 알려지지 않은 사실이지만, 제가 그를 죽이기 위해 따로 손을 썼다가 실패했습니다. 그는 제가 힘들게 동원한 천고의 극독과 수백 명의 독인을 물리쳤고, 온갖 무공과 진식을 파훼했습니다. 어디 그뿐입니까? 심지어는 그 지독한 천년고독을 삼키고도 멀쩡했지요. 당시 목격자들의 증언에 따르면 그는 이미 신선의 경지에 들었다고 합니다."

사마중이 석도명을 깎아내린 것과는 반대로 허이량은 그의 실력을 최대한 과장하려고 애를 썼다. 사실 허이량 자신도 석도명에 관한 이야기를 고스란히 믿지는 않고 있었다.

사마중이 그 말을 듣고는 너털웃음을 터뜨렸다.

"허허, 반가운 소식이로고. 나는 실력이 부족해 진무궁주에게 무릎을 꿇었건만 제천대주가 내 원한을 대신 갚아주겠구먼. 내가 그와 함께 진무궁으로 쳐들어가야겠네, 그려."

허이량은 사마중이 웃는 까닭을 알았다.

석도명이 악소천을 꺾는다면 진무궁과 무림맹의 싸움은 개화나루에서와는 정반대의 결과가 나올 터였다. 석도명의 승리를 확신한다면 사마중은 당장 십대문파를 끌어 모으고도 남을 인물이었다.

그럼에도 허이량의 자세에는 흔들림이 없었다. 아직 자신의 패를 다 까발린 게 아니었다.

"허허, 그렇게 섣부른 일을 하실 분이 아니라는 걸 잘 알고 있습니다."

"……."

사마중이 허이량을 빤히 쳐다봤다.

진무궁과 무림맹의 군사가 만난 자리다. 아직은 수 싸움이 남아 있으리라는 사실을 사마중 또한 짐작하고 있었다. 적에게 이로운 정보를 전해주려고 달려올 바보는 천하에 없을 테니까.

허이량이 도전적인 어조로 한 마디를 던졌다.

"과거 양곡대전에서 천마협의 네 마리 용을 모두 잡았다고 생각합니까?"

"허어……."

사마중이 부지불식간에 탄성을 흘렸다.

무림맹을 세운 뒤로 부친과 자신의 대에 걸쳐 두려워하고 경계하던 일이 허이량의 입에서 나온 것이다.

적룡, 청룡, 흑룡, 백룡.

천마협을 이끌던 4명의 절정고수다. 천무협이 천마협으로 불리는 것처럼, 사대신룡에서 사대마룡(四大魔龍)으로 그 이름이 바뀌었지만.

천마협의 주력을 오행금쇄진에 가두고 화공을 펼쳐 궤멸에 가까운 피해를 입혔지만 불에 탄 시신들 가운데서 누가 사대마룡인지는 확인할 수 없었다.

공식적으로는 사대마룡의 죽음을 선언했지만, 내심 그들이 다시 돌아올 수 있다고 믿었기에 천마협에 대한 경계를 늦추지 못했다.

"역시 제대로 알지 못하시는 것 같은데, 제가 확인해드리죠. 당시 양곡대전에서 청룡과 백룡이 죽고, 적룡과 흑룡은 살아서 도망쳤습니다."

"허허, 그래도 절반은 잡았으니 그걸 위안 삼으라는 뜻인가? 아니면 절반을 놓쳤다고 조롱하는 건가?"

"사마세가의 공적에 대해 왈가왈부할 생각은 없습니다. 중요한 건 살아남은 그 절반이 종내는 절반이 아니라는 것이지요."

"절반이 사실은 절반이 아니다······."

사마중이 나지막이 중얼거렸다. 허이량의 말뜻을 알아듣지 못해서다.

팽팽하던 두 사람의 대화가 순식간에 허이량 쪽으로 기울기 시작했다.

"사마세가는 천마협에 대해서 얼마나 알고 있습니까? 그저 천룡의 후예라는 사실을 짐작한 게 전부가 아닐까……. 그렇게 생각하고 있습니다만."

사마중이 순순히 고개를 끄덕였다.

평생을 궁금해마지 않던 천마협의 실체가 드러나는 순간이다. 구태여 자존심을 내세울 필요가 없었다.

허이량이 주저하지 않고 설명에 들어갔다.

"맹악의 후예들이 나머지 세 가문을 공격해 멸문 직전의 상태로 몰아넣은 뒤 천룡부는 심각한 내홍(內訌; 내분)에 빠졌습니다. 소득 없이 골육상잔을 일으킨 것을 반성해야 한다는 온건파와 4경을 들고 동쪽으로 달아난 자들을 반역자로 규정해 끝까지 처치하자는 강경파가 충돌하고 만 것이지요. 그 어느 편에도 들고 싶지 않은 중도파도 있었고……. 당시 천룡부의 무주(武主)께서는 온건파의 손을 들어주셨습니다. 자신이 억지로 4경을 모으려다 씻지 못할 죄를 지었다면서 말입니다. 그러나 강경파는 쉽게 물러나지 않았습니다."

천룡부 최후의 무주 맹정(孟晶)의 노력으로 분란은 수습되는 것 같았다. 하지만 불운하게도 맹정이 부상과 울화증에 시달리다 2년 만에 세상을 떠나는 바람에 천룡부의 갈등은 다시 폭발했다.

결국 천룡부를 스스로 무너뜨리는 또 한 번의 골육상잔이 벌어진 끝에 강경파와 온건파는 완전한 결별에 이르고 말았다.

거듭되는 상쟁(相爭; 서로 다툼)에 환멸을 느낀 중도파들도 뿔뿔이 흩어져 세상에서 모습을 감췄다.

"짐작을 하시겠지만 당시의 강경파가 바로 천마협의 뿌리입니다. 그들은 기련산을 빈손으로 떠나지 않았지요. 무저동(無底洞)에 보관돼 있던 무공을 탈취해 달아난 겁니다."

"무저동이라…… 과연 그랬군."

사마중이 무겁게 고개를 끄덕였다.

무저동.

천룡부는 여섯 나라의 왕궁 무고에 보관돼 있던 무공비급을 합친 것으로도 부족해 서역 일대에서 온갖 무공을 끌어 모았다. 그러다 보니 정종 무공만이 아니라 그 뿌리를 알 수 없는 기괴한 무공과 마공까지 잔뜩 모이게 됐다.

천룡부의 고수들은 천리를 거스르는 마공을 따로 추려서 보관했는데 그 장소가 바로 무저동이다.

무저동에 들어간 비급은 다시는 세상에 나올 수가 없었다. 정사의 개념을 떠나 절대무공을 추구했던 천룡부의 고수들조차도 고개를 내저은 극악한 무공들이 무저동에 차곡차곡 쌓여 갔다. 오랜 세월이 흐르면서 그 안에 과연 어떤 무공이 모여졌는지 그 누구도 알지 못했다.

천마협은 무저동에서 탈취한 금단의 무공을 바탕으로 패도적인 힘을 키운 것이다. 그로 인해 천룡의 후예이면서도, 천룡과는 다른 길을 가게 됐다.

"무황태제의 뜻을 이어받고 싶었는지, 공교롭게도 천마협은 사대신룡…… 아, 이제는 사대마룡이지요. 어쨌든 네 명의 강자가 병존하는 집단지도체제를 채택했습니다. 4명이 무한경쟁을 하면서 끝없이 강해진다. 그런 의미였겠지요. 하지만 아시다시피 그런 방식에는 항상 문제가 따르게 됩니다. 사공이 너무 많다는 겁니다. 사대마룡이 그 같은 문제점을 뼈저리게 느낀 것이 바로 양곡대전에서였지요. 결국 죽음의 위기에 몰려서 그들은 절박한 선택을 합니다. 둘은 목숨을 바쳐 활로를 열고, 나머지 둘은 살아남기로."

"흐음, 살아남은 것은 둘이겠으나…… 결국 네 사람의 뜻이 하나로 모였겠군. 아마도 공동전인 같은 것을 키우기로 했겠지."

과연 지략의 달인, 사마중다운 추측이었다.

"맞습니다. 천산으로 돌아간 적룡과 흑룡은 사대마룡의 절학을 한 명의 전인에게 고스란히 전수했습니다. 물론 세력을 복구하는데도 심혈을 기울였지요. 장담하건대 천마협의 힘은 과거를 능가하고도 남습니다. 더구나 사대마룡의 전인, 천마협의 무주는 가공스러운 힘을 지녔지요."

"설마 그가 진무궁주보다 강하다는 뜻은 아닐 테지."

사마중은 머릿속으로 '진무궁이 버티고 있는 한 천마협은 세상에 나오지 못할 것'이라는 이야기를 떠올렸다.

악소천이 그같이 말한 데는 그만한 사연이 있을 것이라고 짐작했었다.

아마도 진무궁이 일찌감치 천마협을 제압해 천산 일대의 패권을 정리했으리라는 추측이었다. 헌데 허이량의 눈치를 보아하니 훨씬 복잡한 배경이 깔려 있는 것 같았다.

"궁주께서 천마협의 무주와 싸운 것은 10년 전의 일입니다. 칠일 밤, 칠일 낮을 싸운 끝에 반초 차이로 이겼다고 들었습니다. 천마협의 무주는 그 패배를 설욕하기 전에는 절대로 세상에 나가지 않겠다는 약속을 하고 깊은 칩거에 들어갔습니다. 그 뒤로 그가, 그리고 천마협이 얼마나 더 강해졌는지는 알 수 없습니다. 하지만 이것만은 말할 수 있습니다. 궁주께서는 그 싸움을 겪고 난 뒤에야 비로소 인간의 한계를 넘어서게 됐다고 하셨지요. 궁주께서 그 같은 성취를 얻으셨는데, 천마협의 무주라고 빈손으로 돌아갔겠습니까?"

"……"

사마중의 눈빛이 깊이 가라앉았다.

기련산 서쪽에 수백 년을 웅크리고 있던 두 마리 용의 실체를 이제야 분명하게 알 수 있었다. 천하에 모습을 드러내지 않았을 뿐, 한곳에 머물기엔 너무 거대한 두 강자가 오랜 세월을 용케도 공존해왔다. 겉으로 드러난 평화와 달리, 살얼음같이 아슬아슬한 힘의 균형 위에서.

진무궁이 지금 천하를 호령하는 것 같지만 돌아보면 사방에 간단치 않은 적들이 버티고 있는 형국이다.

악소천에게 두 눈을 잃은 석도명이 사광 현신으로 되돌아오는 중이고, 천마협은 오랜 세월 등 뒤에서 발톱을 갈고 있다.

쉽게 상대할 수 없는 필생의 숙적이 악소천을 노리고 있는 상황에서 사마세가와 십대문파까지 들고 일어난다면?

자신이 경험한 바로는 악소천은 그런 일로 가슴을 졸일 사람이 아니다. 다만, 모든 변수를 한 손에 넣고 큰 그림을 짜기에 바쁜 군사 허이량의 눈에는 악소천의 처지가 벼랑 끝에 올라선 것처럼 위태로워 보였으리라.

사마중은 허이량이 자신을 찾아온 까닭이 무엇인지를 머릿속에서 정리할 수 있었다.

잠재된 위험 요소가 노출되기 전에 손을 쓰고 싶은 것이다. 손을 맞잡을 상대로 천룡의 후예인 사마세가를 점찍은 것은 당연한 선택으로 보였다.

그런데 사마세가가 그 손을 잡아줄 필요가 있을까?

'벼랑 끝 승부를 피하고 그 대신 어부지리를 취하고자 했더니만……'

사마중은 개화나루에서 전면전을 피한 것이 백번 잘한 일임을 알았다. 악소천이야 누구를 만나도 결코 지지 않으리라는 자신감이 있는지 모르겠지만, 그날 싸움에서 진무궁과 무림맹이 이전투구를 벌였다면 결과적으로 천마협만 돕는 꼴이 될 뻔했던 것이다.

"그러니까 그대는 진무궁주가 만에 하나, 제천대주나 천마협 무주와의 싸움에서 질 경우를 걱정하고 있구먼. 그런 일이 벌어진다면…… 더더구나 사마세가는 진무궁과 거리를 둬야 하는 게 아닐까? 진무궁주가 쓰러진 뒤 진무궁과 한편이 되면 무슨 이득이 있겠는가? 이제 와서 사마세가가 진무궁과 한 뿌리네, 어쩌네 하고 떠들어봐야 강호에서 변절자 소리밖에 더 듣겠던가? 내 생각에는 차라리 진무궁과 천마협이 피터지게 싸우고 난 다음에 우리가 나서도 되지 않을까 싶은데……. 더구나 자네가 두려워하는 제천대주는 우리 편이라고 봐도 무방한 사람이 아니냔 말일세."

"허허, 결국 천룡의 후예라는 사실이 밝혀지면 십대문파하고는 잘 지낼 수가 없을 겁니다. 모르기는 몰라도 황실에서도 좋아하지 않을 테고."

"그걸 협박이라고 하는 건가? 사마세가가 산동에 자리를 잡은 지 300년이 넘었다네. 우리가 천룡의 후예라는 사실을 어떻게 입증할 텐가?"

허이량이 결연한 표정을 지었다. 이제는 수 싸움에 쐐기를 박아야 할 때였다.

"허허, 진무궁이 천산을 떠나기 전에 제가 천마협을 몇 차례 다녀왔습니다. 진무궁이 강호를 평정하는 동안, 배후의 안전을 지키기 위한 일종의 교섭이었지요. 그때 아주 재미있는 이야기를 들었습니다만……. 천마협이 강호에 나와서 진법의 뜨거움을 맛본 건 양곡이 처음이 아니었다고 하더군요."

"진법이라니……."

사마중은 허이량의 말을 이해할 수 없었다.

처음 듣는 이야기였고, 그게 무슨 의미인지 일말의 짐작도 가지 않았다. 사마세가가 양곡에 오행금쇄진을 펼쳐 천마협을 막아낸 것은 세상이 다 아는 이야기다. 헌데 그 이전에 천마협이 진법에 당한 사실이 있단 말인가?

허이량이 흥미로운 얼굴로 사마중을 바라보며 다시 입을 열었다.

"흠, 사마 가주께서도 모르셨던가요? 자세한 설명을 해드려야 할까요?"

허이량이 사마중의 대답을 들어야 설명을 해주겠다는 듯이 질문을 던져놓고는 기다렸다.

혼란에 빠진 사마중은 언뜻 대꾸를 하지 못했다.

그때였다.

"그만하면 됐다. 세 치 혀로 더 이상 사마세가를 희롱하지 말라!"

동굴 깊은 곳에서 무거운 음성이 들려왔다.

언제 나타났는지 노인 하나가 동굴 안쪽으로 이어진 어둠 속에 서 있었다.

사마중이 노인을 향해 황망히 허리를 굽혔다. 노인이 뚜벅

뚜벅 걸어와 허이량 앞에 섰다.

허이량이 태산 같은 노인의 기도에 중압감을 느끼며 물었다.

"뉘……신지……."

"나는 사마광이다."

"헉!"

허이량이 비명에 가까운 경악성을 토해냈다.

천모 사마광.

흩어져 있던 십대문파를 한데 끌어 모아 천마협과 맞서고, 무림맹을 창설한 바로 그 인물이었다.

20여 년 전에 세상을 떠났다던 사마광이 아직 살아 있다니!

허이량은 뒤통수를 크게 맞은 것 같았다.

사마광은 천마협을 맞기 위해 온갖 안배를 해둠으로써 진무궁을 놀라게 하고, 천하를 놀라게 했다. 하지만 그가 남긴 최후의 안배는 바로 그 자신이었던 셈이다. 20년 동안 수련동에 숨어 무황태제의 무공을 연마했을 사마광의 모습이 선하게 그려졌다.

개화나루에서 드러난 사마중의 무공은 사방천군의 윗길을 가고 있었다. 그러면 사마광은 대체 어느 경지에 올라 있을까?

'이것이었구나.'

불현듯 뇌리를 스쳐가는 생각이 있었다.

사마세가가 십대문파와 더불어 진무궁에 당당하게 도전장을 냈던 까닭을 어렴풋이 짐작할 수 있었다. 사마광과 악소천의 싸움에 승산이 있다는 자신감을 품었던 모양이다.

허이량이 다시 기민하게 머리를 굴렸다.

사마광을 믿고 정면 승부를 걸어온 사마세가가 정작 개화나루에서는 악소천과 사마중의 일 대 일 비무로 승부를 가리자고 했다.

위계(僞計; 속임수)를 사용해 진무궁의 전력 절반을 엉뚱한 곳으로 유인해 놓고도 갑자기 작전을 바꿔야 할 이유가 있었을 터였다.

그것을 설명해 줄 변수는 오직 하나였다.

사광 현신.

자신이 석도명의 소식을 전해들은 순간에 사마세가에도 비슷한 소식이 날아든 게 분명했다. 석도명의 재주를 누구보다 먼저 발견해 무림맹으로 불러들인 사마중이 사광 현신의 소문에 주목을 했으리라는 건 따져볼 필요도 없는 일이다. 일단 시간을 벌어놓고 석도명까지 끌어들여 보다 확실한 승부에 도전할 속셈이었으리라.

'결국 지는 척했단 말이지?'

의외의 상황에 허이량은 머리가 다시 복잡해졌다. 사마세가가 생각 이상으로 판세를 치밀하게 보고 있음을 알았기 때문이다.

이렇게 치밀한 자들을 어떻게 구슬릴 것인가?

그때 다시 사마광이 음성이 들려왔다.

"네 말을 들어보니 지략은 뛰어나나 주인을 제대로 모시지 못했구나. 이제라도 그 잘못을 바로잡는 게 어떻겠느냐?"

사마광이 형형한 눈빛으로 허이량을 바라봤다.

허이량은 사마광의 눈길이 마치 거미줄처럼 자신의 몸을 칭칭 옭죄어 드는 느낌이 들어 꼼짝도 할 수 없었다.

제3장
천무곡(天武谷)의 주인

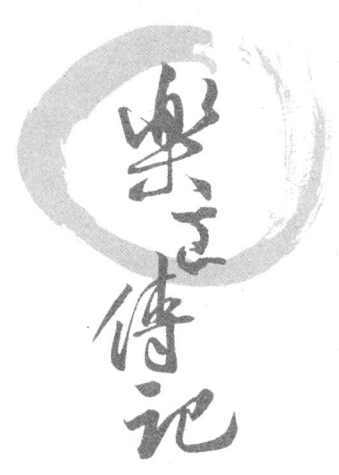

 천산 산맥 끄트머리의 한 골짜기에 석도명이 모습을 드러냈다.

 깎아지른 벼랑 밑에서 위를 올려다보던 석도명이 바람을 타고 허공으로 날아올랐다. 수십 장의 높이를 간단히 올라간 석도명이 벼랑 끝에 발을 디디며 주변을 두리번거렸다. 어딘가 모르게 서두르는 기색이 역력했다.

 사람의 흔적이 전혀 없을 것 같은 험한 지형임에도 불구하고 벼랑 안쪽으로는 사람의 발걸음으로 만들어진 가느다란 길이 이어져 있었다.

 석도명은 미처 알지 못했지만, 그곳에 무수한 발걸음을 남긴 사람 가운데 한 사람이 한운영이다. 그녀가 이 벼랑 끝에서 날마다 자신을 그리워하고, 미안해했다는 사실 역시 석도명이 알 리 없다.

"후우, 너무 늦은 게 아니면 좋겠는데……."

길을 따라 가며 석도명이 낮게 한숨을 쉬었다.

사부의 무덤 앞에서 뜻하지 않게 악소천을 만난 게 벌써 한 달 하고도 보름 전이다.

악소천과의 치열한 싸움을 끝낸 뒤 석도명은 놀라지 않을 수가 없었다.

그저 한식경쯤 죽어라 싸웠다고 생각했는데 알고 보니 무려 20여 일 이상의 시간이 흘러 있었다. 더구나 싸움은 분명 여가허 외곽에서 시작했건만, 정신을 차려보니 엉뚱하게도 복건에서도 훨씬 남쪽으로 내려간 외딴 바닷가였다.

그것이 악소천의 무공에 깃든 시공을 초월하는 공능 때문인지, 아니면 두 사람이 정말로 그렇게 긴 거리, 긴 시간을 오가며 싸움을 벌였던 것인지는 쉽게 판단이 서지 않았다.

하지만 그 문제에 매달릴 계제가 아니었다.

악소천이 남긴 지도가 한운영이 있는 곳임은 어렵지 않게 짐작할 수 있었다. 문제는 그곳에 가기 위해서 다시 대륙을 가로질러야 했다. 바람의 속도로 달리고 달린 끝에 이제야 천산에 도착할 수 있었다.

벼랑을 타고 넘어 다시 깊은 골짜기로 내려온 석도명의 걸음이 조심스러워졌다.

 기련산을 떠난 맹악의 후손들이 처음 뿌리를 내렸고, 진무궁의 역사가 시작됐다는 절류곡 깊은 골짜기를 따라 크고 작은 10여 개의 건물들이 드문드문 모습을 드러냈다. 진무궁이 다시 터를 옮긴 게 오래전인지라 낡고 빛바랜 건물들 가운데 멀쩡하게 서 있는 건물은 절반 남짓했다.

 석도명은 그곳에 인기척이 있음을 감지하고 몸을 낮춰 바위 뒤편에 숨었다. 그리고는 귀를 기울여 골짜기 안의 상황을 면밀히 살폈다.

 사람은 생각보다 많지 않았다. 골짜기를 전부 통틀어 고작 30여 명에 불과한 숫자였다.

 하지만 유독 한 건물만 10명가량의 무사들이 에워싼 채 주변을 경계하는 기색이다. 나머지 무사들이 한가롭게 흩어져 있는 것을 보면 그 건물 안에 감시를 받아야 할 중요한 인물이 있는 게 분명했다.

 석도명이 정신을 집중해 건물 안의 기척을 살폈다.

 그곳에 과연 바깥의 사내들과는 전혀 다른 기운, 여인의 기척이 느껴졌다.

 여인은 서탁에 앉아 책을 보고 있었다. 독서보다는 깊은 생각에 빠져 있는 듯 책을 넘기는 소리가 불규칙하게 들려왔다. 그리고 이따금 한숨소리가 뒤섞였다.

 '한 소저…….'

방 안의 여인이 한운영일 것이라는 생각에 석도명은 가슴 한쪽이 시큰해지는 기분이었다.

자신이 눈을 잃고 세상을 헤매는 동안, 이 깊고 외진 골짜기에 갇혀 자책과 후회로 무수한 밤을 지새웠을 한운영의 모습이 선하게 그려졌다.

당장이라도 달려가 한운영을 만나고 싶었지만 석도명은 그러지 않았다.

고작 30여 명에 불과한 숫자라고는 해도 상대를 만만히 볼 수는 없었다. 한운영이 여운도의 딸이자, 천룡의 후예라는 사실을 알고 있는 진무궁주가 그녀의 신변을 아무에게나 맡겨놓았을 것 같지는 않았기 때문이다.

싸워서 진다는 생각은 들지 않았지만, 한운영의 안전을 위해서 최대한 은밀하게 접근을 해야 했다.

석도명은 가까운 바위틈에 몸을 숨기고 앉아 밤이 오기를 기다렸다.

지루한 기다림 끝에 짙은 어둠이 골짜기에 내려앉았다.

석도명은 밤이 더욱 깊어져 삼경(三更; 밤 11시~새벽 1시)에 접어든 무렵에야 몸을 일으켰다.

한운영의 처소로 생각되는 건물을 제외하고는 인기척이 완전히 끊겨 있는 상태였다.

석도명이 바람을 타고 소리 없이 허공을 날아가 건물 지붕에 내려앉았다. 그리고 계곡 어귀를 향해 부드럽게 손을 저었다.
 휘잉.
 갑자기 돌개바람이 일어나 계곡 한편의 벼랑을 훑고 지나갔다. 그 바람을 이기지 못한 돌무더기가 벼랑 위에서 요란한 소리를 내면서 굴러 떨어졌다.
 "누구냐?"
 건물을 둘러싸고 있던 무사들 가운데 절반이 고함을 치며 앞으로 달려갔다. 뒤편에 있던 무사들이 긴장한 얼굴로 뛰어와 그 빈자리를 채웠다.
 그 틈을 이용해 석도명은 건물 뒤편으로 뛰어내렸다. 그리고 뒷문을 잡아당겼다. 갇혀 지내는 신세가 답답해서 그랬는지 문은 걸려 있지 않았다.
 석도명이 소리를 지운 채 방에 들어섰을 때 여인은 서서 앞문 쪽에 귀를 기울이고 있었다. 늦은 밤 바깥에서 들려온 심상찮은 소리를 들었음이리라.
 그 뒷모습에 담긴 조바심을 석도명이 어찌 모르겠는가?
 "한 소저……."
 석도명이 한껏 조심스런 음성으로 한운영을 불렀다. 혹시라도 상대를 놀라게 할까 싶은 탓이다.
 석도명의 목소리를 알아들은 여인이 미소를 지으며 돌아섰다.
 "오랜만이에요."

"당신이……."

석도명이 놀라서 말을 잇지 못했다.

상대는 뜻밖에도 환상요희였다. 혹시 너무 늦게 도착한 게 아닐까 하는 우려가 현실로 나타난 것이다.

환상요희가 석도명을 향해 천천히 다가섰다.

"호호, 이거 섭섭한걸. 이 누님이 조금도 반갑지 않은가 봐?"

석도명이 굳은 얼굴로 환상요희를 마주 보고 섰다.

달아나려고 마음을 먹었다면 당장에라도 문을 박차고 나갔겠지만 그러지 않았다. 환상요희가 조금도 서두르는 기색이 아니었기 때문이다. 환상요희는 소리를 질러 수하를 불러 모으려고도 하지 않았다.

그게 무슨 의미인지를 석도명은 알았다.

원래 이 자리에 있어야 할 사람, 한운영의 행방을 손에 쥐고 있기에 여유를 부릴 수 있는 것이다.

"한 소저는 어디 있소?"

"하아, 너무 야박하네. 동생이 앞을 못 봐서 그런 모양인데, 미모로 따지면 나도 빠지지 않거든. 그러니까 내 앞에서 딴 년 생각은 그만 하라고!"

"한 소저의 행방을 알려주기 싫으면 그만 두시오. 어차피 이번 일도 누구 짓인지 대략 짐작이 가는데. 나를 죽이려고 했던 사람, 허이량을 찾아가면 되지 않겠소?"

석도명이 돌아서서 나가려고 하자 환상요희가 다급히 손을 저었다.
 "알았어, 알았다고. 생긴 거랑 다르게 은근히 강단이 있네. 한운영의 행방이 궁금하면 날 따라와."
 환상요희가 그 말을 마치고는 휙 돌아서서 바깥으로 나갔다.
 석도명이 조용히 그 뒤를 따랐다.
 어느새 몰려든 무사들이 횃불을 치켜들고 마당에 도열해 있었다. 아마도 처음부터 이런 각본이 치밀하게 준비돼 있었던 모양이다.
 환상요희의 손짓을 받은 무사들이 앞장서서 걷기 시작했다. 환상요희와 석도명이 나란히 그 뒤를 따랐다. 이번에는 환상요희도 석도명에게 고독을 먹이거나, 철쇄를 채우는 짓 따위는 하지 않았다.
 산길을 가기에는 적절하지 않은 시간이었지만, 환상요희도 석도명 못지않게 마음이 바쁜 것 같았다. 하긴 천하의 정세가 수상스럽기만 한 이 시절에 누군들 느긋하겠는가?

 석도명과 환상요희 일행은 닷새를 쉬지 않고 서쪽으로 달린 끝에 천산산맥 깊은 곳에 자리한 분지에 도착했다.
 거대한 산맥의 줄기가 양 옆으로 굽이치며 지나가는 기다란 분지는 수백 채의 건물로 가득했다. 간단치 않은 세력의 거점임이 분명했다.

환상요희는 그 가운데 가장 큰—크다고는 해도 면적이 넓을 뿐, 지붕이 낮아서 별로 웅장한 느낌을 주지는 않는— 건물로 석도명을 안내했다.

그 건물 안에서 석도명을 맞은 건 범상치 않은 기도를 내뿜는 노인이었다. 얼굴에 제법 깊은 주름이 파인 것과 달리 칠흑같이 검은 머리가 다부진 노인의 인상과 어울려 강인하면서도 매서운 분위기를 풍겼다.

"네가 사광 현신이냐? 천무곡(天武谷)에 잘 왔구나."

노인이 카랑카랑하면서도 묵직한 음성으로 말을 건넸다.

'천무……'

석도명의 뇌리에 천무라는 두 글자가 스쳐갔다.

천무곡, 천무협, 그리고…… 천마협.

50여 년 전 강호에 피바람을 몰아치게 만들었던 천마협의 본거지에 들어온 것이다. 더구나 만혼동에서 자신과 싸웠던 자들은 물론, 환상요희까지 천마협의 인물이었다니.

석도명은 낭패한 기분을 떨칠 수가 없었다.

한운영이 설마 천마협의 손아귀에 떨어진 걸까? 천마협이 누군가? 두 번이나 승천패를 보내 여씨세가를 멸망으로 몰아넣고, 한운영의 부모가 생이별을 하게 만든 철천지원수다.

석도명은 앞으로 벌어질 일이 보통 심각하지 않겠다는 생각을 하면서 입을 열었다.

"한운영 소저가 이곳에 있습니까?"

석도명의 물음에 노인이 웃음을 터뜨렸다.

"푸하하, 보기보다 넉살이 좋은 녀석이구나. 독고옹과 지옥귀음을 죽게 만들고, 본문의 수하 200여 명을 폐인으로 만들어 놓고는 태평하게 계집아이를 찾다니. 나 을지상(乙志上)이 네게는 그리도 녹록하게 보인 모양이지?"

석도명 뒤에 서 있던 환상요희가 끼어들었다.

"무주, 용서하세요. 이 사람은 여기가 어딘지도 모르고 왔답니다."

환상요희가 뒤이어 낮은 음성으로 석도명에게 속삭였다.

"무주께서는 한 소저와는 아무 관련이 없으셔. 다만 널 보고 싶어 하셔서 이리로 먼저 데려온 거야."

"이건 약속이 틀리지 않소? 한 소저가 있는 곳으로 데려다 준다는 이야기가 아니었소?"

석도명이 노기를 띠자 환상요희의 음성이 자연히 커졌다.

"호호, 내가 언제 한 소저가 있는 곳으로 데려다 준다고 했지? 행방이 궁금하면 따라오라고 했을 뿐이야. 어쨌거나 나는 무주의 영을 받들어야 하는 입장이라고."

석도명은 어처구니가 없었다.

허나 누구를 탓하리요? 환상요희 같이 믿을 수 없는 여자를 너무 쉽게 따라나선 게 실수였다.

그 순간 천마협의 무주 을지상은 석도명을 천천히 살피고 있었다.

구화검선이니, 사광 현신이니 하는 요란한 별호 탓에 석도명에게 얼마간의 경계심을 품은 게 사실이다. 더구나 석도명의 손에 천마협의 고수 200여 명이 무공을 잃지 않았던가?

헌데 지금 자신의 눈앞에 서 있는 석도명의 모습은 평범하기 그지없다. 게다가 환상요희에게 쉽게 속은 것을 보면 순진한 구석까지 보였다.

을지상은 자신도 모르게 석도명에 대한 적의와 경계심이 스르르 풀리는 것 같았다. 그게 어떤 의미인지를 물론 모르지 않았다.

'있는 듯 없는 듯 자연스런 기도가 몸에 배었구나. 저 나이에 이미 자연경(自然境)에 들다니.'

을지상이 마음을 다잡기라도 하듯이 자세를 고쳐 앉았다.

"아이야, 지금 시비를 가릴 건 그 문제가 아닐 게다. 네가 천마협에 진 혈채는 어찌 갚을 테냐?"

을지상은 뜻밖에도 스스로를 천무협이 아닌, 천마협이라고 칭했다. 자신들을 마인으로 몰아가기 위해 정파의 무림인들이 고쳐 부른 그 치욕스런 이름으로 말이다.

을지상의 입에서 혈채라는 말이 나오자 석도명이 꼿꼿하게 몸을 세웠다. 원해서 시작된 은원은 아니지만, 이미 벌어진 일을 피해 갈 생각은 아니었다.

"솔직히 혈채라고 하기에는 좀 억울하군요. 내 형님의 목숨을 담보 삼아 나를 만혼동으로 부른 건 저 여인입니다. 그곳에서 정체를 알 수 없는 사람들에게 공격을 받았고, 살기 위해서 싸울 수밖에 없었습니다. 목숨을 잃은 두 사람은 제가 죽인 게 아니라, 스스로 죽음을 택한 겁니다. 나머지 사람들은 자연의 조화를 거스른 무공이 깨지는 바람에 내공을 잃었을 뿐이고요. 그 같은 일이 다시 반복되지 않기를 바랍니다."

석도명의 말은 최소한의 해명이었지만 그 마무리는 좀 묘했다.

같은 일이 반복되지 않기를 바란다는 말은 '나를 건드리면 똑같은 일이 벌어질 수 있다'는 협박으로도 해석될 여지가 있었다.

을지상의 얼굴에 노골적인 비웃음이 떠올랐다.

단신으로 천무곡에 들어와 저렇게 겁 없는 소리를 해대다니! 저런 인간이 있으리라고는 상상도 하지 못했다. 자신에게 쓰라린 패배를 안긴 악소천이라고 해도 그러지는 못할 것이다.

"후후, 생각보다 뻔뻔한 녀석이로다. 그 문제는 나중에 따지기로 하고……."

을지상이 석도명을 매섭게 쏘아보며 물었다.

"아이야, 너는 진무궁주를 만났느냐?"

을지상에게 중요한 건 수하들의 복수가 아니었다. 그의 인생철학으로는 약한 게 곧 죄였다. 이긴 자를 탓할 게 아니라, 힘이 부족해서 진 놈들이 책임을 져야 하는 것이다.

을지상은 진무궁으로 갔어야 할 사광 현신이 천산에 나타난 까닭이 더 궁금했다. 최근 상황을 보면 평생의 숙적 악소천과 석도명 사이에 아무래도 무슨 일이 있어난 듯했기 때문이다.

"제가 그를 만났는지 아닌지가 중요한 문제입니까?"

석도명이 을지상의 물음을 질문으로 되받았다.

한운영이 있어야 할 곳에 있지 않은 까닭이 악소천의 거취와 직결돼 있음이 분명한 상황이다. 악소천에 대해서 함부로 입을 놀릴 수는 없었다.

태연한 겉모습과 달리 석도명은 내심 조바심이 났다.

을지상에게서 뿜어지는 기도는 결코 악소천에 뒤지지 않았다. 천마협의 공포를 굳이 떠올리지 않더라도 그가 얼마나 대단한 고수일지를 고스란히 느낄 수 있었다. 마음먹고 달아난다고 해도 을지상을 쉽게 뿌리칠 수 있을 것 같지 않았다.

아니, 달아나는 것만이 능사는 아니었다. 뜻하지 않게 천룡부의 4경 가운데 셋을 손에 넣은 상황이다. 그 사실이 알려지면 자칫 천룡의 후예들에게 공적이 될 수도 있었다.

그 복잡한 실타래를 하나씩 풀어보자는 생각이 들었다.

"푸하하, 네놈 입으로 물었으니 귀를 씻고 들어라. 천마협이 그동안 왜 세상에 나가지 않은지 아느냐? 본좌가 10년 전에 악소천 그 늙은이와 싸워서 딱 반걸음을 내줬기 때문이다. 진무궁이 우리를 남겨두고 강호로 나갔을 때 나는 생각했다. 굳이 내가 강호의 고수 나부랭이들과 직접 싸울 필요가 있을까? 악소천이 천하를 제패하고 난 뒤, 그 늙은이만 잡으면 내가 천하제일인이 되는 건데 말이다."

"……."

석도명은 을지상의 말에 아무 대꾸도 하지 않았다. 누가 천하제일인지를 따지겠다는 패도적인 이야기에 아는 체를 할 마음은 눈곱만큼도 없었다.

을지상이 말을 이어갔다.

"헌데 세상이 온통 떠들어대더란 말이다. 진무궁주와 사광현신이 싸워 천하제일을 가릴 것이라고. 그러니 나로서는 반드시 확인을 해야 할 필요가 있지. 자, 다시 물으마. 너는 악소천을 만났더냐?"

석도명은 이제야 알 수 있었다.

"으허허, 태산 같은 짐을 네가 내려주었구나."

악소천이 짊어진 태산 같은 짐 가운데 하나가 바로 을지상과 천마협이었다.

석도명은 고민에 빠졌다.

솔직하게 밝히자니 이 자리에서 을지상과 다시 목숨을 건 혈투를 벌여야 할 판이다. 원하지도 않는 천하제일인의 자리를 걸고서.

하지만 싸움을 피하려고 서툴게 거짓말을 하기도 어려웠다. 뒤에서 눈에 불을 켜고 있을 게 분명한 속임수의 대가, 환상요희의 이목을 어떻게 피하겠는가?

고민하는 석도명을 보고 환상요희가 을지상을 거들고 나섰다.

"호호, 동생 고민하지 마. 한 소저 대신에 내가 왜 그곳에 있었을까? 허 군사가 비둘기를 날려 한 소저가 있는 곳을 알려주더라고. 동생이 머지않아 나타날지도 모른다고 하던걸. 아, 내가 도착했을 때 한 소저는 이미 떠난 다음이었어. 그래서 나는 생각했지. 이게 대체 무슨 상황일까? 누가 동생에게 한 소저가 있는 곳을 알려준 거지? 허 군사는 왜 한 소저를 옮기고, 나를 대신 부른 건가? 대충 이런 결론에 도달했어. 동생과 진무궁주가 만났다. 두 사람 사이에 오간 거래를 허 군사는 인정하고 싶지 않은 거고. 내 추측이 어때?"

환상요희가 득의양양하게 석도명의 표정을 살폈다.

석도명으로서는 말문이 막히는 순간이었다.

석도명이 어쩔 수 없이 입을 열었다.

"만났습니다."

을지상이 반색을 하며 다시 물었다.

"그러면 분명 그와 싸웠을 테지? 누가 이겼느냐?"

"알다시피 나는 무공을 잃은 몸입니다. 남은 것은 오직 음악뿐인데, 음악으로 누구와 싸웠다거나, 이겼다고 말하기는 어렵지요. 그저 진무궁주의 공격을 피하기에 급급했습니다."

을지상의 고개가 미미하게 끄덕여졌다.

만혼동에서 살아남은 수하들에게서 들은 이야기가 있었다.

석도명이 무공 초식이 아니라, 피리를 불고 바람을 일으켜 모든 것을 무력화시켰다는 게 전부였다.

세간에 떠도는 사광 현신의 소문 또한 귀신을 부르고 짐승을 부린다는 것이었지, 무공을 되찾았다는 말은 없었다.

그래도 그런 재주만으로 악소천의 무공을, 10년 전에도 천하제일의 검공으로 부르기에 손색이 없던 그 검법을 피하는 건 무리였다.

그래서 더더욱 을지상은 석도명과 악소천이 어떻게 싸웠는지를 묻지 않을 수 없었다.

"그래서 그 싸움은 어떻게 끝났느냐?"

"진무궁주는 마지막에 태산압정을 펼쳤고, 제가 그것마저 피하자 홀연히 떠나버렸습니다."

"태산압정이었다고?"

"기장쌀 한 알을 들어 올릴 마음이 있으면 태산을 움직일 수 있다…… 그는 그렇게 말했지요. 그리고 그가 펼친 태산압정을 따라 태산이 일어섰습니다."

"그랬군……."

을지상이 나지막이 중얼거렸다.

딱히 놀라는 표정은 아니었다. 악소천이 수법을 이해한 것은 물론, 그 자신도 그 같은 경지에 멀지 않음을 엿볼 수 있었다.

"머리 위로 떨어지는 태산을 피하기 위해서 끝없이 뒤로 물러나야했습니다. 마침내 산이 땅에 닿았을 때 진무궁주는 크게 웃고 떠나갔지요. 싸움을 시작한 곳은 여가허였는데, 정신을 차리고 보니 남쪽 바닷가였습니다. 시간도 스무 날가량 흘러 있었고."

석도명이 말을 마쳤다.

할 이야기는 다 했다. 진실을 모두 말한 건 아니지만, 거짓을 꾸민 것도 아니었다.

"진무궁주, 그대가 기어이 시공을 갈랐구나. 우하하!"

뭐가 그리 유쾌한지 을지상의 웃음소리가 쩌렁쩌렁 실내에 울렸다.

석도명은 을지상이 자신의 말을 믿는 것 같아서 다소 마음이 놓였다. 최소한 이 자리에서 천하제일인 자리를 놓고 을지상과 싸움을 벌이는 일만은 모면할 것 같았다.

하지만 아직 풀어야 할 문제가 있었다.

석도명이 몸을 반쯤 돌려 환상요희에게 물었다.

"한 소저는 진무궁으로 간 게요?"

"호호, 허 군사가 소환을 했으니 당연히 진무궁으로 갔겠지. 동생 발목을 잡는 데 그보다 좋은 방법이 있겠어?"

그러나 두 사람의 대화는 더 이어지지 못했다. 웃음을 그친 을지상이 불쑥 한 마디를 던졌기 때문이다.

"어쨌거나 너는 다시 진무궁에 가야 할 팔자로구나."

석도명이 을지상을 향해 황급히 고개를 돌렸다.

무덤덤하지만 심상치 않은 말이었다.

과연 을지상의 말은 다 끝난 게 아니었다.
"이왕 가는 길, 나와 함께 간다."
"……."
너무 뜻밖의 말이라 석도명은 대꾸조차 하지 못했다.
천하에 악명 높은 천마협의 무주와 함께 진무궁에 가다니! 자칫하면 강호를 노리고 다시 나타난 천마협을 앞장서서 안내하는 꼴이 될 수도 있었다.
더구나 그 다음에 벌어질 일은 생각도 하기 싫었다.
악소천이 진무궁에 돌아간 게 아니라, 선계로 떠났다는 사실이 밝혀진다면 을지상은 그 자리에서 바로 싸움을 걸어올 터였다.
을지상의 패도적인 기세로 미뤄보건대, 먼저 한운영을 구해낼 시간 같은 것을 허락해 줄 사람이 아니다.
석도명은 아무래도 좋은 말로 이 자리를 벗어나기는 글렀다는 생각이 들었다.
'무리를 해서라도 뚫고 나가야겠구나. 어차피 한 소저도 이곳에 없으니.'
그때였다.
문이 활짝 열리며 누군가가 안으로 들어섰다.
4명의 건장한 사내가 걸머진 남여(藍輿; 의자 형태의 가마) 위에 나이를 짐작할 수 없을 정도로 늙은 노인이 앉아 있었다.
노쇠한 모습과 달리, 노인의 음성은 카랑카랑했다.

"안 될 말이네. 어찌 무주가 사사로이 자리를 비울 수 있는가?"

을지상이 분분히 일어나 노인에게 고개를 숙였다.

"사부님, 어인 일이십니까?"

"클클, 사광 현신이 나타났다기에 얼굴이나 보려고 왔느니."

석도명은 노인의 기세 또한 대단함을 알고 놀라움을 감추지 못했다.

과연 과거 십대문파를 지리멸렬하게 만들었던 천마협의 저력은 만만치 않았다. 나이를 얼마나 먹었는지 몸에서 생기가 별로 느껴지지 않는 노인이다. 그런데도 또 한편으로는 이렇게 날카로운 예기를 내뿜다니!

을지상의 사부라는 노인은 사내들이 남여를 땅에 내려놓기가 무섭게 석도명에게 질문을 퍼부었다. 그만큼 궁금증이 크다는 뜻이다.

"나는 적룡이라고 한다. 네가 사광 현신인가? 악소천과 싸워 폐인이 됐다더니 대체 어떻게 부활했느냐? 음악으로 귀신을 부리는 게 사실이더냐?"

"적룡……."

석도명이 나지막이 노인의 명호를 되뇌었다.

강호의 역사를 잘 안다고 할 수는 없지만, 천마협에 대해서는 어느 정도는 안다. 천마협을 이끌던 4명의 절정고수, 사대마룡 가운데 일인인 적룡의 이름을 어찌 모르겠는가?

괴협오선보다 나이가 적지 않다는 적룡이 아직까지 생존해 있다니 놀라울 따름이었다. 분명 무림맹 군사부에서 읽은 자료에는 사대마룡이 양곡에서 전부 불에 타 죽었다고 기록돼 있는데 말이다.

그러고 보니 적룡은 한운영의 가문인 여씨세가를 공격해 남녀노소를 가리지 않고 무자비하게 살인을 저질렀던 장본인 가운데 한 명이다. 천마협에 당시의 인물이 얼마나 남아 있는지 모르겠으나, 적룡이야말로 여씨세가의 몰락을 지휘한 수괴였다.

여씨세가의 일을 떠올리자 석도명의 얼굴에 은근한 노기가 서렸다.

강호의 세력 다툼이야 늘 벌어지는 일이니 천마협과 여씨세가가 싸운 것 자체는 이해할 수도 있다.

하지만 연약한 아녀자와 노인들, 심지어 무공도 모르는 하인들까지 가리지 않고 학살한 것은 잔인한 살인행각에 지나지 않았다. 그 어떤 말로도 변명할 수 없는.

더구나 여운도와 한운영 부녀의 삶이 그렇게 비극적으로 꼬인 것도 천마협이 집요하게 여씨세가를 노린 탓이다.

"끌끌, 입가에 비린내도 가시지 않은 것 같은데 설마 나에게 무슨 원한이라도 있느냐? 인상이 너무 험하구나."

나이를 먹으면 능글맞아지기 마련인지, 적룡은 석도명이 노골적으로 적의를 드러내는데도 별로 노여운 기색을 보이지 않았다.

"여씨세가가 불타던 날…… 당신도 그곳에 있었습니까?"

적룡은 석도명이 묻는 까닭을 바로 알아챘다.

"호오, 여운도의 여식이 네 정인이라더니 허튼소리가 아니었구나."

"그런 건 중요하지 않습니다. 천마협은 어린아이와 여인들까지 모두 죽여야 할 만큼 여씨세가가 미웠습니까? 그게 천룡의 후예들끼리 할 일이던가요?"

석도명에 대한 호기심으로 가득했던, 그리고 얼마간의 호감마저 엿보였던 적룡의 표정이 싸늘하게 식었다. 말투조차 달라졌다.

"천룡의…… 일까지 네게 전해졌더냐? 과연 너와 한운영이 보통 사이가 아닌 줄을 알겠구나. 허나 천룡의 이름을 입에 담은 이상, 나는 너를 외인으로 대하지 않겠다. 너는 자신의 말에 제대로 책임을 져야 할 게다."

혼자서는 걷지도 못하는 늙은 몸에서 뭉게뭉게 검은 기운이 피어올랐다. 소맷자락이 바람을 머금은 듯 팽팽하게 부풀어 올랐다.

석도명이 과거사를 꺼낸 것이 적룡에게도 그만큼 화가 나는 일인 모양이었다.

"책임을 져야 할 게 있다면 피할 생각은 없습니다. 그리고 천마협이 다시 세상에 나가 과거의 만행을 되풀이 할 생각이라면…… 미약한 힘이지만 세상과 함께 당신들을 막을 겁니다."

도발적인 석도명의 대답에 적룡은 검은 기운을 지우고 오히려 웃음을 지었다. 당당한 태도가 마음에 들었다는 뜻이다.

"끌끌, 기개는 있구나. 좋다. 네가 여씨세가에 대해 잘 알고 있는 것 같으니 나 또한 묻겠다. 여씨세가는 왜 그런 짓을 했느냐? 정정당당하게 겨루자고 우리를 불러들여 놓고는 왜 죄를 뒤집어 씌웠냔 말이다."

"죄를 씌우다니요?"

석도명은 적룡의 말을 도통 알아들을 수가 없었다.

여운도가 남긴 기록에 따르면 분명 천마협이 먼저 여씨세가에 승천패를 보내왔다고 했다. 정체가 드러났다고 생각한 여씨세가는 절망 끝에 결사항전을 선택했고, 그 결과는 멸문이었다.

헌데 적룡은 여씨세가가 스스로 함정을 팠다는 식으로 말을 하고 있지 않은가?

"흥, 아무것도 모른다는 표정이로구나. 좀 더 설명을 들어야겠더냐?"

석도명이 고개를 끄덕였다. 일단은 들어보고 판단할 일이었다.

적룡의 이야기는 세간에 알려진, 그리고 여운도가 전해준 사연과는 많이 달랐다.

천마협이 '천룡은 기련산 동쪽에 발을 들이지 않는다'는 오랜 금제를 깨고 강호에 나선 까닭은 크게 두 가지였다.

하나는 자신들의 힘을 세상에 보여주고 싶다는 패도적인 욕심이었다. 십대문파와 싸워 이기고, 천하에 군림하겠다는 생각을 한 것이다.

다른 하나는 4경을 갖고 동쪽으로 달아난 배신자들—어디까지나 천마협의 시각이다—을 찾아내 4경을 회수하겠다는 목표였다. 천마협이 십대문파를 잇달아 격파하면서 승천패를 앞세운 것은 세상 깊이 숨어들어 그 종적을 찾을 수 없는 천룡의 후예들에게 도전장을 낸 셈이었다.

일패도지의 기세로 대륙을 가로지르던 천마협에 마침내 승천패가 날아들었다. 하남의 작은 문파인 여씨세가가 그 장본인이었다.

천마협은 망설일 것 없이 곧장 여씨세가로 쳐들어갔다. 그리고 여씨세가의 무사들과 싸움이 벌어졌다. 여씨세가의 무사들은 죽기를 각오하고 싸웠지만 고작 100명 남짓한 숫자로 천마협을 막아낼 수는 없었다. 가주인 여한영은 천룡의 이름이 부끄럽지 않은 고수였지만 사대마룡의 협공을 이겨내지는 못했다.

"여씨세가의 사내들이 전부 쓰러진 직후의 일이다. 갑자기 여씨세가의 장원 안에서 엄청난 불길이 치솟았다. 곳곳에서 터져 나온 여인과 아이들의 비명이 아직도 귀에 생생하구나. 우리라고 그 끔찍한 광경을 지켜보고만 있었겠느냐?

아녀자들은 살려야겠다는 생각을 했지. 하지만 여씨세가 안으로는 단 한 걸음도 들일 수가 없었다. 여씨세가의 담장 밖으로 진법이 펼쳐져 있었기 때문이다. 무리하게 안으로 들어가려다가 순식간에 수십 명의 수하를 잃었지. 결국 우리는 애꿎은 희생자들을 남겨두고 물러나야 했다. 그게 우리를 잔혹한 마인으로 몰아가기 위한 계략이었음을 깨달은 건 나중이었다. 내 살을 떼어 주고 적의 뼈를 자른다는 술책에 당한 게지."

적룡의 얼굴에 회한이 떠올랐다.

결과적으로 여씨세가와의 싸움은 천마협에게는 돌이킬 수 없는 오점이었다. 아녀자를 몰살시킨 천인공노할 집단으로 매도됐을 뿐 아니라, 십대문파를 중심으로 정파 무림이 똘똘 뭉쳐 천마협에 대항하는 계기를 만들어줬기 때문이다.

그전까지만 해도 사파의 세력이 십대문파를 위협하는 상황을 내심 즐기는 정도였지만, 그 뒤로는 사파와 한통속으로 치부돼도 변명할 말이 없었다.

결국 천룡의 기개를 보여주겠다고 시작한 싸움이 정사대전으로 번졌고, 천마협은 천룡부의 일을 꺼내놓을 수도 없는 처지가 되고 말았다.

"제 식솔을 전부 불태워 죽이다니, 누가 그런 잔인한 계략을 짠단 말입니까? 그 주장을 뒷받침할 수 있는 증거가 있습니까?"

석도명이 고개를 저었다.

적룡의 말대로라면 여씨세가의 비극은 자작극일 가능성이 높았다.

정말로 여씨세가는 천마협을 세상의 공적으로 만들기 위해 가족의 목숨까지 희생시킨 것일까? 강호의 의인으로 기록된 여씨세가의 역사를 새로 써야 한단 말인가?

적룡이 코웃음을 쳤다.

"흥, 우리에게 증거가 있었다면 옛날에 밝혔을 게다. 하지만 내 이름과 목을 걸고 장담하마. 우리가 여씨세가의 무사들을 몰살시킨 원수인 것은 분명하나, 아녀자들에게는 결코 손을 대지 않았다. 천룡의 후예임을 자랑으로 생각하는 우리가 어찌 그런 짓을 하겠더냐?"

석도명은 적룡의 음성에서 거짓을 느낄 수 없었다.

온갖 의문이 꼬리를 물었지만 그걸 풀어줄 사람은 없었다. 알고 보면 여운도조차 당시에는 어린아이에 지나지 않았다. 여운도의 설명과 기록에 모든 것을 의존하고 있는 자신의 생각을 어디까지 믿어야 할까?

"그러면 이제 와서 누가 그 진실을 밝혀주겠습니까? 결국 모든 것이 영원한 의문으로 남겠군요."

"적어도 물어볼 곳은 한 군데 있지. 여씨세가와 작당을 한 게 분명한 자들이 남아 있으니까. 언제고 그들에게 물을 작정이었다. 여씨세가와 사마세가 사이에 어떤 밀약이 있었던 거냐고. 대체 무슨 까닭으로 여씨세가는 강호를 위해 도마뱀 꼬리 노릇을 자처했느냐고."

"그렇군요……."

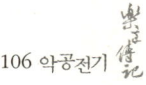

확실히 적룡의 말에는 공감이 가는 부분이 있었다.

사마세가가 여씨세가의 희생을 바탕으로 십대문파를 규합해 천마협을 물리치고 무림맹을 세운 건 천하가 다 아는 사실이다. 그리고 사마세가의 전대 가주인 천모 사마광이 여한영과 오랜 친우이자, 동지였다는 것도 비밀은 아니었다.

여씨세가가 천마협을 상대로 자작극을 벌인 게 사실이라면, 사마세가가 뭔가를 알고 있을 가능성이 제일 높았다.

석도명과 적룡 사이에 대화가 일단락 된 듯하자 을지상이 입을 열었다.

"아이야, 네가 나와 함께 가야 할 이유가 하나 더 생겼구나. 진무궁을 거쳐 사마세가에도 가봐야겠다."

을지상이 기어이 진무궁으로 가겠다는 말에 적룡이 쓴웃음을 지었다.

"무주의 뜻이 정녕 그렇다면 어찌 막겠는가마는…… 부디 신중에 신중을 기해주기 바라네."

적룡은 을지상에게 자기 고집을 강요할 수 없었다. 을지상이 자기 혼자만의 제자가 아니라, 사대마룡의 공동 전인이자 천마협 최초의 무주인 탓이다. 적룡은 을지상의 사부이면서도, 무주를 따르는 자리에 머물기를 원했다.

을지상이 이번에는 석도명에게 물었다.

"자, 너는 어쩔 셈이냐? 네가 먼저 꺼낸 일이니 함께 매듭을 지어야 하지 않겠느냐? 설마 꼬리를 말고 내빼지는 않을 테지."

석도명의 자존심을 긁는 말이었다.

석도명은 일이 복잡해지기 전에 무조건 달아나 한운영을 구하러 가야겠다는 생각을 버렸다.

적룡에게 여씨세가의 일을 물은 것은 바로 자신이다. 천마협의 무주가 그 문제를 해결하러 같이 가자는데 이제 와서 나 몰라라 할 수는 없었다.

여운도가 죽어가면서 그렇게도 걱정했던 일, 천마협이 한운영의 목숨을 노릴 것이라는 우려를 불식하기 위해서라도 차라리 정면으로 부딪쳐 보는 게 낫겠다는 생각이 들었다.

'그래, 만에 하나 진무궁주가 정말 진무궁으로 돌아갔을지도 모르는 일이다.'

석도명은 불편함이—필경에는 을지상과 싸워야 하는 위험이—따르더라도 진무궁으로 가는 길을 피하지 않기로 마음을 먹었다. 어쨌거나 한운영이 진무궁으로 갔다면 자신도 그곳으로 가야 했다.

"좋습니다. 대신 한 가지를 약속해 주십시오."

"말하라."

"모든 것이 가려질 때까지는 서로 어떤 것도 추궁하지 않았으면 합니다. 힘으로든, 말로든."

을지상과 싸우지 않겠다는 의미다. 악소천의 행방을 포함해 과거사가 분명하게 정리되기 전에는 천마협과 쓸 데 없는 분쟁을 일으키고 싶지 않았기 때문이다.

언젠가 을지상과 싸워야 할지도 모르겠지만, 그건 자신의 주변 사람들이 온전한 평화를 되찾은 다음이어야 했다.

"약속한다. 흑백이 분명해질 때까지는 너와 얽혀 있는 모든 문제를 잠시 덮어두겠다."

을지상은 과연 마음을 정하는데 거침이 없었다.

그 순간 뾰로통한 음성이 들려왔다.

"할아버지, 나는요? 나도 가게 해주세요. 저 사람을 내가 데려왔잖아요. 그러니 그가 누구 손에 죽는지 내 눈으로 확인할 권리가 있다고요."

"아니, 이게 무슨 소리냐? 절대로 안 되느니."

환상요희가 어느 틈엔가 적룡의 팔에 매달려 떼를 쓰고 있었다.

농염한 마력으로 사내들을 주무르던 것과는 달리, 적룡에게 앙탈을 부리는 환상요희는 마치 앳된 소녀 같기만 했다. 천마협 최고의 존장인 적룡에게 저렇게 막무가내로 덤벼들 수 있는 사람은 사실 환상요희가 유일했다. 당황한 기색을 감추지 못하는 적룡 또한 환상요희에게만은 평범한 할아버지의 모습이었다.

적룡이 인상을 찌푸린 채 쉽사리 허락을 하지 않자 환상요희가 을지상에게 슬쩍 눈을 흘겼다.

"진무궁의 사정을 잘 아는 사람이 하나쯤 있는 게 좋지 않겠습니까?"

그렇지 않아도 환상요희의 말이라면 뿌리치지 못하는 적룡이다. 을지상마저 거들고 나서자 더는 말릴 수가 없었다.
"에휴, 못된 것……. 이렇게 늙은이 속을 썩여야 쓰겠더냐?"
"호호, 할아버지 고마워요."
 환상요희가 적룡에게 떨어져 나와 석도명을 보면서 배시시 웃었다.
 환상요희의 웃음에 담긴 감정은 반가움이었지만 석도명은 그게 결코 반갑지 않았다. 자신이 누구 손에 죽을지를 보고 싶다는데 어찌 좋아할 수 있겠는가?
 어쨌거나 이렇게 해서 석도명은 또다시 대륙을 가로지르는 기묘한 여정에 나서게 됐다. 그 여정의 끝에서 무엇을 얻고 또 잃게 될지 석도명은 아직 짐작조차 할 수 없었다.

제4장

하늘의 음악, 땅의 음악

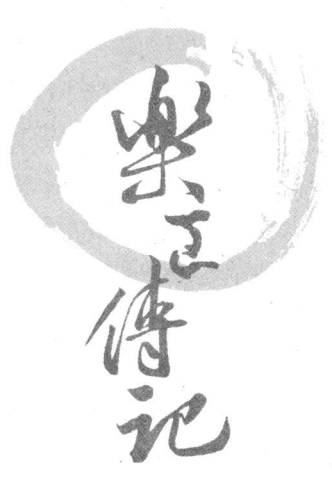

길고 소란스러웠던 겨울이 끝나가고 있다.

개화나루의 싸움으로 진무궁의 천하로 전락했던 강호가 수상쩍게 꿈틀대기 시작했다. 그것은 다가올 대파란의 서곡이었지만 대체 무슨 일이 진행되고 있는지를 정확하게 아는 사람은 없었다.

다만 사람들의 의혹과 궁금증에 불을 댕긴 건 석도명과 악소천의 행방이었다. 사광 현신으로 부활한 석도명이 진무궁으로 달려가 악소천과 최후의 일전을 벌일 것이라는 기대와 달리, 계절이 바뀌도록 아무 일도 일어나지 않은 탓이다.

두 사람이 이미 승부를 겨뤘다는 사실을 알 리 없는 세인의 입에서 갖은 억측과 소문이 쏟아졌다.

 석도명이 악소천과 싸울 자신이 없어서 강호를 등지고 칩거에 들어갔다는 이야기가 사실인 양 떠돌아다녔다. 석도명이 그동안 보여준 기행이 무공이 아니라, 음악에 의한 것이었다는 사실 때문에 그 소문은 제법 설득력을 얻었다.

 또 한편에서는 석도명이 진무궁을 찾아갔으나 악소천이 삼 년 폐관에 들어가 아직 나오지 않은 상태라고 떠들어댔다. 악소천이 폐관에 들어간 까닭은 이미 신선이 된 석도명을 이길 수 없기 때문이라는 설명이 따라붙었다.

 석도명의 행방은 그렇다 쳐도 악소천이 두문불출하고 있다는 사실은 그냥 흘려보낼 일이 아니었다. 강호의 주인이 모습을 감췄으니 말이다.

 그 요란한 소문의 당사자, 석도명은 그 무렵 황도에 접어들고 있었다. 천무곡을 떠난 지 달포가량이 지나간 시점이었다. 을지상과 단둘이였다면 더 빨리 올 수도 있었을 테지만, 환상요희와 동행하는 바람에 속도가 조금 떨어진 탓이다.

 사광 현신과 천마협의 무주.

 두 사람의 황도 진입은 천하를 발칵 뒤집어 놓을 만한 일대 사건이었지만, 세상에는 전혀 알려지지 않았다. 인간의 범주를 벗어난 두 사람이 작심하고 종적을 감춘 덕분이다.

 "황도에 들어갈 생각입니까?"

개봉 외곽의 숲에서 석도명이 을지상에게 물었다. 여태껏 이목을 피해 이동한 터라 을지상이 번잡한 황도를 우회할 것이라는 생각이 들어서다.
 그러나 을지상의 대답은 예상 밖이었다.
 "후후, 황궁인들 거리낄 게 있겠더냐?"
 황도를 피해가지 않겠냐는 석도명의 예상이 오히려 을지상의 오기를 건드린 모양이었다.
 을지상은 갑자기 천룡의 땅 바깥에서 주인 노릇을 해온 황제가 사는 동네가 어떤 곳인지 한 번 보고 싶다는 생각마저 들었다.
 을지상의 뜻이 그렇다면 석도명도 굳이 황도를 피해갈 이유는 없었다.
 "그러면 어디로 갈까요?"
 "네가 아는 곳이 있느냐?"
 그때 환상요희가 불쑥 끼어들었다.
 "호호, 동생이 한때 화월촌에서 일했다고 들었어. 천하제일 기생 설화하고 거기서 만나 그렇고 그렇게 됐다던데. 우리 거기 가서 술이나 한 잔 할까?"
 석도명의 과거에 대해 언제 조사를 했는지 환상요희는 별걸 다 꿰고 있었다.
 "화월촌은 벌이 꽃을 찾아가는 곳이라오."
 석도명이 뚱하게 대꾸를 했다.

자신에게 춘약을 먹여놓고 몸을 취하려 했던 환상요희의 입에서 정연과의 일이 거론되자 불쾌해진 탓이다.

그리고 화월촌은 사내들이 계집을 품고 놀아보겠다고 가는 장소지, 여인과 함께 술을 마시러 갈 만한 곳이 아니었다. 노인과 젊은 사내가 눈에 띄는 미모의 여인을 데리고 화월촌의 기루를 기웃거리는 모습은 사람들의 이목을 끌고도 남을 것이다.

"그러면 어디로 갈 건데? 동생이 알아서 길을 잡아봐. 동생만 있으면 나는 어디든 좋거든."

환상요희가 바짝 다가서서 귓가에 속삭이는 바람에 더욱 기분이 나빠진 석도명이 대뜸 마음을 정해버렸다.

"황도에 제가 잘 아는 곳이 딱 한 곳 있습니다."

석도명이 을지상의 대답도 듣지 않고 앞서 걷기 시작했다. 확실하게 목적지를 정한 모습이었다.

을지상과 환상요희가 잠자코 그 뒤를 따랐다.

그날 오후 해가 기울어 석양이 밀려들 무렵, 석도명은 웅장하다기보다는 초라한 느낌이 물씬 풍겨나는 높은 대문 앞에 서 있었다. 여전히 현판 하나 걸려 있지 않은 해운관의 정문이다.

석도명이 안으로 들어서자 마침 마당에서 연무를 하고 있던 송필용 일행이 우르르 달려왔다.

"그동안 어디 있었나? 애가 타서 죽는 줄 알았다네."

송필용이 석도명의 손을 잡고 반가움을 표했다.

성목을 비롯한 여섯 사내가 연이어 인사를 건네는 와중에 염장한이 뒤늦게 방문을 열고 나왔다.

"우헤헤, 그래도 해운관이 제 집인 건 잊지 않았구나. 기특한 녀석. 으잉? 저 뒤에 선 미녀는 어째 낯이 익은걸?"

염장한이 수선을 떠는 바람에 사람들의 시선이 을지상 뒤에 숨어서 겨우 고개만 내밀고 있는 환상요희에게 꽂혔다.

"은혜를 원수로 갚는 배은망덕한 사람이 이곳에는 무슨 일이오?"

성목이 따갑게 환상요희를 쏘아봤다.

그녀를 돕기 위해 장안의 용평상회에서 식은땀을 흘리며 장고를 두드려댔던 성목이다.

그녀가 석도명에게 춘약을 먹이고 달아났다는 사실에 성목은 누구보다 치를 떨었다.

석도명이 서둘러 성목을 말렸다.

"하하, 스님 고정하세요. 겪어 보니 생각만큼 나쁜 여자는 아니더라고요. 여전히 믿음은 안 가지만."

"호호, 동생 고마워. 이왕이면 믿어주기까지 하면 좋겠네."

환상요희가 혀를 날름거리며 앞으로 나섰다.

이제 사람들의 시선은 을지상에게로 향했다.

한눈에 보기에도 다부진 을지상의 인상과 기도는 예사롭지 않았다. 겉으로는 무공을 익힌 티도 나지 않았지만, 오히려 그래서 더 무서웠다.

"본좌는 을지상이라 한다."

을지상이 아무 거리낌도 없이 하대를 하자 사람들의 입이 쩍 벌어졌다.

인간이 어찌 저렇게 안하무인일 수 있느냐는 반응이었지만 굳이 뭐라고 하는 사람은 하나도 없었다. 석도명과 함께 나타난 사람이 평범하지 않다고 해도 그리 놀랄 일은 아니었다.

"우히히, 인품이 상당히 솔직하신 모양이오. 나는 이곳 해운관의 전대 관장인 염장한이라 하오. 참고로 여기 도명이가 사실상 내 후계자라오."

"아니, 영감님!"

"됐다, 이놈아. 사실상이란 말이다, 사실상. 그저 내 마음이 확고하다는 뜻이니까 더 이상 토 달지 말라고."

염장한이 더는 듣지 않겠다는 듯이 두 손으로 귀를 가리고 후다닥 방 안으로 달려 들어갔다.

석도명이 낮은 한숨과 함께 고개를 흔들었다. 설령 이승을 떠나 선계에서 다시 만난다고 해도 염장한의 우격다짐은 해결이 될 것 같지가 않았다.

"성목이라 합니다."

"송필용입니다."

"육도해올시다."

나머지 사람들이 간단히 이름만 밝히는 것으로 을지상과의 인사를 끝냈다.

 환상요희와 가까워 보이는데다 성품이 간단치 않다는 생각에 친근하게 다가서는 사람은 아무도 없었다.

 을지상과 환상요희를 빈방—송필용 일행이 수고를 아끼지 않았던지 지붕이 폭삭 내려앉았다던 해운관은 제법 수리가 돼 있었다—으로 안내한 뒤 송필용과 성목 등이 우르르 염장한의 방으로 몰려들었다. 석도명에게 묻고 싶은 일이 너무 많았다. 석도명을 다시 보기는 난주성 앞에서 철기마대의 공격을 떨쳐낸 후 몇 달 만이었다.

 두서없는 질문이 한꺼번에 퍼부어지는 바람에 석도명은 손을 내저을 수밖에 없었다.

 "자자, 제가 설명 드리겠습니다. 한운영 소저가 천산의 모처에 있다는 사실을 알게 돼서 그곳에 다녀오는 길입니다. 한 소저는 제가 도착하기 전에 빼돌려진 상태라 구하지 못했고요. 진무궁으로 옮겨졌다기에 그곳으로 가는 중입니다."

 "허어, 그런 일이……."

 송필용이 연신 고개를 주억거렸다.

 석도명이 한운영 때문에 악소천과 싸웠다가 폐인이 된 사연을 누구보다 잘 알고 있다. 한운영을 구하려고 천산으로 황급히 달려갔을 석도명의 모습이 훤히 그려졌다.

온갖 의혹이 난무했던 석도명의 그간 행적에 대해 더 이상 궁금해 할 이유가 없었다. 다만 기련산으로 석도명을 유인했던 환상요희가 같이 나타난 까닭은 이상하다 못해 왠지 수상쩍었다.

그런 궁금증을 가슴에 쟁여둘 염장한이 아니다.

"그런데 저 아이하고는 어떻게 엮였기에 여기까지 데려온 게냐? 이러다 두 집 살림이 세 집 되고, 네 집 되는 거 아니냐?"

염장한의 농지거리에 석도명은 조금도 웃지 않았다. 정말로 심각한 이야기를 할 차례였다.

석도명이 진지한 표정으로 입을 열었다.

"기련산에서 형님을 구하는 과정에서 환상요희의 사문과 원치 않는 은원을 맺게 됐습니다. 그리고 그보다 더 복잡한 문제가 있습니다만……. 어쨌거나 그 문제도 한꺼번에 해결을 해야 할 상황입니다."

"그러면 저 노인이 은원을 갚으려고 석 악사를 따라온 겁니까? 천하에 아직도 석 악사를 핍박할 수 있는 사람이 있다고는 생각되지 않소."

성목이 믿을 수 없다는 표정으로 물었다.

성목에게 석도명은 이미 생불이요, 신선 같은 존재였다. 석도명이 은원에 얽혀 누군가의 추궁을 받아야 한다는 건 상상도 할 수 없었다.

다른 사람들의 생각 또한 크게 다르지 않았다.

"그래, 그렇다 치고. 그 빌어먹을 사문이라는 게 대체 어디냐? 설마 우리 해운관이 꼬리를 말아야 할 정도로 대단한 곳인겨?"

염장한이 대답을 재촉했고 나머지 사람들은 숨을 죽인 채 답을 기다렸다.

마침내 석도명의 입에서 가공할 이름이 흘러나왔다.

"저 노인은 천마협의 무주입니다. 사대마룡의 공동 전인이기도 하고요."

"……."

일순 숨소리조차 멎었다.

얼마나 놀랐던지 그 수다스런 염장한조차 넋이 나간 얼굴이었다.

석도명이 말을 이어갔다.

을지상을 달고서 해운관을 찾아온 것은 염장한과 성목, 송필용 등에게 당부할 말이 있어서였다.

"해서…… 부탁드릴 게 있습니다. 저는 천마협의 무주와 함께 진무궁으로 갈 겁니다. 어쩌면 산동의 사마세가까지 다녀와야 할지도 모릅니다. 그리고 그 과정에서 무슨 일이 생길지, 세상으로부터 어떤 오해를 사게 될지 전혀 알 수 없습니다."

석도명은 솔직히 지금 안개 속에 서 있는 기분이었다.

천마협의 마수로부터 한운영의 안전을 담보하기 위해서 시작한 일이 어쩌면 천마협의 무고함을 풀어주는 결과로 끝날지도 몰랐다. 과거를 털어놓던 적룡의 음성은 그만큼 절절하고 당당한 것이었으니까.

하지만 세상을 움직이는 것은 진실이 아니라, 아집과 편견인 경우가 많았다. 천마협이 무고하다고 해서 세상이 그들에게 면죄부를 주려고 하지는 않을 것이다.

어쩌면 그들의 무고함을 증언해야 할지도 모르는 자신에게는 또 어떤 비난과 공격이 퍼부어질 것인가? 부도문과 가깝다는 이유만으로 무림맹에서 내쳐졌던 과거보다 더 혹독한 시련을 겪게 될 수도 있었다.

석도명은 혹시라도 성목과 송필용 등에게까지 피해가 미치게 될까 봐 걱정스러웠다. 그래서 미리 한 마디 귀띔이라도 해주지 않고서는 편하게 진무궁으로 갈 수가 없었다.

"석 악사가 세상으로부터 어떤 오해를 사든 나는 상관없습니다. 석 악사의 길이 세상 누구보다 정의롭고 공정한 것임을 알릴 겁니다."

성목은 석도명의 근심을 모르지 않았지만, 세상의 이목에 신경 쓰고 싶지는 않았다. 옳다고 생각하는 길에서 두 번 다시 벗어날 생각은 추호도 없었으니까.

"허허, 내가 죽자고 무공을 익히는 건 득도를 하고자 함이라오. 운이 좋아서 살아 있는 신선을 가까이 하게 됐거늘, 다른 건 내 알 바 아니외다. 같은 말을 자꾸 반복하게 만들지 않았으면 좋겠구려."

송필용이 성목을 거들고 나서자 육도해를 비롯한 다섯 사내가 덩달아 고개를 끄덕였다.

석도명은 더 이상 사람들을 자기 옆에서 밀어낼 수 없음을 알았다.

"그 마음은 고맙게 받겠습니다. 하지만 이번에는 다른 곳도 아닌 천마협입니다. 저 때문에 여러분이 잘못된다면 저는 평생 저 자신을 용서할 수 없을 겁니다. 그러니 한 가지만 약조해 주십시오. 모든 것이 명확해지기 전에는 절대로 저를 위한다고 섣불리 일을 벌이지 마십시오. 오늘 이 자리에서 저를 만난 것도, 천마협의 무주를 본 것도⋯⋯ 전부 없었던 일입니다. 제가 돌아오기 전에는 무슨 일이 있어도 해운관을 떠나지 마십시오. 그래야 제가 전력을 다해서 할 일을 할 수 있을 테니까요."

"우히히, 그러니까 능력도 안 되는 것들이 나대지 마라, 그 뜻이로구나. 그 정도는 해줘야지. 암."

염장한이 특유의 너스레를 떠는 것으로 약속을 대신했다.

나머지 사람들이 다시 고개를 끄덕였다.

인간의 경지를 벗어난 석도명의 능력에 대해 확고한 믿음이 있는지라, 믿고 기다려달라는 말에 적이 안심이 되는 기분이었다.

그렇게 심각한 용건을 매듭지은 다음에야 석도명은 편안한 안부 인사를 건넬 수 있었다.

"그나저나 다들 별일은 없으셨습니까?"

그때 갑자기 염장한이 호들갑을 떨었다.

"아, 별일! 별일이 있지, 있고말고."

"무슨 일인데요?"

"왜 있잖느냐, 장 선생. 그 양반이 요즘 매일같이 해운관으로 출근을 한다는 거 아니냐. 무슨 이유냐고 물어도 말없이 빙그레 웃기만 하는데 아무래도 너를 보려고 오는 거 같더라. 우히히, 부용궁주께서 네가 보고 싶어서 몸이 달았다는 신호가 아니겠냐? 이참에 한 번 제대로 밀어보자고. 쭈—욱."

뭘 밀어보자는 것인지는 모르겠지만, 신검비영 장학이 자신을 찾는 까닭이 부용궁주 조경 때문이라는 것 정도는 석도명도 짐작할 수 있었다.

'식음가의 과거에 대해 뭔가를 알아낸 걸까?'

그 생각이 제일 먼저 떠올랐다.

그리고 머릿속이 복잡하게 뒤엉켰다.

여씨세가의 참극에 얽힌 비밀을 풀고 한운영을 안전하게 구하는 것보다 식음가의 일이 자신에게는 더 중요한 문제다. 그러나 지금은 식음가의 일을 알아보기 위해서 따로 몸을 뺄 수 있는 상황이 아니었다.

설령 을지상이 따라붙지 않았다고 해도 한운영의 일이 먼저였다. 살아 있는 사람을 먼저 구하는 게 순서니까. 부용궁주 조경을 만나러 가는 것은 이번에도 진무궁을 다녀온 다음이어야 했다.

하지만 공교로운 일은 늘 공교롭게만 풀려가는 것일까?

문밖에서 굵직한 음성이 들렸다.

"허허, 염 선생 계시오? 어째 분위기를 보아하니 반가운 손님이 오신 모양이외다."

신검비영 장학이었다.

장학이 매일같이 해운관으로 출근을 한다는 염장한의 말은 허풍이 아니었다.

염장한이 쏜살같이 달려가 문을 활짝 열었다.

"우히히, 이런 걸 두고 까마귀 날자 배 떨어진다고 하던가? 마침 장 선생 이야기를 하고 있었다오."

"크험, 그러면 나는 까마귀요, 배요?"

염장한이 상황에 맞지 않은 속담을 끌어다 붙였음에도 장학은 알아서 맞장구를 쳤다. 그동안 염장한과 친분이 더욱 두터워졌다는 뜻이다.

"오랜만에 뵙습니다."

석도명이 일어나 장학을 반겼다.

나머지 사람들이 분분히 일어나 장학을 맞았다. 신검비영 장학이라면 강호에서도 알아주는 고수였다.

"허허, 잠시 못 본 사이에 자네 명성이 하늘을 찌르더구먼. 이 늙은이를 두고 그새 얼마나 멀리 간 것인가?"

"가기는 어딜 가겠습니까? 모두 같은 하늘을 이고 사는 처진데요."

"흠, 넉살이 는 건지, 도를 튼 건지 모르겠네만…… 이러고 있을 때가 아니라네. 당장 나하고 가세나."

장학이 다가와 석도명의 손을 잡아끌었다.

매일같이 해운관을 방문하는 까닭은 오늘이라도 석도명이 나타나지 않을까 하는 조바심 탓이었다. 그건 조경이 그만큼 애타게 석도명을 기다리고 있기 때문이고. 그러니 석도명과 회포를 푸는 건 잠시 미뤄야 할 것 같았다.

하지만 일은 장학의 생각대로 풀릴 상황이 아니었다.

조용히 방에 들어가 있던 을지상이 바깥의 기척을 듣고는 밖으로 나왔다.

"멋대로 어딜 간다고?"

장학이 의아한 표정으로 을지상과 석도명을 번갈아 쳐다봤다.

을지상의 언사가 너무 방약무인(傍若無人)하다는 생각을 들어서다. 나이가 자신이나 염장한보다 족히 열 살 이상 적어 보이는 낯선 노인의 언사는 지나치게 무례했다. 그런데도 아무도 그를 제지할 기미를 보이지 않으니 이상했다.

"뉘신지 모르겠으나 그대가 막아설 자리가 아니오. 황실의 부름이 있으니 속히 가야 하리다."

장학이 용건을 간략히 설명했다. 예절과 기품을 잃지 않은 정중한 어조였다.

"흥, 황실 따위 내 알 바 아니다. 그 아이는 나와 먼저 갈 곳이 있다."

석도명은 계속되는 을지상의 거침없는 어투를 지켜보고 있을 수만은 없었다.

"장 대협, 송구합니다만 제게 말미를 좀 주시면 안 되겠습니까?"

"허허, 천하에 누가 있어 자네를 멋대로 끌고 다닐 수 있단 말인가? 더구나 황실을 모욕하는 자를 두고 볼 수는 없네. 그가 아무리 강하다고 해도 말일세. 그러니 자네는 나서지 말게."

장학은 눈앞의 상대가 거친 언사에 걸맞은 고절한 실력을 갖고 있음을 짐작했다. 석도명이 염려하는 사람이 노인이 아니라, 자신이라는 사실도.

그러나 그 사실이 되레 장학의 가슴 속에 투지를 불러 일으켰다. 황궁에 갇혀 사느라 제대로 적수를 만나지 못했다는 아쉬움이 늘 깊었다. 온몸에 소름이 돋을 정도로 무서운 상대와 겨뤘던 게 대체 언제였더란 말인가?

을지상이 냉소를 흘리며 장학의 말을 되받았다.

"후후, 너 또한 나를 모욕할 자격은 없느니."

"자격이 있는지 없는지는 겪어 보면 알 것이오."

장학이 그 말과 함께 마당 한가운데로 걸어가 자리를 잡았다. 두말할 것 없이 무공으로 승부를 가리자는 뜻이다.

장학의 결연한 의지 앞에 석도명도 더는 말릴 수가 없었다.

을지상이 그 모습을 보고는 오히려 흡족한 표정을 지었다.

"좋구나. 네 실력이 그 기개를 따라갈 만하다면, 내 특별히 저 아이의 외출을 허락해 주마."

"하하, 나 장학이 이런 말을 듣는 날이 올 줄은 몰랐소이다. 내 전력을 다해 노인의 기대에 부응하리다."

"호오, 그대가 황실 최후의 보루라는 그 신검비영이구나."

"눈 아래 둔 사람의 명호를 알아주니 황공하구려. 그대의 성명은 어찌되시오?"

"본좌는 을지상이다."

장학이 고개를 갸웃거렸다.

단 한 번도 들어본 적이 없는 낯선 이름이었다. 고약을 떠는 저 성격이라면 자신의 별호와 사문을 한껏 과장해서 떠벌릴 것도 같은데 이름 석 자만 밝힌 것도 의외였다.

그 순간 석도명의 음성이 장학에게만 전해졌다.

『그는 천마협의 무주입니다. 사대마룡의 공동 전인이고 진무궁주 못지않은 고수입니다.』

장학은 속으로 크게 놀랐지만, 침착하게 검을 뽑아들었다.

천마협의 무주라면 자신이 목숨을 내어 주기에 아깝지 않은 상대라는 생각이 들었다.

우웅.

장학의 검이 낮게 울며 금빛으로 물들었다. 예의 황금빛 강기가 검 끝에서 세 자 넘게 뻗어 나왔다.

송필용 일행이 그 모습을 보고 낮게 탄성을 질렀지만, 을지상은 뒷짐을 진 채 태연자약하게 장학을 바라볼 뿐이었다.

"먼저 가리다."

을지상의 정체를 확인한 터라 장학은 주저하지 않고 선공에 나섰다. 첫수부터 장학이 지닌 최고의 절학이 펼쳐졌다.

"대황막야(大黃漠野)!"

장학이 사방의 방위를 열둘로 쪼개 현란하게 발을 내딛으면서 검을 잇달아 그었다.

황금빛 강기가 허공에서 너울너울 춤을 추며 장막을 만들어 나갔다. 검강을 뿜는 것만 해도 엄청난 일인데 그 강기를 허공에 흩어 장막을 만들어낸 것이다.

석양이 가라앉은 직후의 어스름 속에 펼쳐진 황금 장막은 신비롭고 아름다웠지만, 그 안이 죽음의 공간이라는 것은 누구라도 알 수 있었다.

장막이 스쳐갈 때마다 해운관 마당에서 겨울을 보낸 바싹 마른 잡초와 낙엽이 가루가 되어 흩어졌다.

황금빛 강기가 빈틈없이 자신을 조여 올 때까지 을지상은 꿈쩍도 하지 않았다. 그리고 마지막 순간에 기묘하게 손을 앞으로 뻗더니 허공을 움켜쥐었다.

까가강.

을지상의 손이 강기의 장막을 헤집고 들어가면서 요란한 금속성을 울려댔다. 눈으로 보기에는 맨손으로 안개를 더듬는 것 같았지만 실제로는 검강과 호신강기가 맞부딪치고 있었다.

더 놀라운 일은 그 다음 순간에 벌어졌다.

을지상이 손을 움켜쥔 채로 허공에 원을 그렸다. 장학이 강기를 뿌려 만든 황금 장막이 그 손끝에 말려 들어가면서 수축됐다. 얇은 비단 휘장을 잡아 뜯어 손에 휘감은 듯한 착각이 들 정도였다.

'허, 천룡부의 무공은 하나같이 시공을 관통하는 공능이 있구나.'

석도명은 을지상이 손바닥 하나로 자기 주변의 공간을 완벽히 지배하는 수법에 혀를 내둘렀다.

악소천의 검법과 많이 달랐지만, 그 핵심 원리에는 뚜렷한 공통점이 있었다. 그리고 인간의 한계를 넘어섰다는 점에서 을지상은 과연 악소천에 뒤지지 않는 고수였다.

자신의 절학을 을지상이 너무 쉽게 받아내자 장학 또한 허탈함에 빠졌다. 상대는 자신이 도저히 상대할 수 없는 강적이었다.

자신이 황제의 신변을 지키던 시절에 저런 고수가 황궁으로 쳐들어오지 않은 것이 천운이었다는 생각마저 들었다.

그렇다고 이대로 검을 내려놓고 싶지는 않았다.

장학이 투지를 불태우며 모든 공력을 짜내 검에 실었다. 장학의 검에 실린 강기가 더욱 밝아졌다. 검에 물든 황금색이 너무 밝아져 하얀 빛으로 화하는 느낌이었다.

장학이 발을 굴러 허공으로 높이 솟아올랐다. 이어 검과 하나가 된, 스스로 검으로 변한 장학의 신형이 소용돌이치며 을지상에게 쏘아졌다.

을지상이 손바닥을 펼쳐 앞으로 뻗어냈다.

츠츠츳.

그저 편안하게 한 번의 동작으로 팔을 밀어낸 것 같았는데 손바닥이 연달아 허공을 가르는 소리가 날카롭게 울렸다. 을지상의 손바닥이 멈춰 선 순간, 그 안에서 또 다른 손바닥 하나가 허공으로 쏘아졌다.

절정의 장영(掌影)이었다.

검을 빠르게 움직이면 검영이 허공에 남고, 주먹을 빨리 휘두르면 권영이 뿌려진다. 장영을 그려내는 정도의 경지를 보여줄 수 있는 고수는 많았다.

하지만 손이 멈춰 선 순간에 손바닥 그림자를 허공에 띄우는 수법은 드물었다. 더구나 을지상이 만든 것은 단순한 그림자가 아니었다. 장학의 신형을 향해 날아가면서 장영이 순식간에 부풀어 올랐다.

석도명은 악소천의 태산압정을 따라 태산이 솟아오르던 장면이 다시 떠올랐다. 악소천과 다시 싸워서 이긴다고 자신하지 못하듯이 을지상과의 승부 역시 장담할 수 없었다.

퍼엉!

장학의 신형과 장영이 충돌했다.

결과는 일방적이었다. 장학을 감싸고 있던 빛이 산산이 부서지면서 검이 토막토막 끊어졌다. 장학이 흐트러진 중심을 잡느라 애쓰는 동안, 을지상이 털어낸 두 번째 장영이 거침없이 날아갔다.

한 번의 격돌에서 검을 잃은 장학이 그 공격을 당해낼 수 없음은 누가 봐도 분명했다.

다급하게 몸을 트는 장학의 얼굴에 절망이 떠올랐다.

'위험하다.'

석도명은 을지상이 장학의 생사여부에는 아무런 관심이 없음을 알았다.

사실상 승부가 끝난 상황이기에 을지상은 다시 손을 쓸 태세가 아니었다. 그렇다고 이미 쏘아진 장영을 무력화시켜 장학의 목숨을 보전해 주려는 의지도 전혀 보이지 않았다.

마치 '죽든 살든 당하는 놈의 팔자소관이다' 라는 을지상의 싸늘한 음성이 귓가에 울리는 것 같았다.

석도명이 급하게 손을 뻗었다.

우르르릉.

천둥이 우는 듯한 낮은 소리와 함께 음유한 파동이 일어나 해운관 마당을 순식간에 가득 채웠다. 사람들은 그저 한 줄기 청량한 바람을 느꼈을 뿐이지만, 눈앞에서 벌어진 일은 예상 밖이었다.

거의 일 장 크기로 부풀던 을지상의 장영이 일렁이며 깨져버린 것이다. 잔잔한 수면에 비친 그림자가 바람 때문에 일그러진 것 같았다.

털썩.

석도명 덕분에 겨우 목숨을 구한 장학이 힘겹게 땅에 내려섰다. 그리고는 한쪽 무릎을 꿇은 채로 연신 피를 토했다.

을지상이 노한 얼굴로 돌아섰다.

"악소천의 무공도 이런 식으로 받아쳤더냐?"

을지상은 석도명이 자신의 공격을 막아냈다는 사실이 놀랍고 또 노여웠다.

장학의 목숨을 취하지 못한 건 문제도 아니었다. 애초에 죽으라고 한 공격이 아니라, '죽거나 말거나,' 그런 심정으로 손을 썼을 뿐이니까.

그러나 누군가가 자신을 막아섰다는 것만은 용서할 수 없는 일이었다. 자신을, 그리고 천마협을 가로막는 장벽은 10년 전 악소천에게 당한 패배가 마지막이어야 했다.

"이유 없는 살상을 막으려고 했을 뿐입니다."

석도명이 을지상의 분노를 온몸으로 받아내며 담담하게 대답했다.

을지상과 싸우지 않기 위해서 노력하고 있지만 그렇다고 비굴하게 몸을 낮출 이유는 없었다. 끝내 피할 수 없다면 싸워야 하지 않겠는가?

을지상은 석도명의 해명에는 조금도 귀를 기울이지 않았다.

"감히 나를 막다니! 그 버릇부터 고쳐야겠구나."

석도명이 조용한 어조로, 그러나 지지 않고 맞받아쳤다.

"누구든 거치적거리면 일단 죽이고 보는 게 천마협의 버릇입니까? 그리고 나중에는 오해였다고 말할 참이던가요?"

을지상이 주먹을 와락 움켜쥐었다.

그러나 더는 움직이지 않았다.

석도명이 조금 전의 일을 여씨세가의 과거에 빗대어 말한 것이 못내 마음에 걸렸다. 그리고 석도명과 했던 약속이 다시 떠올랐다.

모든 것이 가려지기 전에는 석도명과 싸우지 않겠다고 자기 입으로 말하지 않았던가?

더구나 진무궁으로부터 고작 반나절도 안 되는 거리에서 석도명과 일전을 벌이는 건 현명치 않은 짓이라는 데 생각이 미쳤다.

을지상이 노기를 억눌렀다. 기질이 불같기는 해도 역시 깊은 깨달음에 든 절정고수였다. 을지상은 언제 그랬냐는 듯이 바로 평상심을 되찾았다.

"흥, 내 입으로 약속한 바가 있으니 오늘은 참아주마."

주먹을 푼 을지상이 이번에는 장학을 바라봤다.

"즐거웠구나. 네 재주가 기특해서 하루의 말미를 허락한다."

을지상은 그 말을 끝으로 몸을 돌려 방 안으로 들어가 버렸다.

장학이 쓴웃음을 지었다.

마치 아이를 다루는 듯한 거만한 말투였지만 을지상으로서는 칭찬을 한 게 분명했다. 게다가 선심을 써서 석도명에게 하루의 시간을 내주기까지 했다. 태어나 이런 대접을 받기는 처음인지라 기분이 묘했다.

을지상이 사라지자 석도명이 장학에게 다가가 손바닥으로 등을 부드럽게 쓰다듬었다. 들끓던 내기가 그 손짓을 따라 하나로 이어지더니 편안하게 가라앉았다.

"허어…… 정녕 신인(神人)의 시대가 도래한 것인가……."

장학이 씁쓸하게 중얼거렸다.

자신을 무너뜨린 을지상이나, 내상을 다스려준 석도명의 수법은 도저히 인간의 것이 아니었다. 수백 년에 한 명 나타나기도 어려운 초인들이 연달아 나타나는 이 수상한 시절을 어떻게 받아들여야 할까?

"에구구, 귀신은 귀신끼리 놀게 하고…… 장 선생은 나랑 놉시다."

염장한이 장학을 부축해 안으로 들어갔다. 성목과 송필용이 침통하게 고개를 흔들며 그 뒤를 따랐다.

그들의 심정 또한 장학과 다르지 않았다. 그리고 석도명이 자신들에게 은인자중하고 있으라고 당부한 까닭이 좀 더 분명하게 헤아려졌다.

장학 정도의 절정고수가 혀를 내두르는 상황이다. 이런 판국에 공연히 나섰다가는 오히려 석도명의 발목만 잡을 것 같았다.

*　　　*　　　*

 다음날 아침 일찍 해운관에 한 떼의 황군이 모습을 드러냈다. 내상을 치료하느라 해운관에서 밤을 보낸 장학이 전 날 육도해를 통해 부용궁에 기별을 넣은 결과였다.

 석도명을 안내하러 온 관자(關孜)라는 환관은 초면이 아니었다. 삼묘문과 자미수의 공격에서 벗어난 뒤, 조경이 숲에서 천룡부의 일을 전해 줄 때 바로 옆에 있던 중년의 사내였다. 그는 당시 석도명과 함께 입궁하라는 황제의 친서를 조경에게 전하는 임무를 띠고 있었다.

 석도명이 관자를 따라 도착한 곳은 조경의 거처인 부용궁이 아니라 뜻밖에도 황궁이었다.

 "어이쿠, 여기는 황궁이 아니오?"

 두터운 성벽을 안고 높이 치솟은 황궁의 정문을 올려다보며 염장한이 먼저 수선을 피웠다.

 "부용궁주께서 이리로 모시라 하셨습니다. 안에서 기다리고 계십니다."

 관자가 석도명을 향해 고개를 조아리며 말했다.

 석도명이 별다른 대꾸 없이 고개를 끄덕였다.

 다른 사람도 아니고 조경을 만나러 가는 길이다. 장소가 어디면 어떤가? 더구나 언제고 한 번은 황궁에 나가 사부의 한을 풀어드리리라는 생각을 오래전부터 품어온 것도 사실이다.

석도명이 주저하지 않고 황궁 안으로 발을 들였다.

정문을 들어서자 포석(鋪石)으로 덮인 넓은 마당이 나타났다. 그 마당 한가운데 3층 기단(基壇; 건물을 받치는 단) 위에 웅장하게 쌓아올린 정전(正殿; 왕이 조회를 보는 전각)이 버티고 서 있었다.

기단 아래의 마당은 인파로 가득했다.

사광 현신을 환영하기 위해 나인들까지 전부 동원됐는지 정전으로 이르는 통로와 마당을 따라 사람들이 길게 도열해 있었다.

석도명과 염장한이 정전 앞마당에 들어서기가 무섭게 풍악이 울렸다. 황실이 자랑하는 교방악단이 대기하고 있다가 석도명의 등장에 맞춰 연주를 시작한 것이다. 천하제일의 악사를 맞이하는 황제의 성의였다.

석도명이 그 음악을 들으며 천천히 기단으로 올라가 이윽고 정전 안으로 들어섰다.

정전 내부는 화려했다.

기둥은 황금빛으로 번쩍거렸고, 눈길이 닿는 곳마다 장인의 숨결이 살아 숨 쉬는 진기한 장식물과 조각품, 도자기가 놓여 있었다.

황궁의 압도적인 규모와 장중한 연주를 접하면서도 석도명은 조금도 기쁘지 않았다. 번쩍이는 황금 기둥은 눈에 들어오지도 않았지만, 무엇보다 황궁을 감싸고 있는 지나치게 인위적인 기운이 거슬렸다.

 작은 돌덩어리 하나 자유롭게 놓여 있지 않고 발걸음소리, 숨소리를 죽인 채 공손히 움직이는 사람들의 모습 또한 부자연스럽기만 했다.

 한껏 멋을 들인 교방악단의 연주도 전혀 귀에 차지 않았다. 인간의 슬픔과 번뇌가 배제된 채 화려한 기교와 과장만으로 가득한 연주였다. 3,000명의 악공을 이끄는 대악정이 솜씨를 뽐내겠다고 과욕을 부린 결과이기도 했다.

 황제는 어좌가 놓인 단상 위를 서성이고 있다가 석도명을 맞았다. 사광 현신을 만난다는 설렘 때문에 차마 자리에 앉아 기다리지도 못한 눈치였다.

 단상 바로 아래에는 두 사람이 거리를 두고 서 있었다. 한 사람은 부용궁주 조경이고, 다른 한 사람은 조정의 실권을 쥐고 있는 재상 채경이다.

 조경의 얼굴이 살짝 상기돼 있는 반면, 채경은 떨떠름한 표정이었다.

 그도 그럴 것이 검교태위 동관과 공모해 1만 기의 철기마대를 보내 석도명을 죽이려고 했던 전력이 있는 탓이다. 채경은 가시를 밟고 선 것처럼 불편했다.

 그리고 단상 밑으로는 수십 명의 신료들이 양 옆으로 길게 늘어서 있었다.

 음악에 미쳐 있는 황제가 신료들에게 사광 현신의 음악을 듣게 해야 한다고 판을 크게 벌인 탓이다.

"어서 오세요. 황상께서 오래 기다리셨어요."

조경이 먼저 석도명에게 인사를 건넸다.

석도명이 조경에게 가볍게 고개를 숙여 보이고는 이어 황제를 향해 허리를 굽혔다. 염장한이 그 옆에서 채신머리없이 연신 절을 해댔다.

석도명이나 염장한 모두 황실의 예법에 어울리지 않는 인사였지만, 이 자리에서 그걸 따질 사람은 없었다.

원래는 입궁에 앞서 장황한 예법교육을 받는 게 순서였다. 그러나 신선으로 추앙 받는 고인(高人)에게 그런 예법을 강요해서는 안 된다는 황제의 영이 떨어진 터라, 석도명은 아무런 이야기도 듣지 못한 채 황제 앞에 서야 했다.

황제가 상기된 얼굴로 입을 열었다.

"그대가 사광 현신이시오? 내 그대의 소문을 듣고 밤잠을 설쳐가며 기다렸다오."

들뜬 어조에도 불구하고 석도명은 황제의 음성에서 짙은 피곤함 같은 것을 느꼈다. 그것은 천하를 품은 절대 권력자의 위용이 아니라, 유약하기 이를 데 없는 필부의 고단함이었다.

실제로 30대 후반에 불과한 황제의 얼굴은 파리했다. 음악과 미술에 심취한 젊은 황제에게 천하를 다스린다는 건 너무 벅찬 일이었다. 예악으로 백성을 다스린다 하면서 사실은 예술의 세계로 도피를 꿈꾸고 있는 게 황제의 처지였다.

그나마 천하가 대충 굴러가기라도 했으면 좋으련만, 불행하게도 왕조가 건립된 이래 그치지 않던 외적의 침입이 근래 들어 심해지고만 있었다. 거기에 민란까지 더해지는 바람에 황제는 더더욱 궁지에 몰릴 수밖에 없었다.

그런 황제에게 사광 현신은 동경의 대상이자, 최후의 희망 같은 존재였다. 백성이 사광 현신을 마음으로 따른다고 하니, 그에게서 난맥상으로 꼬인 정국을 푸는 실마리를 찾을 수 있을 것 같았다.

석도명이 황제에게서 느낀 것은 그처럼 복잡하게 얽힌 감정이었다.

'황제는 나를 간절히 원하고 있다.'

석도명은 1만 기의 철기마대를 보낸 게 황제의 뜻이 아님을 느낄 수 있었다.

그러나 묻지 않을 수 없다. 황제가 왜 자신을 굳이 만나려고 하는지.

"황공한 말씀이십니다. 보시다시피 저는 보잘 것 없는 떠돌이 악사에 지나지 않습니다. 황궁에 뛰어난 악사들이 넘치건대 폐하께서 굳이 저를 불러들이신 연유를 여쭙고 싶습니다."

"하하, 겸양이 지나치오. 그대가 천하제일의 음악가인 식음가의 전인이라는 사실을 내 잘 알고 있거늘. 어디 그뿐이오? 그동안 천하를 주유하며 백성들에게 베푼 기사(奇事)가 하나같이 신묘함을 잘 알고 있다오. 부디 그대는 하늘이 내리신 재주로 과인의 우매함을 일깨워 주기 바라오. 내게 하늘의 음악을 들려주구려."

석도명이 착잡한 표정으로 황제를 올려다봤다.

황제는 식음가를 입에 담으면서도 일말의 죄책감도 보이지 않았다. 비록 자신이 직접 한 일은 아니라고 해도 식음가의 몰락이 전적으로 황실의 책임인데도 말이다.

그러나 대놓고 황제에게 따질 수 없는 일이다. 어쨌거나 본인이 한 일이 아니니까.

석도명이 조용히 고개를 숙여 보였다. 황제가 청한 연주를 하겠다는 뜻이다.

황제가 만면에 가득 웃음을 머금고 말했다.

"신료들은 들으라. 과인이 그동안 예악을 치국의 도로 삼아 애를 쓴 것이 헛되지 않았도다. 하늘이 그 정성에 감복해 과인의 대에 이렇게 신인을 내려주셨으니, 내 어찌 그에게 가르침을 청하지 않겠느냐? 그대들은 오늘 과인과 더불어 귀를 밝게 하고, 마음을 깨끗이 함으로써 치국에 더욱 매진할 지어다."

"예—이, 성은이 망극하여이다."

신료들이 납작 엎드려 이구동성으로 외쳤다.

재상 채경이 얼른 황제의 말을 받았다.

"고인께서는 부디 천상의 음악으로 신료들의 귀를 열어주소서."

채경은 황제가 석도명과 긴 말을 늘어놓지 않고 음악을 청한 게 일단은 다행이라는 생각이 들었다. 황제가 석도명을 붙잡고 이런저런 이야기를 하다 보면 필경 철기마대의 일이 거론될 테니 말이다.

석도명이 한 걸음 앞으로 나가 팔을 늘어뜨리고 섰다.

석도명이 자세를 잡자 드넓은 정전이 깊은 정적에 빠져들었다. 소문으로만 듣던 사광 현신의 솜씨를 보게 됐다는 생각에 모두가 긴장을 한 탓이다.

다만 한 가지 생각이 모든 사람들에게 공통적으로 떠올랐다. 대체 빈손으로 무슨 음악을 들려주려는 것일까?

호기심 어린 시선을 한 몸에 받으면서 석도명은 눈을 내리깐 채 숨을 가다듬었다.

오욕칠정과 번뇌를 넘어 천인의 길에 들어섰음에도 불구하고, 가슴이 서서히 뜨거워졌다. 사부를 떠올린 탓이다.

사부는 젊은 날 이곳에서 황궁 최고의 악공이 되려는 꿈을 키웠었다. 그리고 운명의 맞수인 장기수를 만나 패배의 쓰라림을 맛봤고, 식음가의 현판이 내려지는 치욕을 겪어야 했다.

그러고도 황궁을 떠나지 못해 교방의 음악선생으로 전전하다 마침내 주악천인경을 얻었다. 그리하여 드디어는 그것 때문에 스스로 실명을 하기까지 했다.

황제는 알까?

자신이 치국의 도로 떠받들고, 또 한편으로는 밤마다 오락의 도구로 즐기는 그 음악을 위해서 사부가 얼마나 괴로운 삶을 살아야 했는지.

사부가 얻기 위해 몸부림쳤던 하늘의 음악이 결국에는 사람을 위한 울음이요, 눈물이라는 사실을. 음악 끝에는 오로지 괴로움만이 있다는 진실을.

백성을 위해 사부보다 백배는 괴로워하고, 천배는 노력을 해야 할 황제가 마땅히 들어야 할 음악은 무엇일까?

석도명이 합장을 하듯 두 손을 가슴 앞에 모았다. 맞붙어 있던 두 손이 떨어지면서 부드럽게 춤을 추었다.

아무도 볼 수 없었지만 석도명의 손끝으로 엄청난 기운이 모이기 시작했다.

그리고 마침내……

―아아아아.

한없이 맑고 투명한 여인의 음성이 천장에서 시작돼 서서히 아래로 울려 퍼졌다.

그것은 결코 인간의 음성이 아니었다.

사람의 혼을 뒤흔드는 짙은 떨림과 호소력……, 그리고 꿈결 같은 아스라함이 그 소리에 실려 있었다.

황제를 비롯한 모든 사람들이 똑같은 느낌에 빠져들었다.

여인의 음성이 빗물처럼 정수리에 방울방울 떨어졌다. 그 빗방울이 이마를 뚫고 들어와 몸 안으로 퍼져나갔다. 더러운 육신이 씻기고, 마음이 맑아지는 기분이었다.

빗물은 어느새 시원한 폭포수가 되어 심신에 들어붙어 있던 온갖 찌꺼기를 깨끗이 쓸어내려갔다. 음악 안에서 새로운 육체와 영혼으로 다시 태어나는 것만 같았다.

아련하게 천장을 떠돌던 노랫소리가 더욱 짙어졌다.

사람들이 꿈에 취한 듯 몽롱한 눈길로 고개를 들었다. 이어 사람들의 동공이 일제히 확대됐다. 믿기 어려운 광경이 펼쳐졌기 때문이다.

높다란 전각의 천장 아래로 뿌연 안개가 몰려들고 있었다. 안개라기보다는 구름이라고 하는 게 더 옳을 것 같은 희뿌연 연무(煙霧) 사이로 여인의 모습이 보였다.

사람들은 자신들이 석도명의 음악에 취해 환상을 보고 있다고 생각했다. 그런데도 환상이라고 생각하기에는 그 광경이 너무 또렷하고 생생했다.

과거 사마중이 무림맹 반백제에서 석도명의 연주를 처음 듣고 감탄을 금치 못했던, 심상(心象)을 눈으로 보여주는 경지가 절정으로 펼쳐진 것이다.

흰 옷을 입은 여인은 허공을 날아다니며 비파를 탔다. 백설보다 더 흰 여인의 피부에는 은은한 서기가 어려 있고, 두 눈에서는 푸른 광채가 빛을 뿜었다. 말로만 듣던 선녀의 모습이 이런 게 아닐까 싶었다.

헌데 놀라운 것은 여인이 머리에 쓰고 있는 보관(寶冠)이었다. 온갖 보석으로 치장을 해야 어울릴 것 같은 보관을 장식한 것은 뜻밖에도 하얀 뱀이었다.

"헉, 변재천(辨財天)……."

누군가가 먼저 여인의 정체를 깨달았다.

"오, 변재천이 강림하셨다."

"아, 음악의 신이시여……."

단상 아래 도열해 있던 신료들이 앞 다퉈 바닥에 머리를 조아렸다.

변재천.

묘음천(妙音天) 또는 미음천(美音天)으로도 불리는 음악의 신이다.

석도명이 불러낸 여인은 분명 그림에서나 볼 수 있는 변재천의 모습이었다. 과연 변재천이 아니고서야 어떻게 저런 노래를 들려줄 수 있겠는가?

사광 현신의 음악을 들은 자들이 공통적으로 느끼게 되는 감정, 알 수 없는 두려움이 사람들의 가슴에 차올랐다. 신선의 음악을 편안하게 들을 수 있을 만큼 맑고 깨끗하게 산 인간이 하나도 없으므로.

재상 채경 또한 두 다리로 버티고 서 있지를 못했다.

'하아, 진짜 신선을 건드렸으니…… 어쩌란 말이냐?'

채경은 방랍의 난을 진압하기 위해 강남으로 나가 있는 동관이 부러웠다. 애초에 일을 꾸민 건 동관인데 벌은 자신이 받게 생겼다는 억울함과 함께였다.

단상 위의 황제도 무릎을 꿇은 채 변재천을 향해 두 팔을 활짝 펴보였다. '나를 구원해 주소서' 하는 외침 같기도 했고, '나를 하늘로 데려가 주소서' 하는 부탁 같기도 했다.

이윽고 석도명이 손을 멈추자 노래가 그치고, 변재천의 형상과 짙은 안개가 씻은 듯이 사라졌다.

"하아…… 변재천은 다시 하늘로 가셨소? 과인을 버려두고……."

황제가 안타까운 눈길로 석도명을 바라보며 물었다.

석도명의 입에서 나온 것은 대답이 아니라, 질문이었다.

"폐하께서 듣고자 하신 하늘의 음악이 이런 것입니까?"

"그렇소, 어떻게 하면 하늘의 음악을 평생 들으며 살 수 있겠소?"

"폐하께서 들으신 것은 하늘의 음악이 아닙니다. 하늘의 음악은 결코 땅으로 내려오지 않으니까요."

"허면 조금 전에 과인이 보고 들은 것은 무엇이오? 분명 그분은 변재천이셨거늘."

"그것은 폐하의 마음일 뿐입니다. 폐하께서 하늘만 바라보고 계시니, 마음속에 온통 천인의 음악에 대한 생각뿐이니……. 제 음악에서 보고 들으신 것이 그럴 수밖에 없는 겁니다. 폐하께서는 밤마다 잠자리에 들면서 무엇을 생각하십니까?"

"그건……."

황제는 말문이 막혔다.

그러고 보니 석도명이 보여주고 들려준 것은 자신이 머릿속으로 그려보던 하늘의 음악과 다르지 않았다. 석도명은 자신의 환상을 불러내 보여준 것이다.

그것만 해도 신묘한 재주였지만, 석도명의 연주가 하늘의 음악이 아니었다는 사실에 짙은 실망감이 밀려들었다. 하늘의 음악은 결코 땅으로 내려오지 않는다니? 죽기 전에는 하늘의 음악을 들을 수 없다는 이야기였다.

그러나 아직 마지막 희망이 남아 있었다. 하늘의 음악이 안 된다면 땅의 음악이라도 들어야 하지 않겠는가?

"허면, 이번에는 땅의 음악을 들려주시오. 아니, 식음가의 음악은 어떤 것이오?"

"그것은 저의 소임이 아닙니다."

석도명이 단호하게 고개를 저었다.

황제는 물론, 대소 신료들이 하나같이 당혹한 표정으로 석도명을 바라봤다.

제5장
식음가(識音家)는 천하에 가득하다

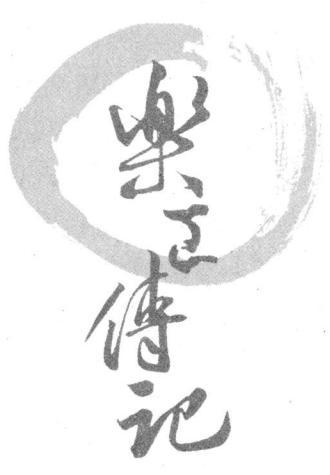

"그대가 아니면 누가 있어 과인에게 땅의 음악을 들려주겠소? 아아, 과인의 성의가 부족했나 보오이다."

땅의 음악을 들려주는 게 자신의 소임이 아니라는 석도명의 말에 황제가 놀라서 되물었다.

아무래도 사광 현신이 자신에게 뭔가 섭섭한 마음을 품은 게 아닐까 하는 생각이 들었다. 그러고 보니 불러다 놓고 대뜸 연주만 시켰지, 아무것도 해준 게 없다.

짝짝.

석도명이 뭐라고 대답을 하기도 전에 황제가 박수를 쳤다.

옆문이 열리면서 환관 4명이 뭔가를 조심스레 떠받들고 나타났다. 황제가 미리 준비시켜둔 모양이었다.

네 사람이 두 손으로 네 귀퉁이를 하나씩 떠받든 물건은 제법 부피가 나갔다. 붉은 비단이 덮여 있어 그 물건의 정체가 무엇인지는 아무도 알 수 없었다.

"과인이 천하제일의 악사를 위해 준비한 물건이오. 지난날의 허물은 잊고 기쁘게 받아주시기 바라오."

황제의 손짓을 받은 환관들이 비단을 천천히 벗겨냈다.

황금빛 테두리에 붉은 바탕을 정성들여 칠한 현판이 드러났다. 그 한가운데 수려한 필체로 황금빛 세 글자가 적혀 있었다.

식음가(識音家).

유일소의 가문에 달려 있다가 떼어져 다시 황궁으로 돌아갔던 바로 그 현판이다.

"식. 음. 가……."

염장한이 한 자 한 자 공을 들여 현판을 읽었다.

석도명이 망연한 표정으로 현판을 바라봤다.

보이지는 않지만 바로 지척에 식음가의 현판이 있음을 느낄 수 있었다. 석도명이 기의 실타래를 움직여 현판을 천천히 어루만졌다.

식음가의 현판은 아니, 식음가의 현판에서 느껴지는 기운은…… 싸늘했다. 그것은 생기를 잃은, 그러나 흙으로도 되돌아가지 못한 나뭇조각에 불과했다. 그 위에 덧씌워진 금분은 노류장화(路柳墻花; 화류계의 여인)의 짙은 화장이나 마찬가지였다.

고작 저 나뭇조각 하나를 얻고 또 잃어서, 그래서 식음가는 행복했고 불행했던가?

황제가 식음가의 현판을 내리는 이유는 뻔했다. 식음가가 대를 이어 그래왔듯이 자신의 곁에 머물면서 재주를 다해 음악을 들려달라는 이야기리라. 그 대가로 대단한 부와 명예를 안겨줄 테고.

석도명은 궁금했다.

이 자리에 사부가 있다면 달려가 황제 앞에 머리를 조아리고 감격에 겨워 저 현판을 받아들었을까?

사부의 애달픈 음성이 들려왔다.

"나는…… 식음가의 장손이다. 내가 이룬 모든 것…… 내가 가진 모든 것이 이제부터 네 것이듯…… 앞으로 네가 이룰 모든 것 또한 식음가와 함께 나누어다오."

석도명은 생각했다. 결국은 사부가 가르친 길로 가야 할 것이라고.

마음을 정한 석도명이 황제에게 말했다.

"거듭 말씀 드리거니와 폐하께 땅의 음악을 전하는 건 제 소임이 아닙니다. 폐하의 주변을 돌아보십시오. 백성의 피와 땀으로 녹을 먹는 자들이 즐비하지 않습니까? 천하에 가득한 백성의 소리를 폐하께 전하는 것은 바로 그들의 일입니다. 백성의 소리야말로 황제께서 귀 기울여 들어야 할 땅의 음악인 것입니다."

"하아……."

황제가 깊은 한숨을 토해냈다.

황제가 들어야 할 음악은 백성들의 소리다!

그 말에 담긴 따가운 충고를 알아들은 것이다. 태자시절부터 음악에 심취해 공부를 게을리 한다고 귀가 따갑게 들은 이야기이기도 했다.

같은 말인데도 고리타분한 한림원의 노학사들에게 들은 것과 사광 현신으로 불리는 악사에게 듣는 건 그 느낌이 달랐다.

석도명이 내친 김에 말을 이어갔다.

"불과 얼마 전만 해도 저는 백성들을 부추겨 반란을 꾀하고 적에게 군사기밀을 빼돌리려 했던 역도로 몰려 죽을 위기를 겪었습니다. 저에 대해 어떤 소문을 들으셨는지 모르겠으나, 오늘 저를 이리도 환대해 주시는 것을 보니 폐하께서는 그 이야기를 전혀 듣지 못하신 모양입니다. 백성을 보호해야 할 1만 기의 철기마대를 보내 저를 짓밟으려 했던 자들이 폐하의 눈과 귀를 철저히 가리고 있으니 어찌 땅의 음악을 들으실 수 있겠습니까?"

"철기마대라니? 과인이 사광 현신을 귀한 손님으로 청한 게 오래전이거늘 누가 감히 그대를 역도로 몰았단 말이오?"

황제가 그 말과 함께 단상 아래 서 있는 채경을 바라봤다.

채경이 황급히 허리를 굽혔다.

"황공하옵니다. 소신이 일전에 보고를 올린대로 감군 권우라는 자가 서북령관 이엄에게 파견된 철기마대를 사사로이 움직이는 바람에 잠시 소란이 벌어진 일이 있었습니다. 그 일로 사광 현신께서 피해를 입으실 뻔했다는 사실은 저도 뒤늦게 알았습니다. 워낙 불미스러운 일이라 조용히 처리했사온데, 노여우셨다면 불충한 소신을 벌해주소서."

채경의 설명은 입에 기름칠을 한 듯 거침이 없었다. 이런 일을 예상하고 단단히 준비를 했다는 뜻이다.

"허엄. 그랬던가······."

황제가 머쓱하게 말꼬리를 흐렸다.

재상에게서 올라오는 자잘한 보고는 별로 신경 써서 듣는 편이 아니었다. 채경이 비슷한 일을 알린 것도 같지만 구체적인 기억은 없었다.

사광 현신이 직접 거론됐다면 조금 신경 써서 들었을 테지만, 그건 채경도 뒤늦게 알았다지 않은가?

채경의 말을 부인하려니 자신이 국정을 소홀히 한다는 사실을 자인하는 꼴이 될 것 같아서 더 이상 추궁하기도 어려웠다.

"크흠, 염치없지만 한 말씀만 여쭙겠습니다. 그 권우라는 자는 어찌됐습니까?"

염장한이 불쑥 끼어들어 채경에게 물었다.

식음가(識音家)는 천하에 가득하다

"그자가 단순히 군기를 어지럽힌 게 아니라, 감히 사광 현신께 해를 끼치려 들었다는 사실을 알고서야 어찌 가만히 있겠소? 지금 죄인의 목이 황도로 오고 있는 중이라오."

"쯧쯧, 항상 그렇지……. 파도는 고래가 치게 하는데 죽어나는 건 자잘한 잡어들뿐이란 말이지."

염장한이 나지막이 혼잣말을 했다. 목소리를 낮췄다고는 해도 가까운 거리에 있는 사람들은 전부 들을 수 있는 크기였다. 실제 배후는 더 높은 놈들이 아니겠냐는 비아냥거림이라는 것을 귀 있는 자들은 알아들었다.

채경이 일순 염장한을 사납게 쏘아봤지만, 이내 표정을 바꿨다. 과연 노회한 정치가다웠다.

석도명은 마음이 불편해졌다.

'강호나 조정이나 힘없는 자들만 죽어나는 건 똑같구나.'

이 자리에서 지방 관리의 학정을 고발하거나, 자신을 제거하려고 했던 음모가 있었음을 까발려 봐야 아무런 소용이 없을 것이라는 체념마저 일었다.

조정의 실권을 쥔 자들은 교묘히 빠져나가고, 하수인들만 희생양이 될 테니 말이다. 그리고 자신이 떠난 뒤에는 언제 그랬냐는 듯 모든 것이 다시 예전으로 돌아가리라.

하늘이 훤히 내려다보고 있는데도 인간의 악행이 끝나지 않는 것처럼, 황실과 조정에도 희망은 보이지 않았다.

이제 석도명에게 남은 건 이 자리를 빨리 벗어나야겠다는 마음뿐이었다.

"아뢰겠습니다. 저는 식음가의 후계자입니다. 그리고 제게는 식음가의 유업을 맡기신 사부님이 계십니다. 지금으로부터 40여 년 전 스스로 당신의 눈을 멀게 하시고, 그로 인해 황궁에서 쫓겨나신 유(劉)자, 일(溢)자, 소(昭)자 어르신이 바로 그분입니다. 저는 제가 그분의 제자이며, 식음가의 후계임이 자랑스럽습니다. 그러나 사부님의 유지를 받들기 위해 저는 폐하께서 내리신 그 현판을 받을 수 없습니다."

황제가 놀란 표정을 지었고, 실내에는 소란이 일었다.

자신이 식음가의 후계자라고 해놓고, 정작 식음가의 현판은 받지 않겠다니! 황제의 하사품을 거부한 불경스러움은 차치하더라도, 앞뒤가 맞지 않는 말이었다.

"허어, 그대는 식음가의 후계자를 자처하면서 식음가의 현판을 어찌 사양하오? 그것이 정녕 그대 사부의 유지란 말이오?"

황제가 믿을 수 없다는 듯이 되물었다.

"사부님께서는 제가 이룰 모든 것을 식음가와 나누라고 하셨습니다. 헌데 사부님께서 제게 가르친 음악이 황궁에 있지 않으니 제가 어찌 이곳에 남아 폐하를 받들겠습니까? 제가 만들어갈 식음가는, 사부님의 식음가는…… 오직 천하에 가득할 따름입니다."

황제가 펄쩍 뛰며 손을 내저었다.

"허어, 그대는 과인을 부끄럽게 하는구려. 과인이 어찌 그대를 신하로 부리겠소? 부디 황실의 손님으로 머물며 과인의 어리석음을 깨우쳐주오. 그대의 신묘한 재주로 황실을 도와달란 말이오."

"거듭 말씀드리거니와, 식음가는 백성을 따라 세상으로 나갈 겁니다. 부디 폐하께서도 백성들의 소리가 곧 땅의 음악임을 잊지 마시고, 그 소리에 귀를 기울이소서."

"아니오, 아니 될 말이오."

황제가 거듭 손을 저었다. 당장이라도 단상에서 내려와 석도명을 붙잡을 기세였다.

순간 석도명이 부드러운 손짓으로 허공을 저었다.

휘잉.

예의 한 줄기 바람이 불어와 석도명의 신형을 휘감았다. 석도명의 옷자락이 세차게 펄럭였다.

분위기가 갑자기 태산처럼 무거워진 탓에 황제도 어찌지 못한 채 석도명을 지켜봐야 했다. 정전을 가득 채운 신료들도 잔뜩 긴장한 모습으로 숨을 죽였다.

석도명의 음성이 여덟 곳에서 울려나왔다.

"이것이 폐하께서, 그리고 조정의 신료들이 마땅히 들어야 할 땅의 음악입니다."

석도명을 감싼 바람이 더욱 거세지더니 실내가 다시 자욱한 안개로 가득 찼다. 한치 앞도 볼 수 없을 정도로 짙어진 안개 속에서 바람이 문득 풀어헤쳐졌다.

사람들은 부드러운 바람결이 볼을 스치는 느낌과 함께 이루 말할 수 없는 포근함에 빠져들었다.

주변에 누가 있다는 사실조차 잊고 모두가 눈을 감았다. 눈꺼풀이 무겁게 덮이는 순간, 세상이 칠흑 같은 어둠으로 물들었다.

어둠 속의 세상은 한없이 포근했다. 그것은 모태(母胎; 어머니 뱃속)로 되돌아간 시원(始原; 처음)의 평화였다.

뒤이어 어디선가 아기 울음소리가 들려왔다.

그 소리를 들으면서 사람들은 무섭고, 두려웠다. 그러나 그 두려움 끝에 세차게 뛰는 심장 박동이 들려왔다. 그것은 탄생의 고통과 희열이었다.

그 다음에 찾아온 것은 성장의 순간이었다. 아이들이 천진난만하게 웃고 떠드는 소리와 서로에게 마음을 빼앗겨 잠을 이루지 못하는 청춘남녀의 설레는 한숨이 귓가를 간질였다. 사람들은 그 소리에 마음이 즐거워지고, 가볍게 가슴이 두근거렸다.

그리고 문득 활짝 열린 세상이 다가왔다.

서당에서는 아이들이 낭랑하게 글을 읽었고, 부엌에선 여인네들이 수다를 떨며 밥을 지었다. 저잣거리의 사람들은 힘들게 번 돈을 소중하게 주머니에 챙겨 넣었고, 들판의 농부들은 바람에 땀을 식히며 부지런히 밭을 갈았다.

짐을 잔뜩 실은 수레바퀴 소리와 베틀이 삐걱대는 소리, 대장간의 망치 소리, 강가에서 사공이 노를 젓는 소리, 젊은 병사들이 연무장을 달구는 뜨거운 함성 소리가 조화를 이뤄 아름다운 화음을 연출했다.

사람들은 생각했다.

이것이 세상이 굴러가는 소리로구나. 이것이 우리들이 살아가는 소리로구나. 우리가 날마다 이 아름다운 음률을 들으며 살아가고 있구나. 살아 있음이, 내일을 생각할 수 있음이 행복이로구나.

그때 다시 석도명의 음성이 들렸다.

"이 소중한 음악이 전부 어디로 갔습니까? 누가 세상에서 음악을 앗아갔습니까?"

음악에 아니, 세상의 소리에 취해 있던 사람들이 일제히 눈을 떴다.

여전히 한치 앞도 볼 수 없는 짙은 안개 속이었다.

그런데 뭔가 이상했다.

안개가 짙어지다 못해 검은 색으로 물들고 있었다.

주변을 채우고 있던 세상의 소리가 갑자기 기묘하게 뒤틀리기 시작했다. 사방은 여전히 온갖 소음으로 가득했지만 그 안에 들어 있던 조화와 평화는 산산이 부서진 상태였다.

비명과 신음, 울부짖음.

분노하고 절망한 목소리가 파도처럼 거칠게 사람들을 휩쓸어갔다. 사람들은 이곳이 황궁이라는 사실을 까맣게 잊었다. 사람들이 서 있는 곳은 증오와 살기가 가득한 싸움터요, 광란의 현장이었다.

여인들이 두려움에 떨며 울부짖고, 사내들은 고통 속에서 죽어갔다. 어미는 자식을 잃은 슬픔에 가슴을 쥐어뜯으며 울었고, 아비는 귀한 아들의 시신을 묻기 위해 눈물을 흘리며 땅을 팠다.

그 아비규환 속에서 누구도 버티고 서 있지 못했다. 사람들이 하나둘 무릎을 꿇고 주저앉았다.

그러나 지독한 소음은 더욱 짙어졌다. 이제는 듣는 것과 느끼는 것조차 구분되지 않았다.

누군가가 당장이라도 내 가슴을 칼을 꽂을 것 같은 지독한 살기와 공포가 밀려들었다. 내 자식의 시신을 거두는 것처럼 가슴이 쓰라렸다.

"크흑, 제발……."

"그만……, 이제 그만!"

"잘못했습니다."

여기저기서 힘겨운 애원이 쏟아졌다.

아주 먼 곳에서 서늘한 음성이 들려왔다.

"그대들이 세상에 슬픔을 채우면, 그 슬픔이 언젠가는 그대들과 그대들의 식솔을 남김없이 삼킬 것이오."

그리고 순식간에 죽음보다 깊은 정적이 찾아들었다. 검게 물들었던 안개가 희미하게 엷어지더니 흔적 없이 사라졌다.

황제와 신료들이 어리둥절한 얼굴로 자신의 몸을 살피고 주변을 두리번거렸다. 정전 안의 풍경은 조금도 달라진 게 없었다. 마치 꿈을 꾼 것 같았다.

다만 언제 사라졌는지 석도명과 염장한의 모습이 보이지 않았다.

그뿐이 아니었다. 환관들의 손에 들려 있던 식음가의 현판이 산산조각이 난 채 바닥에 떨어져 있었다. 황제는 혹시 환관들이 소리에 놀라서 현판을 바닥에 떨어뜨린 게 아닐까 싶어 의심스런 눈초리로 아래를 내려다봤다.

하지만 그건 아닌 것 같았다. 목재로 된 현판이 마치 도자기처럼 부서져 있었기 때문이다. 게다가 어디선가 한 줄기 바람이 불어와 바닥을 쓸어가자 현판 조각은 순식간에 먼지로 변해 허공에 흩어졌다.

"하아, 식음가는 과연 신선을 배출했구나."

황제가 낮게 탄식을 했다. 그리고 무엇으로도 석도명을 붙잡을 수 없다는 사실을 깨달았다.

식음가의 현판이 먼지가 되어 세상으로 흩어지는 광경을 보면서 석도명의 말이 떠오른 탓이다.

식음가는 오직 천하에 가득할 따름이다!

*   *   *

황궁에서 바람같이 사라진 석도명은 그로부터 한 시진 뒤

부용궁에서 홀로 조경을 만나고 있었다. 황궁을 떠나면서 부용궁으로 찾아가겠다는 이야기를 조경에게 은밀하게 전했기 때문이다.

"호호, 황궁을 그렇게 뒤집어 놓고 사라지시면 어떻게 해요?"

서둘러 부용궁으로 돌아온 조경은 석도명을 보자마자 환한 웃음을 터뜨렸다. 유약한 황제를 쥐고 흔들던 신료들이 제대로 혼쭐이 나는 모습이 내심 고소했던 것이다.

"어울리지 않는 곳에는 오래 머물지 말라는 사부님의 가르침이 있었답니다. 한 마디로 문무겸피라는 거죠."

"호호, 벼슬도 피하고 무인도 피하라, 그 말씀인가요?"

석도명이 유일소에게 그 이야기를 듣고 뜻을 헤아리지 못했던 것과 달리, 조경은 쉽게 말귀를 알아들었다.

"예, 그런 뜻이지요."

"그런데 강호에는 왜 발을 들여놓으신 거죠?"

"제가 공주님을 뵈러 이곳에 온 것과 같은 이유죠. 뜻하지 않게 깊이 엮이기는 했지만……."

"예……."

조경은 석도명이 식음가의 일 때문에 청성파와 갈등을 빚었다는 사실을 떠올렸다.

식음가가 그런 참극을 겪지 않았더라면 석도명이 강호에 얽힐 까닭이 없었다.

그리고 유감스럽게도 석도명이 갖은 고초를 겪으며, 심지어는 눈까지 잃으며 애를 썼음에도 불구하고 식음가의 일은 여전히 해결되지 않은 상태였다.

"저를 찾으신 건 식음가의 과거에 대해서 달리 알아내신 게 있다는 뜻이겠지요?"

석도명이 곧장 본론에 들어갔다.

조경은 답 대신 질문을 먼저 던졌다.

"석 악사가 청성파에 찾아간 이유가 식음가의 황금현판 때문인가요?"

"맞습니다만, 그 말은 왠지 제가 범인을 잘못 찍었다는 뜻으로 들리는군요."

"맞아요. 식음가의 흉수를 청성파로 보기는 어려워요."

청성파가 식음가를 해친 게 아닐 거라는 말에 석도명은 마음이 편치 않았다. 청성일검 정고석은 어두운 과거를 청산할 수 있음을 기뻐하며 죽었지만, 자신이 청성파에 평지풍파를 일으킨 것 같았기 때문이다.

그러나 빚은 결국 빚으로 갚을 일이었다. 지금은 식음가의 원수를 찾는 게 먼저였다.

"증거가 있습니까?"

"식음가를 내친 장본인이라고 할 수 있는 태상경 고순화의 가문이 대역죄로 멸문을 당한 건 알고 있나요?"

석도명이 고개를 끄덕였다. 사부의 맞수였던 장기수에게서 들은 이야기였다.

"고 대감 집에서 압수한 치부책과 비밀장부가 황성사에 남아 있더군요. 아마도 그 가문과 직간접적으로 연루된 여러 신료들의 약점을 두고두고 써먹을 요량이었겠죠. 그 장부에 식음가의 황금현판이 청성파에 전달됐다는 기록이 있어요. 고 대감은 꽤나 고약한 사람이었던 모양이에요. 아무리 비밀장부라지만 대놓고 청성파라고 써놓다니."

"그쪽도 약점을 두고두고 써먹고 싶었을 테니까요. 어쨌거나 청성파가 태상경을 위해 일했다는 사실, 그리고 식음가에 연루된 건 분명하지 않습니까?"

석도명은 청성일검 정고석의 대사형이 비도행이라는 이름으로 돈벌이에 나섰다는 사실을 알고 있었다. 분명 태상경 고순화와도 비도행이라는 이름으로 접촉을 했을 것이다.

그런데도 고순화는 비도행이 아니라 청성파라는 이름을 비밀장부에 기록했다. 비도행이 사파가 아닌 명문 정파의 사람이라는 걸 확인한 다음에야 거래를 시작했다는 뜻일 것이다. 그리고 필경 그 사실을 약점으로 삼아 청성파까지 쥐고 흔들 생각이었으리라.

고순화가 그걸 써먹기 전에 멸문을 당한 게 청성파로서는 행운이라면 행운이었다. 아니, 지금은 황성사가 그 비밀을 쥐고 있으니 청성파는 영원히 황실에 약점을 잡힌 셈이다.

다만 비밀장부의 기록과 조경의 말은 아귀가 맞지 않는 것 같았다. 그런 기록이 남아 있는데도 청성파가 범인이 아니라니?

"잘 생각해 보세요. 누군가가 식음가의 식솔을 몰살하고 재산을 탈취했어요. 황금현판도 그 자리에서 사라졌고요. 그러면 그자가 태상경에게 황금현판을 가져다 바쳤겠지, 설마 받아갔겠어요?"

석도명의 고개가 저절로 끄덕여졌다.

청성파가 황금현판을 입수한 과정을 전혀 모를 때는 생각할 수 없는 부분이었지만, 조경의 말을 듣고 보니 틀리지 않은 추측이다.

청성파의 제자들이 태상경 고순화의 손발이 되어 악행을 저지른 건 분명했지만, 식음가의 흉수로 몰아갈 근거는 확실히 빈약했다.

"그렇군요. 그러면 태상경에게 황금현판을 바친 건 누굽니까?"

"유감스럽게도 그건 기록이 없어요. 그 사람, 자기가 어디서 받아먹은 건 아예 적어놓지를 않았더라고요."

그 또한 비리를 저지르는 자들의 당연한 생리였다. 남의 약점은 악착같이 남겨두면서 자신의 치부는 드러내고 싶지 않은.

석도명이 실망할 겨를도 없이 조경의 말이 이어졌다.

"그렇지만 아주 흥미로운 걸 알아냈어요."

"그게 뭡니까?"

"식음가는 당시 황도에서 완전히 쫓겨나는 처지였어요. 집이며 전답까지 모두 팔아치우고 떠나야 했지요. 게다가 100년 넘게 황제의 총애를 받아온 집안이에요. 옮겨야 했던 재물이

어마어마했다는 뜻이죠. 그런데 집안의 하인들만 이끌고 그 먼 길을 떠났겠어요?"

조경은 식음가가 수많은 식솔과 엄청난 재물을 옮겨가기 위해서 외부의 도움을 받을 수밖에 없었을 것이라는 점에 착안해 개봉 일대의 표국을 상대로 조사를 벌였다고 했다.

당시 누가 그 일을 맡았는지는 어렵지 않게 확인할 수 있었다. 식음가의 짐을 나르는 게 상당히 큰 일거리였던 까닭이다.

"식음가의 재물을 운송한 것은 비호표운(飛虎鏢運)이라는 작은 표국이었어요. 식음가가 황제의 노여움을 사서 쫓겨나는 바람에 대형 표국들은 일체 나서지 않았다고 해요. 문제는 그 비호표운이 상당히 수상쩍다는 거죠."

"수상쩍다 하심은?"

"당시 사건을 황성사에서도 주의 깊게 조사했어요. 혹시라도 황실에 누가 될 만한 일이 있지나 않을까 해서겠죠. 흥미로운 건 비호표운의 총수였던 홍박(洪博)을 비롯해 표사들의 시신이 전혀 발견되지 않았다는 점이에요. 그렇다고 그들 가운데 개봉으로 돌아온 사람도 없고요. 비호표운도 얼마 뒤에 슬그머니 문을 닫았죠. 제가 식음가의 일에 의문을 품게 된 건 그 때문이죠."

호송을 맡았던 자들이 고스란히 사라졌다! 그건 그들이 바로 흉수와 한통속이라는 뜻이었다.

"그들은 어디로 갔습니까?"

"수십 년 전에 사라진 자들이라 찾을 방법이 없더군요. 그래서 유일하게 이름이 알려진 총수 홍박을 집중적으로 조사해 봤어요. 그자는 사건이 벌어지기 불과 2~3년 전에 외지에서 흘러들어와 개봉에 자리를 잡은 터라 그에 대해 알고 있는 사람이 없더군요."

"그래도 알아낸 게 있으시니 저를 찾으셨겠지요."

"후후, 맞아요. 사람을 잔뜩 풀어서 수소문을 한 끝에 한 가지를 알아냈어요. 비호표운이 처음 문을 연 직후에 한동안 텃세에 시달렸던 모양이에요. 인근의 표국에서 사소한 꼬투리를 잡아서 몇 차례 시비를 걸었다가 혼쭐이 났다고 해요. 홍박이 상당한 고수였다는군요. 일부에서는 무림인까지 고용해서 쳐들어갔는데도 그를 이기지 못했어요. 그때 그와 손을 겨뤘던 무림인들을 수소문한 끝에 겨우 알아낸 게 있죠. 그의 무공을 알아본 사람이 딱 한 명 있었거든요. 그는 노산(嶗山) 창의문(暢義門)의 사람일 가능성이 높다는 거예요."

"노산 창의문……."

"100여 년 전에 제법 이름을 날리다가 현재는 거의 명맥이 끊긴 문파라는데…… 거기까지는 아직 손을 쓰지 않았어요. 공연히 풀밭을 들쑤셔 뱀을 달아나게 할 수도 있을 것 같아서요."

쇠락한 명문 정파.

석도명은 청성파의 비도행이 다시 떠올랐다. 홍박이라는 사람도 비도행과 같은 길을 걸었을 가능성이 높았다. 그리고 식음가의 비극을 현장에서 지켜본, 어쩌면 죽음의 길로 안내한 인물인 점을 감안하면 그자야말로 흉수의 일원일 게 분명했다.

"알아볼 곳이 또 한 군데 있어요."

조경은 한 가지 사실을 더 전했다. 태상경 고순화의 호위무사들에 관한 이야기였다.

원한을 살 만한 짓을 많이 저지른 탓에 고순화는 신변보호에 남다른 노력을 기울였다고 했다. 그래서 거금을 들여 무림의 고수 수십 명을 호위무사로 끌어들일 수 있었다.

문제는 고순화가 참수를 당한 뒤였다.

다른 일에는 일체 개입하지 않고 단순히 신변보호만 담당했던 호위무사들까지 죄인으로 처벌할 것이냐를 두고 조정에서도 의견이 분분했다. 강호인이 관부의 일에 연루된 터라 일이 제법 복잡했다.

결국 몇 년간 군역을 지우는 것으로 그들에 대한 처벌은 마무리됐다.

"군역을 마친 사람들 가운데 일부가 무림맹에 들어갔어요. 당시 무림맹에서는 금강대를 창설해 무림지사들을 대거 충원하고 있던 시절이었죠. 실력이 있으니 당연히 입맹 시험은 통과했고요. 헌데 십대문파에서 그들의 전력을 트집 잡고 나섰어요. 사마세가의 급부상을 견제하려는 속셈이었던 모양이에요. 당시 무림맹 군사였던 사마광은 그 때문에 제법 곤란을 겪어야 했지요. 그들을 받아들이자니 십대문파가 가만히 있지를 않고, 입맹을 취소시키자니 당사자들이 반발을 할 테고."

무림맹에서 사마세가와 십대문파의 갈등을 직접 경험한 터라 석도명은 당시의 상황이 머리에 그려졌다.

그런 수모를 당하면서도 2대에 걸쳐 무림맹을 떠받친 것을 보면 사마세가의 고집이랄까, 집착도 어지간한 수준은 아니었다.

"그들은 어떻게 됐습니까?"

"끝내 무림맹에서 쫓겨났어요. 그들이 그 뒤 어디로 갔는지를 알 수 없어요. 다만 알려지기로는 사마세가가 그들을 설득해서 돌려보냈다고 하네요. 아마도 따로 뒤를 봐주기로 한 거겠죠. 그들 가운데 생존자를 찾을 수 있다면 거기서도 뭔가 실마리를 얻을 수 있을 거라고 생각해요. 아니면……."

조경이 말꼬리를 흐리더니 석도명에게 가까이 다가섰다.

그리고는 행여 누가 들을세라 귓속말을 속삭였다.

그 말을 들으면서 석도명의 얼굴에 떠오른 것은 짙은 의혹이었다.

말을 마친 조경이 한 걸음 뒤로 물러나면서 석도명의 얼굴을 물끄러미 바라봤다.

"석 악사가 직접 가볼 거죠?"

"우선은 누군가와의 약속을 지켜야 하고…… 그 다음에 바쁘게 돌아다녀 볼 생각입니다."

석도명은 을지상과의 약속대로 진무궁을 먼저 방문한 뒤에 식음가의 일을 파헤쳐 볼 계획이었다.

"황도에는…… 언제 다시 올 건가요?"

조경이 못내 서운한 얼굴로 물었다.

조경은 석도명이 지켜야 할 약속이 한운영이나 정연과 관계된 것이라고 믿었다. 석도명의 품성으로 보건대 사랑하는 여인을 되찾은 뒤에는 어디론가 훌쩍 사라질 것만 같았다.

번잡하기만 한 황도에 그가 다시 나타날 이유는 없었다. 황제가 내린 식음가의 현판을 가루로 만든 것도 그 같은 결심을 보여주기 위해서가 아니겠는가?

조경의 짐작은 틀리지 않았다.

"황궁에서 그렇게 요란을 떨어놓고 어찌 황도에 다시 모습을 보이겠습니까? 지금은 모두들 저를 놀랍고 두려운 사람으로 여기겠지요. 하지만 시간이 지나면 그중 누군가는 저를 이용하려 들 테고, 또 다른 사람들은 저를 원수로 여길 겁니다."

"그런가요? 저는 사람들이 석 악사의 음악을 듣고 모두 개과천선을 한 게 아닐까…… 그런 생각을 했는데. 황상을 비롯해 모든 신하들이 눈물을 흘리면서 반성을 했건만 그게 그리 오래 가지 않을 거란 말이죠?"

"사람의 마음이란 다른 사람이 씻겨 줄 수 있는 게 아닙니다. 다른 사람의 깨우침으로 잠깐은 맑아질 수 있지요. 그러나 그 가슴에 탐욕이라는 시커먼 샘물이 마르지 않는 한, 마음은 다시 더러워질 수밖에 없습니다. 그동안 제가 행한 일을 보고 두려워했던 자들도 오래지 않아 자신이 직접 보고 들은 것을 부정하고 의심하더군요. 세상이 그래서 힘들고 슬픈 겁니다."

"그러니까…… 그럴수록 석 악사께서 그들을 계속 깨우치고 바른 길로 인도해 주셔야죠. 황상께서도 그걸 간절히 원하고 계시는데……."

"황제께서 저를 원하는 마음이 간절하시다면 그 간절함이 스스로를 일깨우겠지요. 변하지 않는 사람들 가운데서도 스스로 변화를 선택하는 사람들은 있으니까요. 하늘이 제게 이런 능력을 내려주신 건 스스로 변화할 수 있는 사람들에게 작은 씨앗을 뿌려 보라는 뜻이 아닐까 싶습니다. 농부는 같은 곳에 두 번 씨를 뿌리지 않는답니다. 먼저 뿌린 씨가 싹을 틔울 때까지 참고 기다릴 뿐이지요. 제가 언제고 다시 황궁에 나갈 날이 올 수도 있겠지만, 지금은 아닙니다."

"그러면…… 우리는 다시는 만날 수 없나요?"

조경의 음성에서 감출 수 없는 애틋함이 배어나왔다. 석도명을 이렇게 떠나보내면 평생 볼 수 없을 것이라는 절박한 마음 때문이다.

석도명이 모든 것이 뿌옇게만 보이는 흐린 눈으로 조경을 바라봤다.

"제게는 목숨보다 소중한 여인이 있습니다. 억울한 누명을 쓰고 그 사람과 10년을 떨어져 있어야 했지요. 그리고 어렵게 다시 만난 뒤에 또 3년의 이별을 약속해야 했고요. 그 후로도 만남은 짧고, 긴 이별만 되풀이 하고 있습니다. 어쩌면 평생을 이렇게 살아야 하는 게 우리의 운명이 아닐까 하는 생각이 들기도 합니다. 하지만 이제는 더 이상 슬프지 않습니다. 제 가슴에 그 사람이 있고, 그 사람의 가슴에는 제가 있음을 알기 때문입니다. 공주님도 좋은 친구로 이 가슴에 담아 두겠습니다. 우리가 다시 만날 수 있을지 없을지는 아마도 인연이 정해 놓고 있겠지요."

조경이 한 걸음 다가가 석도명의 가슴에 살포시 손을 얹었다.

"하아, 당신의 심장이 멈추지 않는 한…… 저를 잊지는 않겠군요. 그래도…… 다행이에요."

조경의 눈에서 눈물 한 방울이 굴러 떨어졌다.

그게 슬픔인지, 기쁨인지 조경 자신도 알 수 없었다. 다만 사내를 위해 내던질 수 없는 자신의 삶, 황녀로서의 책무가 지금 이 순간에는 새삼 서글펐을 따름이다.

* * *

다음날 진무궁 앞에 2남 1녀가 모습을 드러냈다.

석도명과 을지상, 환상요희다.

"석도명이 진무궁주를 뵈러 왔소."

그 한 마디에 정문을 지키고 있던 경비무사들이 일제히 사색이 됐다.

"제, 제천대주……."

"사광 현신이닷!"

과거 구화검선으로 불릴 때도 감당할 수 없는 절정고수였던 석도명이 사광 현신으로 다시 나타났으니 겁이 나지 않을 수 없었다.. 게다가 사광 현신이 복수를 위해 진무궁에 나타날 것이라는 소문을 지난 몇 달 동안 귀가 따갑게 들은 터였다.

누군가가 서둘러 안으로 달려 들어갔고 나머지 무사들은 석도명을 막아설 엄두도 내지 못한 채 뒤로 주춤주춤 물러났다.

세 사람이 거칠 것 없이 안으로 들어갔다.

둥둥둥둥.

수신고가 요란하게 울리며 사방에서 무사들이 쏟아져 나왔다. 그중 누구도 먼저 검을 뽑지 못했다. 긴장한 얼굴로 석도명 일행을 멀찍이서 에워싼 채 눈치를 볼 뿐이었다. 감히 자신들이 상대할 적수가 아님을 알기 때문이다.

석도명은 옛 무림맹의 본전 건물인 청공전 앞에서 걸음을 멈췄다. 그리고 기다렸다. 악소천이든, 허이량이든 나타나기를.

과연 오래지 않아 악소천의 네 제자와 허이량이 나타났다.

석도명을 본 허이량의 얼굴이 딱딱하게 굳어졌다.

그러나 그의 걱정은 거기서 끝난 게 아니었다. 을지상 때문이다.

석도명 하나도 버거운데 천마협의 무주까지 악소천과 싸우려고 온 것이다. 진무궁의 최대 숙적이라고 할 수 있는 두 사람이 함께 나타날 줄이야! 설령 악소천이 진무궁에 있다고 해도 두 사람의 협공을 받아내기는 쉽지 않을 터였다.

"진무궁주를 만나러 왔다."

을지상이 거두절미하고 자신의 용건을 밝혔다. 십대문파를 농락했던 사방천군 따위는 안중에도 두지 않는다는 태도였다.

허이량이 짤막하게 대답했다.

"궁주께서는 폐관에 드셨습니다."

을지상이 나지막이 한숨을 토했다.

"허, 기가 막힌 일이로다. 진무궁주의 안중에는 본좌가 들어있지도 않더란 말이냐? 아니면 사마세가의 애송이와 겨룬 뒤에 새삼 본좌의 무서움을 깨닫고는 꼬리를 말고 숨은 게냐? 아니, 아니, 나 보고 폐관이 끝날 때까지 여기서 기다려라 그 말이더냐?"

광오하기 짝이 없는 을지상의 말에 허이량이 다시 허리를 굽혀 보였다.

"궁주의 깊은 뜻을 미천한 제가 어찌 알겠습니까마는…… 무일공에 오직 반걸음이 남았다고 하셨으니 오래 걸리기야 하겠습니까?"

"미련한 놈. 그 반걸음이 반만년이 될지, 반각이 될지 어찌 안다고!"

허이량이 공연한 대꾸로 자신을 희롱한다고 여겼는지 을지상의 음성에 노기가 서렸다.

"죄송합니다……. 궁주께서는 저희들에게 자세한 말씀을

해주시는 법이 없습니다. 있는 그대로를 전했을 뿐입니다."

허이량이 거듭 머리를 조아리자 을지상으로서도 딱히 더는 추궁할 말이 없었다.

악소천은 중요한 깨달음이 목전에 와 있다면 천하가 뒤죽박죽이 되든 말든 신경을 쓸 위인이 아니었다. 허이량이 쩔쩔 매면서도 할 말을 다 하는 것을 보면, 악소천이 폐관에 들었다는 말은 거짓이 아닌 것 같았다.

'그 늙은이가 저 아이와의 싸움에서 뭔가 심득을 얻은 모양이로군.'

을지상이 석도명을 힐끗 바라봤다. 석도명이 악소천에게 폐관의 이유를 제공한 게 분명했다.

악소천이 진짜 태산을 실은 태산압정을 뿌리고는 홀연히 사라졌다는 석도명의 말이 새삼 떠올랐다. 자신의 숙적은 정말로 무일공의 완성을 목전에 두고 있다는 생각이 들자 시샘이 밀려들었다.

문제는 악소천이 언제 폐관을 끝낼지 모르는 상황에서 무작정 기다릴 수는 없다는 사실이다.

'이참에 이놈부터 쓰러트려?'

을지상은 머리가 터질 듯이 복잡해졌다.

힘을 위해서라면 정도와 마도를 가리지 않지만, 뻔뻔하게 약속을 뒤집는 성격은 결코 아니었다.

석도명과는 여씨세가의 일을 먼저 밝히기로 했다. 그리고 악소천을 이기기 전에는 강호에 나서지 않겠다는 약속도 했다.

그러니 지금 이 자리에서 석도명과 싸울 수도, 악소천의 부재를 틈 타 진무궁을 쓸어버릴 수도 없는 노릇이다.

을지상이 고민 끝에 마음을 정했다. 결론은 하나하나 순서대로 부딪쳐 보자는 것이었다.

"오냐, 일단은 네 말을 믿어주마. 그러나 뭔가 잔꾀를 부린 거라면 결코 용서하지 않으리라. 수단과 방법을 가리지 말고 악소천에게 전해라! 그 반걸음에 두 달의 시간을 주겠노라고! 본좌는 두 달 뒤에 천마협과 함께 올 것이다. 그때도 악소천이 본좌와의 싸움을 피한다면 진무궁을 쑥대밭으로 만들어줄 테다!"

을지상의 목소리가 쩌렁쩌렁 사방을 울렸다. 진무궁 어느 구석에 숨어 있을지도 모르는 악소천이 들으라고 일부러 목청을 키운 것 같았다.

"그러면 두 달 뒤에 뵙겠습니다."

허이량이 태연하게 그 말을 받았다.

허이량이 너무 담담하게 나오는 바람에 을지상은 물론, 석도명도 악소천이 폐관에 들었다는 말을 의심할 수 없었다. 고작 두 달 뒤에 탄로 날 일을 두고 거짓을 말하는 태도가 아니었다.

그때 석도명이 입을 열었다.

"진무궁주가 어디서 무엇을 하고 있는지는 내 알 바 아니나, 그대들이 부당하게 잡아둔 사람은 데려가야겠소."

한운영을 내어 달라는 이야기였다.

"그것 또한 주인께서 결정하실 일이오. 제천대주 역시 용건이 있으면 두 달 뒤에나 봅시다."

을지상을 대할 때와는 달리 싸늘한 음성으로 허이량이 대답했다.

석도명이 그 말에 지지 않고 받아쳤다.

"그럴 수 없소! 내게 한 소저의 위치를 알려준 건 진무궁주요. 그게 무슨 뜻이겠소? 한 소저를 풀어주겠다는 의미가 아니냔 말이오. 그런데 당신이 한 소저를 빼돌려 놓고 딴 소리를 해도 되는 거요? 그게 진무궁주의 뜻인지, 그가 폐관에 든 틈을 이용해 당신이 계교를 부린 건지 어찌 알겠소?"

허이량의 얼굴에 곤혹스런 기색이 스쳐갔다. 환상요희가 함께 온 것을 보면 자신이 한운영을 옮겼다는 사실을 석도명에게 고스란히 일러바친 게 분명했다.

"허허, 무슨 사정이 있는지 모르겠지만 나는 명을 받은 대로 했을 뿐이오. 게다가 그대가 찾는 그 여인은 지금 이곳에 있지 않소. 주인께서 직접 다른 곳으로 보냈단 말이오. 그녀의 행방이 궁금하면 두 달 뒤에 오라는 말밖에는 할 수가 없구려."

허이량이 자꾸 주인의 이름을 팔아 상황을 모면하려고 들자 석도명은 노기가 끓어오르는 기분이었다.

자신이 알고 있는 악소천은 적어도 한 입으로 두말을 할 소인배는 아니었다. 더구나 자신에게 유일공과 4경까지 쥐어줬는데 이제 와서 한운영을 볼모 삼을 까닭이 없었다.

"여우가 호랑이 이름을 판다고 하더니, 지금 당신의 소행이 그와 다르지 않소! 세 치 혀로 나를 희롱할 생각은 하지 마시오!"

우르르릉.

석도명의 말이 허공을 뒤흔들더니 천둥소리를 내며 사방으로 퍼져나갔다.

당장이라도 맑은 하늘에서 번개가 떨어질 것 같아서 진무궁의 무사들이 수군거리며 하늘을 올려다봤다.

허이량 또한 속으로는 질린 기분을 금할 수 없었다.

'진즉 싹을 잘라야 했거늘.'

허이량이 후회와 두려움을 애써 누르며 입을 뗐다.

"허허, 그대가 오늘 이곳에 홀로 오지 않은 까닭을 알겠으나, 나 또한 상대가 두려워 있지도 않은 말을 지어내는 성격은 아니라오. 내 조상의 이름과 내 목을 걸고 맹세하오. 그대의 여인은 이곳에 있지 않소. 그리고 그것이 틀림없는 내 주인의 뜻이니 더는 묻지 마시오. 차라리 이곳에서 오늘 피를 봐야겠다면 속 시원히 그리 하든지."

허이량의 말은 너도 을지상을 믿고 큰 소리를 치는 게 아니냐는 핀잔이었다.

그러나 그 다음에 이어진 말만큼은 트집을 잡기가 어려웠다. 조상의 이름과 자신의 목을 걸고 하는 말을 어찌 거짓이라고 몰아붙일 수 있겠는가? 그 진위를 가려줄 사람은 오직 진무궁주뿐이니 말이다.

'이자, 거짓을 말하는 것 같지는 않다. 설마…….'

석도명은 허이량의 몸에서 뿜어지는 기운이 절실하기는 할망정 거짓이라는 느낌은 받지 못했다. 그러면 악소천이 자신에게 장난을 친 걸까?

"크흠, 제 조상의 이름을 걸었으면 거짓은 아닐 게다."

을지상이 퉁명스런 어조로 한 마디를 보탰다.

한운영이 진무궁에 있는 게 아니라면 석도명으로서는 더 이상 허이량과 입씨름을 하고 있을 수가 없었다. 허이량의 말대로 이 자리에서 피를 본다고 한들 무슨 소득이 있겠는가?

어쨌거나 주도권을 쥔 건 인질을 잡은 쪽이지, 잡힌 쪽이 아니다.

"좋소. 두 달 뒤에 봅시다. 한 소저의 머리털이라도 다치게 하면 그대를 용서하지 않을 것이오."

허이량이 대답 대신 가볍게 포권을 해보였다.

을지상이 먼저 뒤돌아섰고, 석도명과 환상요희가 그 뒤를 따랐다.

대륙을 가로질러 온 것 치고는 소득 없는 걸음이었다.

그러나 세 사람의 진무궁 방문은 장차 강호를 일대 충격으로 몰아넣을 소용돌이의 시작이었다.

제6장
천마협(天魔俠)이 돌아온다!

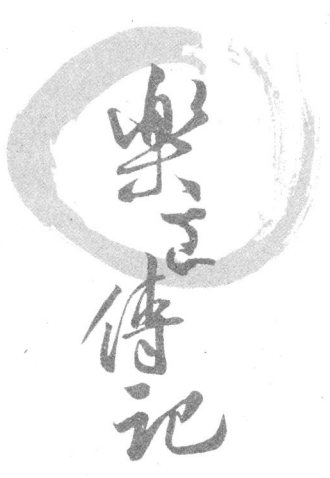

"네 녀석을 마지막 상대로 남겨둔 게 잘한 짓일까? 싸움이란 기회가 있을 때 해야 하는 건데."

진무궁을 벗어난 을지상이 입맛을 다셨다.

석도명과 싸우고 싶다는 생각이 다시 솟구치는 모양이었다. 60줄에 접어든 노인이라고는 믿기지 않는 혈기와 투지가 고스란히 드러났다.

"꼭 그렇게 죽기 살기로 싸워야 하는 겁니까? 진무궁과 천마협은 같은 뿌리라고 알고 있습니다만."

"흥, 뿌리가 같다고 가지가 한 방향으로만 뻗더냐? 검을 들었으면 이놈이고 저놈이고 다 필요 없는 거다. 어느 놈이 센지, 그것만 확실히 하면 그뿐인 게지."

"진무궁주를 꺾고 천하제일인이 되면 그 다음에는 무엇을 할 겁니까? 강호에서 황제 노릇이라도 할 참인가요?"

"푸흐흐, 못할 것도 없지. 그러나 그 전에 해야 할 일이 있다. 힘을 갖고 있으면서도 그 힘을 제대로 쓰지 못하는 놈들, 싸우다 안 되니까 꽁무니를 빼고 달아난 놈들, 그런 것들을 먼저 손봐야지. 후후, 그러고 보니 네놈도 이미 제일 끝에 한 자리를 예약했구나. 그러니 달아날 생각일랑 꿈에도 하지 마라."

"글쎄요. 달아날 생각은 없지만, 그렇다고 누구 꽁무니만 쫓아다닐 예정도 아니랍니다."

을지상이 뜨악하게 석도명을 바라봤다. 그 말이 작별인사로 들렸기 때문이다.

"놈! 벌써부터 머리를 굴리는 거냐? 멋대로 어딜 돌아다니겠다고!"

"설마 앞으로 두 달 동안 계속 옆에 있으라는 말은 아니겠지요? 각자 알아서 다니다가 정확히 두 달 뒤에 이곳에서 다시 만나면 되는 겁니다. 지금 당장 사마세가로 달려가 옛일을 따져볼 생각이 아니라면 말이죠."

진무궁에 들른 다음, 사마세가로 간다.

그것이 당초 석도명과 을지상이 함께 길을 떠난 목적이다.

그러나 지금은 사정이 달라졌다.

악소천을 못 만난 을지상은 천마협을 이끌고 돌아오겠다고 공언을 한 상태다. 사마세가로 가는 일이 멀찌감치 뒤로 밀리는 게 당연했다.

석도명은 그 시간을 이용해 혼자 식음가의 일을 파헤쳐볼 생각이었다. 어차피 한운영을 위해서 아무것도 할 수 없는 형편이니, 식음가의 일을 알아볼 수 있는 좋은 기회였다.

게다가 노산은 사마세가가 멀지 않았다. 오가는 길에 사마세가에 들러 난마처럼 꼬인 현 상황에 대해 의견을 듣고 싶었다. 사마세가 또한 천룡부의 후예니까.

그러나 을지상은 석도명 따로 보내고 싶지 않았다. 석도명을 향한 호기심과 호승심 때문이다.

"죽어도 내 옆에 있어야 한다면?"

"글쎄요, 저를 억지로 잡아둘 수는 없을 겁니다. 내빼는 재주는 상당하다고 자신합니다만."

"푸흐흐, 감히 나하고 달리기를 겨뤄보자고?"

을지상이 슬쩍 손짓을 해보였다. 쫓을 테니 먼저 달아나 보라는 뜻이었다.

석도명과 을지상이 옅은 미소를 머금고 서로를 바라봤다. 두 사람에게서 풍기는 건 은근한 자신감이었다.

하지만 두 사람의 추격전은 성사되지 않았다. 환상요희가 먼저 끼어들었기 때문이다.

"지금 어린애하고 놀고 계실 때가 아닙니다. 머지않아 강호가 발칵 뒤집힐 테니까요."

"크흠……."

을지상이 헛기침을 하는 사이에 환상요희가 재빨리 다음 말을 덧붙였다.

"동생은 제가 챙길게요. 엉뚱한 짓을 하거나 달아나지 못하게 철저하게 감시하면 되잖아요. 이 정도 조건이면 피차 만족할 것도 같은데."

환상요희가 석도명에게 한쪽 눈을 찡긋거리며 해맑게 웃었다.

석도명은 너무 황당해서 말을 이을 수가 없었다.

"아니, 누가 누굴 감시한다고……."

그러나 정말로 황당한 건 을지상의 반응이었다.

"설마 제 계집에게 힘을 휘두르는 치사한 놈은 아니겠지?"

"예?"

석도명은 어이가 없어서 대꾸를 할 수가 없었다. 제 계집이라니? 누가 누구의 여자란 말인가?

"호호, 걱정하지 마세요. 절대로 여자를 괴롭히는 사람은 아니에요."

"사내놈이면 당연히 그래야지."

석도명이 뭐라고 하기도 전에 을지상은 환상요희와 대화를 끝내고 몸을 돌렸다.

을지상이 가볍게 발을 구르자 그의 신형이 바람처럼 쏘아져 순식간에 멀어졌다. 조금 전에 석도명과 경신술로 자존심 경쟁을 벌였던 것을 의식한 몸놀림이 분명했다.

석도명은 신묘한 경신술보다는 환상요희를 맡기고 사라진 을지상의 태도가 더욱 놀라웠다. 단순하다 못해 과격함이 엿보이는 명료한 그의 정신세계가 부러울 따름이었다.

"아니, 어쩌자고……."

"어쩌긴, 내 덕분에 협상이 잘 마무리 된 거잖아. 두 달 동안 잘 지내보자고."

환상요희가 보란 듯이 엉덩이를 씰룩거리며 앞서 걷기 시작했다. 석도명이 고개를 절레절레 흔들며 환상요희를 따라갔다.

* * *

석도명과 을지상이 떠난 뒤 허이량과 사방천군이 침통한 얼굴로 모여 앉았다.

"허 군사는 사부님이 돌아오실 것이라고 믿으시오?"

동방천군 문적방은 허이량이 을지상에게 당당하게 두 달 뒤에 보자고 한 까닭을 묻지 않을 수 없었다. 벌써 몇 달째 소식 불통인 악소천이 돌아올 것이라는 희망을 버린 상태이기 때문이다.

허이량이 망설임 없이 고개를 저었다.

"이제는 현실을 받아들여야 할 것 같습니다. 궁주께서 그예 세상을 등지신 모양입니다."

"허어, 어찌 그리 생각하시오?"

권사웅이 믿기지 않는다는 듯이 따져 물었다.

"제천대주가 천마협의 무주와 함께 나타난 것을 보면 그는 분명 궁주님을 만났습니다."

허이량은 자신이 만일의 경우에 대비해 한운영을 빼돌리고 대신 환상요희가 그곳에서 석도명을 기다리게 만들었다는 사실을 털어놓았다.

그리고 자신이 천마협의 고수들을 보내 석도명을 죽이려다가 실패했던 이야기도 했다. 을지상이 석도명을 처리해 주지 않을까 하는 기대와 함께.

"한운영이 있는 곳을 아는 사람은 궁주님과 저뿐입니다. 그가 환상요희를 만나 천무곡으로 간 건 결국 궁주께 들은 이야기가 있다는 의미겠지요. 궁주는 그를 자신의 호적수로 여기셨고, 그자 또한 궁주께 눈을 잃은 과거가 있으니 두 사람 사이에는 반드시 싸움이 있었을 테고."

"설마 그자가 사부님을 죽였단 말이오?"

문적방을 비롯한 사방천군이 경악을 금치 못했다.

허이량이 단호하게 고개를 저었다.

"절대로 그럴 리가 없습니다. 궁주께서 관용을 베풀어 그자를 살려주셨을지 모르겠으나, 그가 궁주를 꺾는다는 건 있을 수 없는 일입니다."

"그런데 사부님은 왜 돌아오시지 않는 겁니까?"

"그렇소. 제천대주가 저렇게 당당하게 나타나서 큰소리를 치는 걸 보시오. 그게 어디 싸움에 진 자의 태도요?"

사방천군이 잇달아 질문을 해댔다.

천하에 두려울 게 별로 없는 사방천군이지만, 악소천이 석도명에게 죽임을 당했을지도 모른다는 불길한 생각에 초조하기만 했다.

허이량이 짐짓 여유로운 미소를 머금었다.

악소천이 세상을 떠났다는 말에 앞뒤를 재지 못하고 당황하기만 하는 사방천군의 모습은 부모를 잃은 어린아이와 다르지 않았다. 고작 저 정도의 제자밖에 길러내지 못했으니 악소천이 석도명에게 관심을 기울였을 것이라는 생각이 들 정도였다.

"허둥댈 것 없습니다. 오늘 그가 한 말을 새겨 보세요. 그는 궁주께서 폐관에 드셨다는 거짓말에 아무런 반박도 하지 못했습니다. 심지어는 그 역시 궁주를 뵈러 두 달 뒤에 돌아오기로 하지 않았습니까? 그게 무슨 의미일까요? 그자는 궁주께서 어디에 계신지를 전혀 모르는 겁니다."

"허어, 그러면 사부님께서 진짜 홀로 선경에 드셨다는 말이오?"

"궁주께서는 제천대주가 자신의 유일한 적수이기를 기대하셨지요. 그를 꺾은 뒤에는 무슨 생각을 하셨을까요? 아마도 이 세상에 더 이상 할 일이 남아 있지 않다고 생각을 하신 모양입니다. 드디어 인간의 속박을 끊고 신선이 되신 거겠지요."

"오호라…… 그예 무황태제를 따라가셨구나."

"아, 사부님……."

사방천군이 안도와 아쉬움이 뒤섞인 탄식을 뱉어냈다.

악소천이 한 마디 말도 없이 자신들을 떠나버린 게 야속했지만 이해는 할 수 있었다.

무황태제 또한 그렇게 천룡부를 떠나지 않았던가? 무황태제가 전한 4경이 있으니 딱히 남길 가르침도 없었으리라.

곧이어 사방천군의 얼굴에 짙은 그늘이 드리워졌다.

진무궁에 궁주가 없다!

이제 두 달 뒤에 나타날 을지상과 천마협의 고수들은 누가 막을 것인가? 달포 전쯤에 허이량이 제기했던 문제가 고스란히 현실로 나타난 것이다.

문적방이 내키지 않는 기색으로 입을 열었다.

"결국 사마세가의 손을 잡아야 하는 것이오? 사부님이 안 계신 것을 알면 사마세가는 분명 천룡부의 적통을 차지하려고 들 텐데 말이오."

허이량이 사마세가와의 제휴를 제안했을 때 사방천군은 명확한 답을 주지 않았다. 그리고 허이량이 사마세가에 다녀온 뒤에도 여전히 미루적거리기만 했다.

허이량은 그저 기다렸다. 사마세가와의 제휴는 악소천의 부재를 전제로 한 것이었다. 악소천의 행방이 확인되거나, 사방천군의 힘만으로 감당할 수 없는 상황이 생기지 않은 상황에서 그 문제를 공식화하기는 어려웠다.

그런데 지금은 석도명과 을지상의 방문으로 인해 결단을 미룰 수 없는 시점이 되고 말았다.

하지만 사방천군은 사마세가와 손을 잡는다는 것이 아직도 내키지는 않았다. 자신들이 사마중 아래로 들어가는 형태가 될 수밖에 없기 때문이다.

십대문파가 주도하는 무림맹을 붕괴시키면서 힘들게 밥상을 차려놨는데 그걸 통째로 사마중에게 바치는 기분이었다.

문적방이 적통 운운한 것은 그 같은 이유에서였다.

허이량이 싸늘하게 쏘아붙였다.

"천룡부의 적통이 이런 식으로 지켜지는 것이었습니까? 지금은 잠시 한 걸음을 양보하자는 겁니다. 강한 자가 앞장선다! 그것이 천룡부의 근본이고, 무황태제께서 가신 길입니다. 어디 그뿐입니까? 흩어진 천룡부를 하나로 모으고, 무한 경쟁의 질서를 여는 게 궁주의 뜻이지 않습니까?"

"……"

사방천군은 대꾸를 하지 못했다.

사실 단순하기 짝이 없는 이치였다. 모든 건 자신들이 강해지면 해결되는 일이었다. 천마협이든, 사마세가든, 십대문파든 허리를 굽히지 않아도 될 만큼 강하다면 애초에 이런 걱정을 할 필요도 없었다.

그리고 앞으로도 천하제일인이 될 기회는 얼마든지 있다. 어쨌거나 자신들은 무황태제의 절기를 물려받은 악소천의 제자가 아닌가?

"저는 이런 순간이 오면 망설이지 않겠노라고 마음을 먹은 지 오랩니다. 어쩌면 궁주께서 말없이 떠나신 것은 천룡의 후예들이 스스로 하나가 되는 법을 찾으라는 뜻이 아닐까 하는 생각마저 드는군요. 자, 이제 어쩔 겁니까?"

허이량이 노골적으로 다그치자 남방천군 권사웅이 조심스레 물었다.

"사마 가주의 무공이 시공을 나누는 경지에 들어 있음은 내 눈으로 목격한 바 있소. 하지만 그의 무공이 천마협의 무주를 앞서는 것 같지는 않소이다. 사마세가와 손을 잡는 것만으로 충분한 대비가 되겠소?"

북방천군 언목완이 그 말을 거들고 나섰다.

"솔직히 사부님이 세상을 떠나셨다는 사실을 안다고 해도 천마협이 진무궁과 전면전을 벌이거나, 우리를 몰살하려고 들지는 않을 겁니다. 다만 우리가 우려하는 것은 천룡부가 금지한 금단의 무공을 손에 넣은 자들이 천룡의 이름을 다시 더럽히지 않을까 하는 것뿐이외다.

헌데 사마 가주의 실력이 그 정도밖에 되지 않는다면 누구를 위해 그들과 손을 잡아야 하는 것이오? 숫자로 밀어붙이는 싸움을 벌이자는 거라면, 자칫 사마세가를 위해 진무궁의 무사들이 개죽음을 당하는 꼴이 될지도 모르잖소."

그르지 않은 지적이었다.

그러나 그건 사마세가의 사정을 알지 못하는 입장에서 나온 근심이기도 했다.

허이량이 크게 웃었다.

"허허, 내가 그 정도의 문제를 헤아리지 못하고 있겠습니까? 궁주의 행방을 확인하지 못한 상황이라 지금까지 덮어두고만 있었으나, 일전에 사마세가를 찾아가서 한 가지 확인한 일이 있습니다."

"그게 뭐요?"

"개화나루의 싸움에서 사마세가는 전력을 다하지 않았습니다. 애초에는 전력을 다할 생각이었지만, 바로 전날 밤에 제천대주의 소식을 듣고는 생각을 바꿨다더군요. 그가 돌아올 때까지 기다리기로. 궁주의 무공을 견식한 뒤에도 사마세가는 여전히 승산을 따지고 있더이다."

"허……."

사방천군은 연달아 뒤통수를 가격 당한 기분이었다.

승산을 따지고 있다. 완곡한 표현이지만, 내심 이길 수 있다는 의미가 담겨 있는 게 분명했다. 그러면 사마중은 그날 최선을 다한 게 아니라는 말인가?

"허면…… 사마세가의 실력을 직접 확인했다는 말이오?"

문적방의 물음에 허이량이 주저 없이 고개를 끄덕였다.

'사실은 당신들이 생각하는 그 이상이오.'

허이량은 사마세가의 전대 가주인 사마광이 20년 동안 죽음을 가장한 채 무공을 연마했다는 이야기는 하지 않았다.

지금은 그 사실을 세상에 알릴 때가 아니었다. 모든 것을 한 판에 가름할 최후의 순간까지는 비밀에 붙이는 게 좋았다.

그날 진무궁 앞에 포고문이 내걸렸다. 두 달 뒤 천마협이 세상에 나올 것이며, 진무궁이 그에 맞서 싸우겠다는 내용이었다.

천마협이 돌아온다!

그 소문이 바람보다 빠르게 사방으로 퍼져나갔다.

* * *

사마세가의 수련동 안. 사마광, 사마중 부자가 과거 사마세가의 총관으로 있던 허정량을 만나고 있다.

허정량은 사방천군이 결국 뜻을 꺾고 사마세가와 손을 잡기로 했다는 소식을 전해왔다.

그보다 더 기쁜 소식은 악소천이 더 이상 이 세상에 있지 않다는 사실이었다. 악소천이 석도명을 꺾은 뒤 미련 없이 선계로 떠난 게 틀림없다는 허정량의 말에 사마광 부자는 무릎을 쳤다.

개화나루의 싸움에서 사마광이 직접 나서지 않고 후일을 기약했던 게 결과적으로 맞아떨어진 것이다.

허정량이 사마광에게 뭔가를 건넸다. 한 권의 책자였다.

"한 가족이 된 기념으로 4경을 바치고자 했으나 사방천군이 아직은 때가 아니라며 비급을 내어주지 않았습니다. 그래서 형님께서 진무궁주의 방에서 찾은 이 책자를 대신 선물로 전하라 하셨습니다."

"이게 뭔가?"

"진무궁주께서 그동안 4경을 수련하면서 터득한 심득을 적어놓은 것이라고 합니다."

"오호라!"

사마광은 기쁨을 감추지 못했다.

이왕이면 4경을 전부 모아 그 내용을 비교해 보고 싶지만, 악소천이 남긴 심득도 그에 못지않게 귀한 것이었다. 아니, 4경을 모아봐야 소용이 없다는 이야기도 있으니 어쩌면 악소천의 심득이 더 중요할지도 몰랐다.

그 모습을 지켜보는 사마중의 얼굴에도 희열이 가득했다. 자신의 부친이 평생을 기울여온 깨달음에 악소천의 심득이 더해진다면 반드시 무일공을 완성할 수 있을 것 같았.

허정량이 돌아가고 난 뒤 사마광이 나지막이 한숨을 내쉬었다.

"악소천이 없다니 기쁘면서도 또한 아쉽구나. 그의 진면목을 내가 직접 확인하고 싶었거늘…… 허허, 어쩌면 나도 머지않아 그의 뒤를 따를지도 모르겠지만."

"아버님……."

사마중이 나지막이 사마광을 불렀다.

무황태제가 그랬고, 아마도 악소천이 그런 것처럼 사마광이 홀연히 사라질 수 있다는 걱정 때문이다.

"허허, 걱정하지 말거라. 20년을 망자로 살면서 이를 악물고 또 악물었느니라. 사마세가를 천하의 그 누구도 건드릴 수 없는 높은 곳에 올려놓기 전에는 나는 눈을 감을 수가 없다고. 절대로 무황태제를 따르지는 않을 게다."

흐린 등불 아래 드러난 사마광의 눈이 형형한 빛을 내뿜었다.

사마중이 말없이 사마광을 바라봤다. 천마협과의 싸움에, 그리고 천룡의 꿈에 평생을 걸어온 부친의 집념에 숙연한 마음이 들어서다.

잠시 뒤 사마광이 침묵을 깼다.

"최후의 승리를 위해서는 아군도 적군도 모두 속여야 할 게다. 문제는 아군으로도, 적군으로도 삼기 어려운 그 아이로구나."

사마중은 부친이 석도명의 일을 거론하고 있음을 알았다.

사마세가가 천마협을 막기 위해 진무궁과 손을 잡을 경우 몇 가지 문제가 따랐다. 우선 십대문파가 사마세가를 변절자로 몰아갈 게 분명했다. 그에 대한 복안은 이미 세워져 있었다.

그러나 석도명에 대해서는 판단이 쉽지 않았다.

필요에 따라 어제의 적이 오늘은 아군이 되는 상황을 석도명은 분명 달가워하지 않을 것이다. 그리고 일이 그 이상으로 복잡해질 경우, 석도명은 어쭙잖은 정의감으로 아예 판을 깨뜨릴 수도 있는 변수였다.

석도명이 실리를 따져 정세에 편승하는 성격이 아님을 사마중은 누구보다 잘 알고 있었다. 같은 편일 때는 한없이 미더운 존재였지만, 가는 길이 다를 때는 누구보다 불편한 상대이기도 했다.

더구나 석도명이 을지상과 함께 천산에서 여가허까지 함께 왔다는 사실도 편치 않았다. 그건 석도명이 맹목적인 대의나 은원에 빠져드는 성격이 아니라는 점을 여실히 드러내준 대목이었다.

어쨌거나 석도명이 지닌 일신의 능력을 감안하면, 사마세가의 입장에서는 그렇게 위력적인 변수를 불확실한 상태로 방치한 채 일을 벌일 수는 없었다.

사마광은 그 점을 우려한 것이다.

"다행히도 그동안 제가 제천대주와 우호적인 관계를 맺어왔습니다. 또한 아버님께서도 그의 사부와 막역한 사이셨고요. 설령 협조적이지는 않더라도, 우리를 적대시할 까닭이 없습니다. 더구나 그가 마음에 두고 있는 운영이의 가문이 천마협에 멸문을 당하지 않았습니까? 적어도 천마협과의 싸움에는 그도 기꺼이 한 손을 거들 겁니다. 그 싸움의 결과로 사마세가가 천하제일가가 되는 것이 달갑지 않더라도 말입니다."

사마중은 그래도 석도명이 한편이 될 가능성에 더욱 기대를 걸고 싶었다. 아무리 생각해도 그러지 않을 이유가 없으니까.

"그렇지…… 우리를 적대시할 까닭이 없을 테지……."

사마광이 사마중의 말을 천천히 곱씹었다. 그리고는 나지막이 말했다.

"유일소의 제자라……. 그 아이를 한 번 만나보고 싶구나."

*　　　*　　　*

"호호호, 동생 언제까지 방값을 낭비할 거야?"

환상요희가 방문을 밀고 들어오며 깔깔거렸다.

탁자에 앉아 있던 석도명은 환상요희의 말에 대꾸를 하지 않았다.

밤늦게 객잔에 도착해 저녁을 먹고, 잠자리에 들 시간이었지만, 오늘도 환상요희는 석도명을 실컷 골려먹을 생각인 모양이다.

같이 자면 될 것을 왜 방을 두 개씩 잡느냐는 게 환상요희의 불평이었다.

환상요희는 밤마다 석도명의 방으로 찾아와 침상을 차지하고는 나가지 않았다.

문을 걸어 잠가도 소용이 없기에 석도명은 못 본 척, 못 들은 척으로 일관하는 중이었다. 환상요희가 투정을 부리다 잠들면 바깥으로 나가 밤거리를 배회하다 새벽녘에 들어와 잠시 눈을 붙이곤 했다.

헌데 오늘은 무슨 까닭인지 환상요희가 침상으로 가지 않고 석도명 앞에 자리를 잡고 앉았다. 그리고는 두 손으로 턱을 괴고 빤히 석도명을 바라봤다.

"동생은 내가 싫어?"

"술에 약이나 타는 여자를 누가 좋아하겠소?"

"이봐, 나 아무한테나 약을 타지는 않거든."

"그렇겠죠. 주로 독을 탄다고 했잖소."

"그건 죽일 놈들이나 그렇고. 그런데 동생은 내가 정말 싫은가 봐. 그러면 곤란해지는데……."

"글쎄요, 그쪽만 날 곤란하게 안 하면 피차 곤란해질 게 뭐 있겠소?"

석도명이 퉁명스럽게 한 마디를 남기고는 불쑥 일어섰다. 아무래도 대화가 길어질수록 자신만 난처해질 것 같은 기분이 들었기 때문이다.

환상요희가 정말로 자신을 좋아하는 건지, 아니면 남자를 희롱하는 게 취미인지 솔직히 알 수 없다. 그러나 어느 쪽이든 그 놀음에 장단을 맞춰줄 생각은 꿈에도 없었다.

석도명이 밖으로 나가는 모습을 보면서 환상요희가 중얼거렸다.

"하여간 남자들이란…… 전부 바보라니까."

다음날 아침 석도명은 혼자 거대한 장원 앞에 도착해 있었다.

경비무사들이 달려오자 석도명은 짤막하게 자신의 이름을 밝혔다.

"석도명이라고 합니다."

"헛!"

경비무사들이 탄성을 지르며 분분히 허리를 굽혔다. 그리고는 일말의 망설임도 없이 석도명을 장원 안으로 안내했다. 무사 하나가 그보다 먼저 안으로 황급히 달려갔다.

그곳은 산동의 패자, 사마세가의 장원이었다.

석도명이 도착했다는 소식이 전해지자 안에서 수많은 사람들이 몰려나왔다.

잠시 뒤 석도명은 허이량이 그랬던 것처럼 장원 뒤편에 위치한 수련동으로 안내됐다.

"허허, 그동안 자네 소식을 들으면서 놀라기도 하고 기쁘기도 했다네. 이렇게 다시 만나니 정말 반갑구먼."

사마중은 석도명을 보고 반가움을 감추지 못했다.

돌이켜 보면 사마중과 석도명이 무림맹에서 쫓겨난 뒤 너무나 많은 사건이 있었다. 그리고 이렇게 긴장되고 민감한 시기에 석도명을 만난 건 사마세가로서는 매우 중요한 일이었다.

"오랜만에 뵙습니다."

석도명이 예의 바르게 고개를 숙였다.

석도명의 인사가 너무 반듯해서 사마중은 오히려 머쓱했다. 왠지 석도명이 자신에게 거리를 두고 있다는 느낌이 들어서다.

그러나 다시 생각해 보니 무림맹에 있을 때도 석도명의 태도는 언제나, 누구에게나 깍듯했다. 먼저 건드리지만 않으면.

'흠, 내가 너무 예민해졌나?'

사마중은 며칠 전 부친과 주고받은 대화― 석도명을 적으로도, 아군으로도 삼기 어렵다는― 때문에 자신이 무의식중에 날을 세운 것 같다고 생각했다.

"자네의 이름이 하늘을 찌르더군. 엊그제 들은 소문으로는 황제가 자네를 모셔야 한다고 신료들을 심하게 채근하고 있다고도 하고."

"헛된 이름을 만들고 키우기를 좋아하는 것이 세상의 인심이 아니겠습니까? 소문이 그저 과할 따름입니다."

"허허, 그런가? 자네의 경우는 언제나 소문이 오히려 사실에 못 미쳤던 걸로 기억하네만."

이어지는 칭찬이 겸연쩍은지 석도명이 의례적인 안부를 물었다.

"그간 무탈하셨는지요?"

"내가 진무궁주에게 무참하게 패했다는 소식은 자네도 들었을 테고. 그 이후로는 보다시피 이곳에 틀어박혀 조용히 연공에 빠져 있다네. 언젠가는 패배를 되갚아 주고 싶어서 말일세."

"그런데 세상이 가주님의 평화를 오래 허락할 것 같지는 않군요."

"천마협을 이르는 말이로구먼. 그렇지 않아도 그것 때문에 요즘 골치가 아파 죽을 지경이라네."

사마중이 대수롭지 않게 석도명의 말을 받았다.

사마중은 석도명이 을지상과 함께 진무궁에 나타났다는 사실은 물론, 그 이유까지 알고 있지만 내색하지 않았다.

천마협이 다시 돌아올 것이라는 소문은 파다했으나 석도명이 을지상과 동행한 부분은 쏙 빠져 있었다. 일이 그렇게 된 것은 허이량이 천마협과 석도명을 한 묶음으로 처리하는데 부담을 느낀 탓이다. 더구나 사마세가와 손을 잡기 위해서라도 석도명에 대한 판단을 유보할 필요가 있었다.

석도명이 가만히 고개를 끄덕였다.

제남까지 이동하면서 천마협에 관한 소문을 귀가 따갑게 들을 수 있었다.

세간에 퍼진 또 하나의 소문은 진무궁에 눌려 있던 과거 무림맹 세력이 천마협에 맞서기 위해 다시 힘을 모을 것이라는 이야기였다. 천마협과 진무궁이 싸워 적잖은 피해를 입게 되면 무림맹이 힘을 되찾지 않겠냐는 관측도 나돌았다.

그리고 그 같은 소문과 추측 끝에는 '사마세가가 새로운 무림맹의 주축이 될 것'이라는 예상이 반드시 등장했다. 그러니 사마중의 머릿속이 얼마나 복잡하겠는가?

"그날 진무궁에 가실 생각입니까?"

"천마협이 돌아온다는데 어찌 외면할 수 있겠나? 싸우든, 구경을 하든 반드시 가야지. 그나저나 자네도 함께 가야하지 않겠나? 자네가 그래도 명색이 제천대주 아닌가."

제천대.

천마협을 제압한다는 뜻으로 지어진 이름이다. 물론 석도명이 선택한 제천대는 무림맹이 만들어준 조직이 아니라, 무소진과 함께 자신을 찾아왔던 사람들이다.

그러나 결과적으로 제천대라는 이름을 걸고 진무궁으로 쳐들어갔던 이력이 있으니 사마중의 말이 아주 틀렸다고 할 수도 없었다.

"갈 겁니다. 제천대주가 아니라, 개인 자격으로."

"자네가 같이 가준다면 정말 든든하겠구먼. 사광 현신께서 납시셨는데 설마 마인들이 날뛸 수 있겠는가?"

사마중이 자신을 치켜세우면서 은근히 무림맹과 같은 편으로 몰아가는데도 정작 석도명은 그 말이 전혀 귀에 들어오지 않았다.

석도명은 자신과 을지상, 사마중이 함께 있는 장면을 떠올려봤다. 여씨세가의 최후에 대해서 사마중은 과연 무엇을 알고 있을까? 지금 당장이라도 그 문제를 묻고 싶었지만 석도명은 참았다.

"신중에 신중을 기하고, 하나씩 순서대로 풀어가야 해요."

부용궁주 조경의 당부가 다시 떠올랐다.
그녀의 말대로 모든 문제는 순서를 따져서 풀어야 할 터였다.
"사실은 가주님께 한 가지를 여쭙기 위해서 찾아왔습니다."
"크흠, 물어보게나."
석도명이 물을 게 있다는 말에 사마중이 자세를 바로 했다.
석도명이 천마협에 대해 어떤 마음을 갖고 있는지를 떠보기에 급급한 상황에서 되레 자신에게 물을 게 있다니 의아한 기분이었다.
"식음가의 과거에 관한 일입니다."
"그 문제는 이미 조사를 해서 자네에게 알려주지 않았던가……. 자네가 청성파와 잘 매듭을 지었다고 생각했네만."
사마중이 알 수 없다는 표정을 지어 보였다.
"조금 더 확인을 했으면 하는 부분이 있습니다. 당시 태상경 고순화의 호위무사로 있던 무림 고수 몇 명이 군역을 마치고 무림맹에 입맹했던 일이 있다고 들었습니다."

석도명이 조경에게 들었던 이야기를 자세히 전한 뒤에 사마중에게 다시 물었다.

"당시 십대문파의 반대로 무림맹에서 쫓겨난 그들을 사마세가에서 돌봐줬다고 하더군요. 그들 가운데 생존자가 있는지, 아니면 그들의 후손이 남아 있는지를 알아봐 주실 수 있습니까?"

"허어, 그런 일이 있었던가? 내 아버님 대에 있었던 일일 텐데, 나로서는 전혀 모르겠구먼. 지난번에 식음가의 일을 조사할 때도 그런 보고는 받지 못했고……."

사마중으로서는 정말로 처음 듣는 이야기였다.

"죄송하지만 다시 한 번 알아봐주시겠습니까?"

사마중이 석도명의 청을 흔쾌히 받아들였다.

"그러지. 자네도 알다시피 그 당시에는 옥석을 가리기가 쉽지 않은 세월이었다네. 권력에 더부살이를 하며 악행을 일삼던 자들이 혹시라도 사마세가에 숨어 들어왔다면 이제라도 진실을 밝혀내야지. 헌데 무림맹의 기록이 전부 진무궁으로 넘어간 상태라 시간이 좀 걸리겠구먼. 사람을 풀어서 일일이 알아보는 것 외에는 방법이 없으니 말일세."

"부탁드리겠습니다."

"그래 그 문제는 그렇다 치고, 이제부터는 무엇을 할 셈인가?"

"따로 알아볼 것이 있어 어딘가에 다녀올 생각입니다."

"필경 식음가에 관계된 일이겠지. 헌데 말일세, 지금은 참으로 어려운 시기라네. 천마협의 야욕을 잠재우고, 강호의 정의를 세우기 위해서 자네가 힘을 보태 주었으면 싶구먼. 사실 자네나 나나 과거 무림맹에서 억울한 대접을 받기는 했네만, 마인들이 강호를 피로 물들이는 것은 막아야 하지 않겠나. 사마세가에 머물면서 그 문제를 같이 의논해 보는 건 어떤가?"

사마중의 음성에서는 진심이 배어나왔다.

석도명이 천룡부에 대해서 아무것도 몰랐더라면, 적룡으로부터 여씨세가의 최후에 대해 전혀 다른 이야기를 듣지 않았더라면…… 기꺼이 사마중을 도우려고 나섰을 것이다. 식음가의 과거를 밝히는 일은 조금 미뤄도 상관이 없다고 생각했을 것이다.

그러나 무황태제의 후예들이 벌이는 골육상잔의 비밀을 알게 된 지금, 사마중이 말하는 강호의 정의가 공허하게 들릴 뿐이었다.

지금 자신의 품 안에 4경 가운데 셋이 있다는 사실을 알면 사마중은 어떤 태도를 보일까? 사심 없이 강호의 정의를 위해 손을 잡자고 할까, 아니면 4경을 독차지하려고 욕심을 부릴까?

분명 정사의 구분이 존재하고, 사마세가가 오랜 세월 정파를 떠받쳐온 기둥인 것도 틀림없는 사실이다.

하지만 이기심을 기준으로 판단한다면, 정파라고 다를 게 없었다. 백성들에게는 황제의 악정이 도적보다 더 두렵듯이, 정파 가운데도 정의보다는 욕심에 눈 먼 곳이 많지 않던가.

사마세가가 천룡의 후예로서 어떤 생각을 갖고 있는지를 알지 못하는 석도명의 입장에서는 모든 것이 분명해지기를 지켜보는 수밖에 없었다.

"조금 전에 말씀 드렸듯이 진무궁에는 반드시 갈 겁니다. 강호의 정의가 누구에게 있는지는 그날 밝혀지겠지요. 그때까지는 사문의 일을 돌볼 생각입니다."

석도명의 단호한 의지 앞에 사마중도 더는 붙잡을 수가 없었다.

"알겠네. 자네가 진무궁으로 가겠다는 의지가 확고한 듯하니 믿고 기다려보겠네. 혹시 그 전에라도 일이 해결되거든 사마세가를 다시 찾아주기 바라네. 나도 그동안 자네가 부탁한 일을 처리할 터이니."

"그리하겠습니다."

용건을 마친 석도명이 망설임 없이 바깥으로 나갔다.

석도명이 사라진 직후 사마광이 모습을 드러냈다. 안쪽에서 기척을 죽인 채 석도명과 사마중의 대화를 모두 듣고 있었던 것이다.

"아버님이 보시기에는 어떻습니까?"

"제 사부와는 많이 다르구나."

"어떤 점이 그렇습니까?"

사마중의 얼굴에 이채가 떠올랐다.

 유일소를 본 일이 없으니 사마중으로선 두 사람이 어떻게 다른지 알 도리가 없었다.

 "유일소…… 내가 기억하는 그 사람은 강단이 있고, 매사에 거침이 없는 성격이었다. 하지만 그 속은 한없이 여렸지. 헌데 저 아이는 겉보기에는 유약하고 소심한 것 같으나, 정작 속으로는 단단함이 느껴지는구나. 두 사람의 안과 밖이 서로 뒤바뀌었다고 할까……."

 "예…… 그렇지요."

 사마중이 낮은 한숨을 내쉬었다.

 처음 석도명을 봤을 때가 떠올랐다. 특이한 눈빛과 놀라운 연주 솜씨에도 불구하고, 많은 것이 부족하다는 느낌을 주던 젊은이였다. 이제 와서 돌이켜 보면 얼마나 잘못된 판단이었던지.

 사마광 또한 깊은 생각에 빠진 모습이었다. 아마도 유일소를 생각하고 있는 모양이었다.

 사마중이 조심스레 물었다.

 "헌데 고순화의 호위무사들에 관한 이야기는 어찌된 일입니까?"

 "그래, 생각해 보니 그런 일이 있었구나. 무림맹에 뛰어난 인재를 많이 받아들이기 위해서 금강대의 문호를 활짝 개방했었지. 하지만 십대문파에서 사사건건 트집을 잡고 나서는 바람에 우여곡절이 끊이질 않았다. 고순화의 호위무사들도 사실은 크게 문제 삼을 일이 아니었다. 관부에서도 군역을 지우는 것으로 매듭지은 일인데 무림에서 그걸 트집 삼다니. 사실 십대문파의 제자들 중에도 파렴치한이 한둘이 아니었는데 말이다."

사마광의 말을 사마중은 십분 공감할 수 있었다. 자신도 무림맹을 꾸려 나가면서 수도 없이 겪었던 일이다.

"그러면 아버님께서 그들을 거두신 겁니까?"

사마광이 단호하게 고개를 저었다.

"아니다. 절대로 그런 일은 없느니. 심하게 반발을 하기에 적당히 보상을 해주는 선에서 타협을 했지. 솔직히 그자들의 이름도 거의 기억이 안 나는구나. 그들이 어디로 갔는지는 더더구나 모르는 일이고."

"저는 아버님이 계시니 그들을 쉽게 찾을 수 있지 않을까 했는데 정말로 시간이 좀 걸리겠군요."

"그럴 필요 없다. 내가 기억도 하지 못하고, 더구나 사마세가에서 거두지도 않은 자들을 굳이 찾을 필요가 있겠더냐. 지금은 그런 걸로 시간을 낭비할 겨를이 없다. 이 문제는 내게 맡기고 너는 십대문파를 설득하는 데나 힘을 기울이거라."

"예, 알겠습니다."

그 순간 사마광이 한 마디를 덧붙였다.

"지금부터 저 아이가 어디에서 무엇을 하려고 하는지 하나도 놓치지 말고 잘 감시해야 할 게다. 지금처럼 미묘한 시점에서 저 아이보다 중요한 인물은 없다고 해도 과언이 아닐 터이니."

"예."

사마광이 다시 어둠 속으로 모습을 감추자 사마중이 밖으로 걸어 나갔다.

허울뿐인 폐관수련은 이제 끝낼 때였다. 자신이 소집한 십대문파와 오대세가의 비밀회합이 사흘 뒤로 다가와 있었다.

제7장
삭음가의 원수

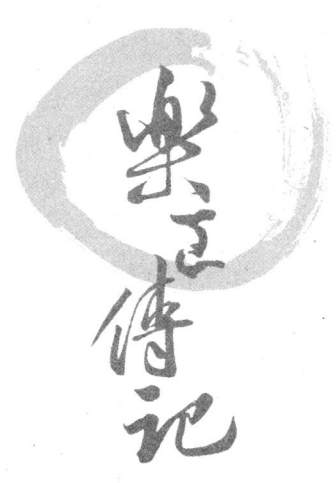

 제남에서 곧장 동쪽으로 가면 산동반도 하단의 해안에 다다르게 된다. 굴곡이 심한 해안선이 남쪽으로 돌출돼 작은 만(灣)을 형성한 어귀에 기암괴석이 늘어서 신비로운 분위기를 자아내는 산이 버티고 서 있다.

 산의 이름은 노산, 비호표운의 총수인 홍박의 사문으로 알려진 창의문이 바로 그곳에 자리를 잡고 있었다.

 석도명이 물어물어 창의문에 도착한 것은 늦은 오후였다.

 "하아……."

 석도명의 입에서 절로 한숨이 새어나왔다.

 그곳은 더 이상 창의문이라고 부를 수 없었다. 한때는 제법

식음가의 원수 213

규모를 자랑했을 드넓은 공터 위에는 건물이라고 할 만한 것이 하나도 남아 있지 않았다. 극심한 화마(火魔)가 할퀴고 지나갔는지 사방에 널린 것은 흙먼지를 뒤집어 쓴 숯덩이뿐이다.

그리고 이제 막 파릇파릇한 새순이 돋기 시작한 풀밭 위에 누군가가 성급하게 풀어 놓은 염소 몇 마리가 한가롭게 풀을 뜯고 있었다.

창의문의 위치를 물을 때마다 사람들이 고개를 갸웃거렸던 까닭을 이제야 알 수 있었다.

창의문이 근근이 명맥을 잇고 있다는 조경의 말은 사실이 아니었다. 현장을 직접 방문하지 않고 탐문에 의지한 조사의 한계이리라.

"에고, 헛걸음을 한 모양이네."

환상요희가 덩달아 한숨을 쉬었다.

그리고 석도명도, 환상요희도 망연한 침묵에 빠져들었다. 이제 어디로 가야 할지, 무엇을 해야 할지 딱히 떠오르는 게 없었다.

그렇게 시간이 얼마나 흘렀을까?

갑자기 염소들이 소란스럽게 울어댔다. 누군가가 산 아래편에서 다가오는 중이었다. 허리가 잔뜩 굽은 노인과 그 못지않게 늙은 노파였다.

석도명은 그들이 염소 주인임을 알았다. 자신이 나타났을 때와는 달리, 염소들이 반갑게 울었기 때문이다.

"뉘시우? 이 외진 곳에……."

노인이 호기심과 경계심이 뒤섞인 표정으로 물었다.

사실 석도명이 어여쁜 여인이 함께 있지 않았더라면 쉽게 다가오지도 않았을 눈치였다.

"창의문에 볼 일이 있어서 왔는데…… 이런 형편인 줄은 몰랐습니다."

"그러셨구려. 이 꼴이 난 게 벌써 수십 년 전이라우."

"여기서 무슨 일이 일어났는지 아십니까?"

"글쎄, 우리 같은 사람들이 무림의 사정을 어찌 알겠수. 어느 날 갑자기 이렇게 됐다는 것밖에는."

노인이 고개를 절레절레 흔들었다.

석도명이 지푸라기를 잡는 심정으로 다시 물었다.

"혹시 창의문의 문도들 가운데 생존자나, 다른 곳에 자리를 잡은 사람은 없습니까?"

"에구구, 딱한 사정이 있는 모양인데 도움이 못 돼서 미안하우. 정말 아는 게 하나도 없수. 그 전에도 겨우 50여 명이 살고 있었다는데 불이 난 뒤로는 아예 사람의 흔적이 끊겼으니까."

"예, 그렇군요. 말씀 감사합니다."

아무런 도움도 받지 못했지만 석도명은 노부부를 향해 공손하게 허리를 굽혀 보이고 돌아섰다.

그때였다.

노파가 노인의 허리를 쿡 찔렀다.

"영감, 그거 있잖수, 그거."

"아, 그거!"

석도명이 그 말에 실낱같은 희망을 안고 다시 돌아섰다.

"여보시게, 그러고 보니 내가 미처 생각을 못한 게 있수. 이 산 깊은 곳에 아주 괴이한 늙은이가 한 명 살고 있다우. 수십 년 전부터 드문드문 모습을 보이곤 하는데 몸놀림이 귀신같은 게 아무래도 무림인이지 싶수."

"그가 창의문 사람입니까?"

"그건 확실치 않소만, 이곳 사람들은 그렇게 믿고 있다오. 뭐, 창의문의 귀신이라고 하는 사람도 있지만. 하여간 이 근동에 무림인이라고는 그 노인밖에 없으니까."

"어디로 가면 그 노인을 만날 수 있을까요?"

"그건 아무도 모른다우. 가끔 절벽 위를 껑충껑충 뛰어다니거나 허공을 날아다니는 모습을 봤다는 사람이 있을 뿐이지. 나도 한 번 먼발치에서 봤는데 저 위쪽 능선을 따라 나무 위를 풀쩍풀쩍 날아갑디다. 원숭이가 날개를 달면 꼭 그럴까?"

석도명은 노인으로부터 더 이상의 것을 알아낼 수가 없었다.

이야기를 마친 노부부는 해가 잔뜩 기운 것을 보고는 염소를 몰아 바쁘게 사라졌다.

"호호, 결국 모래밭에서 바늘을 찾으라는 이야기네."

환상요희가 다가와 방긋 미소를 지었다. 설마 그 노인을 찾아 나설 거냐는 물음이었다.

"글쎄요, 긍정적으로 생각하자구요. 적어도 모래밭에 바늘이 있는 건 확실하잖아요."

"쯧, 그 고집을 누가 말리겠어? 날도 어두워지는데 오늘은 내려가서 편히 쉬고, 내일부터 시작하자고."

"그런 말 알아요? '오늘 한 걸음을 물러서면 내일은 적어도 두 걸음을 가야 한다.' 왜 시간을 낭비합니까? 게다가 방값도 없다구요."

석도명이 주변을 돌아다니며 땔감을 모으기 시작했다. 이 폐허에서 밤을 보내겠다는 뜻이다.

"이봐 동생! 그동안 방값을 그렇게 헤프게 써대더니 이제 와서 궁상이야?"

환상요희가 석도명을 뒤따르며 연신 투정을 해댔지만 소용없는 일이었다.

타닥, 타닥.
모닥불이 소리를 내며 타고 있다.
이른 봄 깊은 산중의 밤공기는 아직 싸늘했다.
석도명은 습한 한기가 어깨를 훑어가는 차가운 느낌에 나뭇가지 몇 개를 불 위에 얹었다. 불길이 나뭇가지를 집어삼키며 화르르 타올랐다.

그 불꽃을 타고 어지럽게 춤추는 대기를 바라보며 석도명은 생각했다.

'나는 사람일까, 천인일까?'

사람들은 자신을 일러 신선이라 하고, 또 천인이라고 한다.

그러나 정작 스스로는 판단이 잘 서지 않았다. 어쩌면 선계로 날아갈 수도 있었지만, 인간의 길을 가기로 했다. 그리고 다시 죽음의 고비를 지나 인간의 몸으로 되살아났다.

무릇 뼈와 살로 이뤄진 연약한 육신에 자연의 기를 뜻대로 부리는 존재. 그것이 바로 자신이다. 정기신의 조화를 따지자면, 지독한 불균형과 비대칭을 이루고 있는 셈이었다.

사실 처음에는 그런 문제를 별로 신경 쓰지 않았다. 천인의 능력을 갖더라도 인간의 마음으로 살아갈 것이라는 생각이 있었기 때문이다.

그런데 악소천과 겨루고 난 뒤, 자신의 능력과 그 한계를 다시 돌아보게 됐다. 그 고민은 필연적으로 자신의 존재 혹은 정체성(正體性)에 관한 성찰로 이어졌다.

그리고…… 언제부턴가 가슴 깊은 곳에서 떨치기 힘든 호기심이 고개를 들기 시작했다. 단 한 번의 태산압정으로 시간과 공간을 가로질러 자신을 남쪽 바다 끝까지 몰아간 악소천의 능력에 대한 궁금증이었다.

무엇이 그것을 가능하게 할까?

단순하면서도, 원초적인 질문이 수시로 떠올랐다.

더구나 그 대답을 해줄 수 있는 천룡부의 절학이 수중에 들어와 있다. 아니, 처음에 유일공과 4경의 내용을 훑어본 터라 그중 일부가 의지와는 무관하게 제멋대로 머릿속을 헤집고 돌아다녔다.

 지금 이 순간에도 4경을 다시 펼쳐보고 싶은 유혹은 계속 부풀어 올랐다.

 다행인지, 불행인지 환상요희의 애잔한 음성이 석도명의 사념을 파고 들어왔다.

 환상요희는 불꽃을 바라보며 낮은 목소리로 노래를 부르고 있었다. 장안에서 처음 만났을 때 부른 '장상사'였다. 환상요희의 노래는 처음 들었을 때처럼 애절하면서도 맑고 여렸다.

 환상요희의 또 다른 모습을 알고 있음에도 불구하고, 석도명은 그 노래가 아름답다는 사실을 부정할 수 없었다. 아니, 지금 환상요희는 분명히 마음을 다해 노래를 부르고 있었다.

 그리고 보면 환상요희도 정체를 알 수 없기는 마찬가지였다. 순수와 표변, 그 어느 쪽이 진짜 환상요희의 모습일까?

 그 같은 의문에 화답이라도 하듯 환상요희는 노래를 마치기가 무섭게 다시 교태를 떨었다.

 "호호, 그러고 보니 오늘밤 하늘을 지붕 삼아 우리가 드디어 합방을 하는 거네."

 석도명의 입에서 제법 퉁명스런 음성이 흘러나왔다.

 "내게는 이미 정인이 있소이다. 그런데 왜 나하고 자꾸 합방을 해야 한다는 거요? 세상에 널린 게 남잔데."

"말했잖아, 아무한테나 약을 타지는 않는다고."

석도명은 어이가 없었다. 자신에게 춘약을 먹여 강제로 범하려고 한 게 무슨 자랑거리라도 된단 말인가?

"잘 들으시오. 내가 마음만 먹으면 얼마든지 당신을 떼놓고 갈 수 있다는 사실을 잘 알게요. 내가 그렇게 하지 않는 건 어쨌건 그대의 무주와 동행을 다짐했던 약속이 아직 남아 있기 때문이오. 허나 이런 식으로 나를 곤란하게 하면 생각을 다시 해봐야겠소."

홀로 사라질 수도 있다는 석도명의 엄포에 환상요희가 입술을 삐죽였다.

"흥, 잘난 척 그만 하라고! 우리 부족의 율법대로 했으면 넌 지금 뼈도 못 추렸어."

"……."

석도명은 딱히 대꾸를 할 수 없었다. 율법이라니?

"우리 부족에서는 여자가 남자를 고를 권리를 갖거든!"

환상요희의 뾰족한 외침은 되레 석도명이 실소를 짓게 만들었다.

서쪽 지방의 부족들 가운데 모계(母系)를 중심으로 혈통을 이어가는 이들이 있다고 했다. 아마도 환상요희가 그런 부족 출신인 모양인데, 설마 자신을 남편감으로 찍었단 말인가? 만혼동에서 자신을 상대로 죽음의 함정을 팠던 그 요녀가 말이다.

"하하, 별난 일이오. 나를 죽음으로 몰아넣느라 혈안이 돼 있던 게 누구요? 더구나 그쪽 부족의 율법이 나하고 무슨 상관이라고."

"그러니까……, 그러니까 이렇게 참아주고 있잖아. 나는 물론, 무주께서도."

"헛!"

석도명이 헛바람을 뿜었다.

그러고 보니 을지상이 환상요희를 두고 자신에게 '제 계집' 운운했던 까닭이 헤아려졌다. 어느 틈에 자신은 환상요희의 남자로 점 찍혀 있었던 것이다. 부족의 율법이라는 게 뭔지는 모르겠지만, 그들끼리는 굳이 설명할 필요가 없는 사전 교감이 있었을 테고.

이 해괴한 놀음에 더 이상 휘둘려서는 안 되겠다는 생각이 퍼뜩 들었다.

석도명이 벌떡 일어섰다.

"좋소, 당신 말대로 저 하늘이 지붕이면 이 봉우리는 벽이 겠구려. 나는 옆방으로 가리다. 편히 쉬고 내일 봅시다."

석도명이 그 말과 함께 발을 굴렀다. 석도명의 몸이 순식간에 산 중턱으로 쏘아졌다. 석도명이 얼마나 빨리 멀어졌는지 마지막 말은 멀리서 작은 산울림으로 들려왔다.

환상요희가 두 주먹을 움켜쥐고 분한 얼굴로 산 위를 노려봤다.

"바보 같은 놈……."

환상요희에게서 달아난 석도명은 어렵지 않게 산봉우리에 올라섰다. 발밑으로는 뾰족한 봉우리들과 계곡이 장관을 이루고 있었다. 산의 규모가 크다고 할 수는 없지만, 지형이 제법 험해서 예상보다 깊은 느낌을 풍겼다.

석도명이 봉우리 반대편으로 내려가지 않고 꼭대기에 털썩 주저앉았다. 높은 곳에 올라왔으니 주변 지형이나 천천히 머리에 담아두자는 생각에서다. 캄캄한 밤이라고는 해도 눈이 아니라, 기로써 세상을 보는 석도명에게는 주변을 살피는 데 큰 어려움이 없었다.

석도명이 흐린 눈으로 산 아래를 말없이 내려다봤다. 그리고 밤이 점점 깊어졌다.

'시시(時時) 공공(空空) 도도(道道) 명명(名名)…….'

석상처럼 앉아 있던 석도명이 흠칫 어깨를 떨었다.

언제부턴가 깊은 사념에 빠져들었던 모양이다. 그러다가 자신도 모르게 4경의 첫 구절을 읊조리고 있었다.

천룡부에 내려져온 무공의 정수가 응축됐다는 유일공과 무황태제가 남긴 4경은 권법이나, 검법을 담은 평범한 무공서가 아니었다.

이미 절정의 경지에 오른 고수가 마지막 벽을 깨기 위해서 필요한 지고의 심득이 함축적인 언어로 쓰여 있을 따름이다.

주악천인경을 통해서 하늘의 음악에 도달할 수는 있지만, 구체적인 악기 연주법은 하나도 들어 있지 않은 것과 같은 이치였다.

그리고 각기 다른 내용으로 채워진 4경—석도명은 그중 셋을 보았을 뿐이지만—은 같은 구절로 시작되고 있었다.

시는 시이고 공은 공이요, 도는 도이며 명은 명이다!

너무나 흔해 빠진 논법이어서 단 한 번 읽고도 잊을 수가 없는 내용이다.

시간은 시간이고, 공간은 공간이라니? 게다가 도와 명을 거론한 다음 대목은 '도가도(道可道) 비상도(非常道) 명가명(名可明) 비상명(非常名)'으로 시작되는 도덕경(道德經)의 첫 구절을 그대로 차용한 것이나 마찬가지였다.

기이하게도 너무 간단해서 오히려 끝이 보이지 않는 그 구절이 틈만 나면 석도명의 의식을 비집고 들어왔다.

"후우…… 이제 와서 무엇을 가리겠는가?"

석도명이 긴 한숨을 내쉬고는 다시 눈을 감았다. 얼굴은 한없이 편해져 있었다.

무공을 다시 배우겠다는 생각은 없었지만, 이렇게 머릿속을 맴도는 구절을 억지로 밀어낼 필요도 없다고 마음을 정한 덕분이다. 선도 악도 이유가 있어서 이 세상에 존재하는 것처럼, 4경 또한 까닭이 있으니까 자꾸 떠오르지 않겠는가?

석도명이 마음을 풀어놓자 4경이 머릿속에서 안개처럼 퍼져 나갔다. 제대로 기억이 나는 부분도 있고, 군데군데 잊은 곳도 있지만 석도명은 개의치 않았다.

문자에 마음이 얽매이는 경지는 벗어난 지 오래였다. 기억에 남겨진 것도, 또 지워진 것도 그래야 하니까 그렇게 된 것이리라.

밤은 더욱 깊어지고, 석도명의 의식은 그보다 더 깊은 심연으로 가라앉았다.

그렇게 얼마나 시간이 흘렀을까? 마치 천 년쯤 지난 것 같기도 하고, 그저 숨을 한 번 가다듬은 것 같기도 했다.

석도명은 문득 얼굴을 간질이는 실바람이 제법 따듯해져 있음을 느끼며 눈을 떴다.

흐릿한 세상은 밝은 태양을 가득 품고 있었다. 오래전에 날이 밝은 것이다.

그리고 환상요희가 바로 옆에서 자신을 내려다보고 있었다. 꽤 오랜 시간을 그런 자세로 자신을 기다린 듯했다.

"흥, 내가 없으니까 그렇게 좋았어? 해가 중천에 뜨도록 잠을 자다니."

환상요희는 석도명이 잠에 취한 게 아닌 줄 뻔히 알면서도 뾰로통하게 쏘아붙였다.

석도명은 짙은 미소를 머금었을 뿐이다.

"하하, 도를 깨우치고 행하는 데는 자고로 시도 때도 없다고 했소. 남들이 밤에서 새벽과 아침을 거쳐 힘들게 이 시간에 도달하는 동안, 이 몸은 곧장 여기까지 달려 왔으니 나 혼자 시간을 번 게 아니겠소?"

"그게 무슨 헛소리야? 늦잠을 잔 핑계 치고는 너무 거창하네."

"하하하, 그냥 그런 게 있소."

석도명이 옷매무새를 가다듬으며 주섬주섬 자리에서 일어났다.

환상요희가 소매를 잡고 매달렸다.

"뭐가 그런 건데? 왜 자꾸 웃냐고!"

"그러니까 내 입으로 의제에게 이렇게 말한 적이 있소. '깨달음은 새로운 것에서 오지 않는다. 이미 알고 있는 것에 답이 있다.' 정작 내가 잠시 그걸 잊고 있었던 모양이오. 알고 보면 이거나 저거나 다 그건데."

"뭐가 그거냐고?"

"하하, 그러니까 그게 그거란 말이오."

석도명이 웃음과 함께 산 아래로 천천히 걸음을 옮겼다.

자신이 간밤에 무엇을 했는지 환상요희에게 굳이 설명할 이유도 없었지만, 사실은 설명해 줄 방법도 없었다.

그 속내를 알지 못하는 환상요희가 연신 질문을 퍼부어대며 석도명을 따라갔다.

* * *

 석도명이 노산을 헤매고 있을 무렵, 사마중은 십대문파와 오대세가의 수장들을 만나고 있었다.
 지난번의 회합이 십대문파의 요청으로 이뤄진 것과 달리, 이번에는 사마중이 먼저 연통을 돌렸다.
 그리고 진무궁 군사 허이량이 그 회합을 미리 알고 있다는 점도 지난번과는 달랐다. 물론 진무궁과 사마세가가 손을 잡기로 했다는 것을 십대문파는 꿈에도 몰랐지만.
 "천지가 개벽을 하기 전에는 우리가 다시 모일 일이 없을 줄 알았소이다. 무슨 까닭으로 노구를 자꾸 번거롭게 하는 게요?"
 종남파 장문인 두한환의 말에는 가시가 돋쳐 있었다.
 그는 개화나루의 싸움에서 사마세가가 제대로 싸워보지도 않고 십대문파를 고스란히 진무궁에 갖다 바쳤다고 생각하는 사람 가운데 하나였다.
 두한환의 질책에 호응하듯 곳곳에서 불편한 기침 소리가 터져 나왔다.
 사마중이 그에 개의치 않고 입을 열었다.
 "글쎄올시다. 천마협이 다시 나타난 마당에 일신의 번거로움을 탓하는 것은 적당치 않은 듯하오이만."
 "크흠."
 두한환이 고개를 외로 꼬았다.

그동안 종남파는 사마세가가 천마협을 핑계로 불필요한 공포를 조장한다고 비판해왔다. 그런데 오늘은 사마세가가 천마협을 들먹여도 할 말이 없었다. 더구나 개화나루에서 진무궁과의 전면전을 피한 것도 결과적으로는 틀린 선택이 아니었다.

사마세가에 뿌리 깊은 반감으로 공연히 퉁명을 떨었다가 본전도 건지지 못할 판이었다.

화산파의 구유청이 서둘러 끼어들었다.

"자, 지나간 일들에 대해서는 각자의 소회가 다르겠으나 시국이 급박하니 오늘은 본론에 집중하도록 합시다. 사마 가주께서 먼저 천마협을 거론한 것은 역시 대책을 의논해 보자는 뜻이 아니겠소이까?"

좌중의 사람들이 가만히 고개를 끄덕였다. 그 이유가 아니면 이곳에 모이지도 않았을 것이다.

사마중이 사람들의 반응을 천천히 살핀 뒤 다시 말을 시작했다.

"사안이 사안이니만큼 에둘러 말하지 않겠소. 천마협의 등장은…… 우리에게는 위기이자, 다시없을 기회요. 진무궁과 천마협을 일거에 쓸어버리고 무림맹을 다시 세웁시다! 사마세가가 그 일에 앞장 설 것이오!"

쿵!

좌중에 소리 없는 충격이 번져나갔다.

내심 그런 꿈을 꾸지 않은 것은 아니었으나, 매사에 신중하기 짝이 없는 사마중의 입에서 그런 이야기가 나올 줄은 몰랐다. 더구나 저 정도로 자신감에 차 있는 것을 보면 일을 성사시킬 확신이 있다는 뜻이다.

"진무궁이 천마협과 싸우겠다고 공언을 했으니 그대로만 된다면야 어부지리를 노릴 수도 있을 것이오. 허나, 진무궁이 정말로 천마협과 전력을 다해 싸운다는 보장이 어디 있소? 그들도 바보가 아닌 다음에야 우리 앞에서 이전투구(泥田鬪狗; 볼골사납게 싸움)를 벌이겠소? 아니, 그들이 되레 손을 잡고 십대문파와 오대세가에 검을 겨누지 말라는 법도 없지 않소이까?"

"그러게 말이오. 진무궁이나, 천마협 모두 무림맹의 원수인데, 우리가 힘을 모으는 걸 그냥 보고 있겠소?."

헌원세가의 헌원소가 회의적인 반응을 보이자 공동파의 도광도사가 거들고 나섰다.

사마중이 즉각 그 말을 반박했다.

"물론 그런 의심이 들 수도 있소. 그러나 천마협의 실체를 알고 나면 나처럼 여러분의 생각도 바뀔 것이외다."

천마협의 실체가 거론되자 장문인들이 일제히 술렁였다.

사마중이 의미심장한 미소를 지으며 말을 이어갔다.

"사실은 얼마 전 진무궁의 군사 허이량이 사마세가를 찾아왔었소. 그가 말하기를 진무궁주가 천마협과의 싸움을 위해서 폐관에 들어갔다고 하더이다."

"허어······."

낮은 탄성이 터졌다.

악소천이 폐관에 들어 몇 달째 모습을 드러내지 않고 있다는 사실은 익히 알고 있었다.

그러나 그 이유가 천마협이라는 건 금시초문이다. 믿기지 않는 무위를 보여준 악소천이 폐관을 해야 할 정도로 천마협의 실력이 막강하다니 그저 놀라울 따름이다.

사마중의 음성에 더욱 힘이 실렸다.

"과거 천마협을 이끈 것은 여러분도 아시다시피 사대마룡이었소. 그들 가운데 절반이 양곡에서 살아 돌아갔다고 하오. 그리고 복수를 위해 사대마룡의 공동 전인을 두었는데 그가 천마협 최초의 무주로 추대됐다는 것이오. 허이량은 진무궁주와 천마협 무주의 승부를 예측할 수 없어 전전긍긍하고 있더이다. 게다가 과거처럼 사파의 세력이 천마협 밑으로 달려갈 가능성도 걱정하는 눈치고. 허이량은…… 사실 우리의 도움을 기대하고 있소이다."

사람들이 다시 술렁였다.

충격의 연속이었다. 양곡대전에서 모두 죽은 줄 알았던 사대마룡 가운데 절반이 살아 돌아가 공동 전인을 키웠다니! 게다가 악소천조차 승리를 장담할 수 없다니!

그중에서도 무당파 장요진인은 얼굴이 아예 흙빛이 됐다. 무당파가 눈앞에서 200명 가까운 천마협의 고수를 놓쳤다는 이야기를 사숙인 서산일굴에게 들었다. 그 가운데 두 명의 사대마룡이 있었을 줄이야!

'무당파의 짐이 무겁구나.'

장요진인은 차마 고개를 들 수가 없었다.

좌중의 소란이 잦아들자 화산파 구유청이 사마중에게 물었다.

"허면 사마 가주는 우리가 진무궁과 협력해 천마협을 물리치자는 게요? 천마협과 불구대천의 원수이기는 하나, 솔직히 진무궁과 손을 잡는 것도 내키지는 않소이다."

"아니올시다. 분명히 말하지 않았소이까? 천마협과 진무궁을 일거에 쓸어버리겠다고!"

"어디 복안을 들어봅시다."

"내 생각은 이렇소이다. 우리는 천마협과 싸우기 위해 진무궁으로 갈 것이오. 그러나 우리가 여가허에 도착하는 것은 천마협보다 반나절이 늦은 시간이오. 우리가 먼저 천마협과 싸울 이유가 없기 때문이외다. 우리가 가까운 거리에 도착해 있다는 사실을 알면 천마협은 서둘러 진무궁을 공격할 테고…… 그 싸움은 필경 양쪽에 지대한 피해를 입히고 끝나게 될 것이오. 그 다음에 벌어질 일은 굳이 설명이 필요하겠소이까?"

장문인들이 깊은 생각에 빠져들었다.

사마중의 계책은 진무궁을 돕는 척함으로써 천마협을 압박하고, 결국에는 만신창이가 된 천마협과 진무궁을 한꺼번에 해치우자는 것이다.

무모할 정도로 대담하지만 충분히 설득력이 있는 계획이다. 다만 목표물이 너무 크다는 것과 이번에는 정말로 모든 것을 걸어야 한다는 사실이 적잖은 부담으로 다가왔다.

그 고민을 가장 먼저 끝낸 사람은 무당파의 장요진인이었다.

"사마세가가 승리를 자신한다면 무당파는 믿고 따르겠소이다."

좌중의 시선이 일제히 장요진인에게 몰렸다. 진무궁에 쑥대밭이 됐다고는 하나, 무당파의 장문인이 갖는 무게감은 그래도 남아 있었다.

사마중은 지금이야말로 쐐기를 박을 때임을 알았다.

"승리에 대해서는 이렇게 말씀드리리다. 사마세가는 개화나루의 싸움에서 공개하지 않은 한 수를 갖고 있소. 무림동도들에게는 송구하오나, 그날의 싸움은 악소천의 실력을 가늠하는 자리에 지나지 않았다는 점을 이제야 밝히외다."

거듭되는 충격에 놀라기에 바빴던 장문인들이 다시 탄성을 질렀다.

"그 한 수가 대체 뭐요?"

"정말 승리를 자신하시오?"

자신에게 질문이 쏟아지는 것을 보면서 사마중이 득의의 미소를 지었다.

십대문파와 오대세가는 결국 사마중의 손을 들어주는 것으로 회합을 끝냈다.

 소속 문파로 돌아가는 십대문파 장문인들의 가슴에는 과거의 영광을 되찾을 날이 다가오고 있다는 희망이 움트고 있었다. 그 영광의 정점을 사마세가에 양보해야 한다는 아쉬움은 있었지만.

*　　　*　　　*

 석도명은 노산 일대를 뒤지느라 꼬박 사흘을 허비해야 했다.

 그리고 나흘째 되는 날 어느 봉우리 꼭대기에서 한 노인을 발견했다. 운이 좋았던 것인지, 노인은 이른 아침부터 산에 올라 깊은 묵상에 빠져 있었다.

 노인과의 거리를 10여 장으로 좁힌 뒤 석도명은 일부러 발자국 소리를 내며 다가갔다. 노인을 혹여 놀라게 하거나, 묵상을 방해할 것을 우려해서다. 환상요희도 눈치껏 침묵을 지키며 석도명을 따랐다.

 노인은 석도명이 지척에 다가선 다음에야 눈을 떴다.

 "허허, 이 깊은 산중에서 누군가를 만나기는 참으로 오랜만이로고. 그것도 보기 드문 선남선녀로세."

 백발과 흰옷이 잘 어우러진 노인의 모습에서는 신선의 풍취가 느껴졌다. 말투 또한 점잖기 그지없었다.

"이 산에 창의문의 문도가 남아 있다기에 분주히 돌아다니다가 여기에 이르게 됐습니다. 혹시 창의문에 대해 아시는 바가 있으십니까?"

"허허, 나는 아무것도 모르네."

노인이 귀찮다는 듯이 일어나 휘적휘적 산을 내려가기 시작했다.

환상요희가 석도명의 옆구리를 쿡 찔렀다.

"저 영감, 아무것도 모르는 것 같지는 않은데. 따라가 봐야지."

"그러게요."

두 사람이 서둘러 노인을 따라갔다. 노인은 느린 몸짓과 달리 빠르게 멀어져 가고 있었다. 과연 근동의 백성들로부터 귀신 소리가 나올 만했다.

그러나 석도명과 환상요희를 따돌릴 정도의 속도는 아니었다.

노인은 창의문에서 봉우리 두 개를 넘은 곳에 위치한 골짜기로 들어갔다. 깎아지른 절벽을 타고 내려가지 않고서는 접근이 불가능한 계곡 끝자락에 동굴이 입을 벌리고 있었다.

사람의 손길이 곳곳에 닿아 있는 것을 보니 그냥 버려진 짐승의 굴은 아니었다. 거대한 석문이 반쯤 열린 채로 입을 벌리고 있고, 그 위로는 글귀가 새겨져 있었던 것으로 보이는 자리가 심하게 훼손돼 있었다.

노인은 뒤도 돌아보지 않고 동굴 안으로 들어갔다.

석도명은 무작정 안으로 따라 들어가는 게 옳을까 하는 생각을 하며 주위를 찬찬히 둘러봤다. 석도명의 눈에는 동굴 앞에 무질서하게 흩어진 바위덩어리를 중심으로 기의 실타래가 흐릿하지만, 묘한 도형을 그려내는 모습이 보였다.

'진법이다.'

더 이상 구실을 하지 못할 정도로 망가져 있기는 하지만 분명 진법의 흔적이었다. 노인이 들어간 동굴이 과거에는 꽤나 중요한 장소였다는 증거다.

석도명이 동굴 위쪽을 향해 손을 저었다.

바위가 깨져 나간 자리 위로 기의 실타래가 스치고 지나가면서 희미한 잔상이 언뜻 나타났다 사라졌다.

석도명이 천천히 그 글자를 읽었다.

"창의숭무(暢義崇武)……."

누군가가 의도적으로 지워버린 글자는 바로 이곳의 창의문의 비처(秘處)임을 알려주고 있었다.

석도명이 더 이상 망설이지 않고 동굴 안으로 들어섰다.

동굴 안쪽에는 인공(人工)의 흔적이 더욱 뚜렷했다. 벽과 바닥은 마루처럼 고르고 평평하게 다듬어져 있고, 곳곳에 석등이 세워져 있었다. 그리고 동굴 안에서 솟아나는 물을 밖으로 흘려보내기 위해 한쪽 옆으로 폭이 한 자가 넘는 물길을 따로 파놓기까지 했다.

마치 지하 통로 같은 느낌을 주는 동굴을 10여 장 넘게 들어가자 넓은 석실이 나타났다.

 동굴은 거기서 다시 안으로 이어져 있었지만 노인은 석실 한가운데 놓인 돌 탁자 앞에 눈을 감은 채 앉아 있었다. 조금 전과 달리 매우 비통한 표정이었다.

 그 주변에 간단한 가재도구가 가지런히 놓여 있고, 석실 한쪽 구석에 아주 낡은 나무 침상이 놓인 것으로 보아 노인은 이곳에 꽤 오랫동안 기거한 모양이었다.

 석도명이 다가서자 노인이 눈을 부릅떴다.

 "이곳은 내 무덤일세. 산 자가 머무를 곳이 아니니, 썩 나가게!"

 "저는 노인께 어떤 사연과 괴로움이 있는지 알지 못합니다. 하오나 저는 꼭 알아야 할 게 있습니다. 부디 도와주십시오. 이곳이 아니면 저는 갈 곳이 없습니다."

 "……"

 노인이 말없이 석도명의 얼굴을 바라봤다.

 두 사람 사이에 불편한 침묵이 이어졌다. 그것은 집념과 집념의 싸움이었다. 환상요희가 숨을 죽이고 두 사람을 지켜봤다.

 목숨을 건 결투보다 팽팽한 긴장감이 얼마나 오래 지속됐을까?

 노인이 갑자기 일어나 바로 옆에 놓인 놋쇠화로에 불을 피우더니 작은 솥을 올려 물을 끓이기 시작했다. 그리고 탁자 위에 주섬주섬 다기(茶器)를 늘어놓았다.

 노인이 차를 준비하는 것을 보면서 석도명과 환상요희가 엉

거주춤 탁자 앞에 자리를 잡고 앉았다.

차를 나눈다는 것은 이야기를 나눌 생각이 있다는 의미다.

석도명은 노인이 묻어둔 과거를 꺼내기 위해 스스로 마음을 가다듬고 있음을 알았다.

쪼르륵.

노인은 차를 따르면서도 도통 입을 열지 않았다.

석도명 또한 무슨 말을 해야 할지 난처하기만 했다.

대뜸 창의문의 문도로 알려진 홍박이 식음가의 식솔을 해치는 데 앞장 선 것 같다고 따지고 들 수는 없으니까.

다행히 노인이 먼저 입을 열었다. 음성은 침울했다.

"창의문을 찾는 까닭이 무엇인가?"

"40여 년 전 개봉에서 비호표운을 운영했던 홍박이라는 사람이 있습니다. 그가 사용하던 무공이 창의문의 것이었다고 합니다. 제가 알고 싶은 건 그 사람의 행방입니다."

"그랬군……. 죄는 결코 덮을 수 없다고 하더니 끝내 그 이름이 되돌아왔구먼."

노인의 얼굴에 체념이 어렸다.

노인이 한숨과 함께 이야기를 이어갔다.

"본문의 제자들이 비호표운에 몸을 담고 있었던 것은 사실이네. 50여 명에 불과했던 문도들 가운데 대부분이 홍박을 따라갔으니, 사실은 비호표운이 곧 창의문이라고 해도 과언은 아닐 게야. 허나 그들은 창의문이 불타던 날 정체를 알 수 없는 복면인들에게 모두 죽임을 당했다네. 아마도 황도에서 하지 말아야 할 일에 휘말렸을 테지. 젊은이가 이곳에 온 까닭이 그 때문인가?"

홍박과 그를 따르던 사람들이 모두 죽임을 당했다는 말에 석도명은 실망을 금할 수 없었다. 식음가를 해친 흉수가 입막음에 성공한 것이 분명했다. 이제 유일한 실마리는 바로 앞에 있는 이 노인뿐이다.

"송구하오나 노인께서는 그와 어떤 관계이십니까?"

"허허, 말하지 않았나. 이곳이 내 무덤이라고. 그러니 내가 누구인지는 묻지 말게. 내게 달리 물을 게 있다면 지금 이 자리에서 묻고, 그게 아니라면 조용히 떠나주게나."

노인이 그 말을 마치고는 지그시 눈을 감아 버렸다.

석도명은 홍박이 노인에게 어떤 단서라도 남겼길 바라며 식음가의 일을 털어놓기 시작했다. 석도명의 이야기를 들으면서 노인의 얼굴은 점점 곤혹스럽게 변했다.

옆에서 그 사연을 함께 듣게 된 환상요희 또한 표정이 점점 심각해졌다.

"그러니까…… 누가 그를 사주했는지를 알고 싶은 게로군."

석도명의 이야기를 다 들은 노인이 나지막이 한숨을 내쉬었다. 그리고는 일어나 석실 안쪽에 시커멓게 입을 벌리고 있는 동굴 쪽으로 걸음을 옮겼다. 물론 석도명과 환상요희가 그 뒤를 따랐다.

　노인은 횃불 하나에 의지해 깊고 험한 동굴 속으로 깊이깊이 들어갔다. 지루하게 이어지던 동굴 끝에 막다른 벽이 나타났다.

　동굴은 그곳에서 수직에 가까운 경사를 이루며 아래로 이어졌다. 동굴이라기보다는 거대한 함정이 입을 벌리고 있는 것 같았다. 앞을 가로막은 동굴 벽 밑에서는 물이 소리를 내며 솟아났다.

　지하 수맥이 이 부근 어디를 흐르다가 돌 틈으로 흘러나온 모양이다. 석실에 식수를 대기 위해서였는지, 그곳에서부터 수로가 시작돼 물길을 동굴 밖으로 돌려놓고 있었다.

　노인은 동굴이 아래로 꺾이면서 생겨난 가파른 벼랑의 가장자리를 위태롭게 딛고 섰다. 그리고 손을 뻗어 한쪽 벽을 쓰다듬었다.

　그르릉.

　쌀가마니 크기의 바위가 소리를 내며 미끄러지면서 어른이 기어서 들어갈 수 있을 정도의 구멍이 모습을 드러냈다. 밖으로 이어지는 비밀 통로이거나 중요한 물건을 숨겨두기 위해 만들어진 장소 같았다.

　노인이 구멍 입구에 횃불을 세워 둔 채 무릎을 꿇고 구멍 안으로 상반신을 밀어 넣었다. 그리고 바닥을 더듬거렸다.

　잠시 뒤 노인이 구멍에서 몸을 빼고 일어섰다. 그의 손에 들린 것은 칼 한 자루와 작은 상자였다.

얼마나 오랫동안 그곳에 있었던 것인지 칼집은 시커멓게 곰팡이가 피어 있었다. 그 안에 들어 있는 검도 멀쩡한 상태일 것 같지 않았다.

노인이 석도명에게 기름종이로 단단하게 싸맨 상자를 건넸다.

"그가 남긴 물건은 이게 전부라네. 이 안에 무엇이 들어 있는지 모르겠네만, 자네에게 도움이 됐으면 좋겠군."

석도명이 서둘러 기름종이를 걷어내고 상자를 열었다.

석도명의 손가락 끝에 싸늘한 쇠붙이가 만져졌다. 그것은 작은 동패였다.

석도명이 조심스레 그 물건을 손에 움켜쥐었다. 동패에 새겨진 글자가 고스란히 느껴졌다.

"승천패……."

석도명의 음성이 가늘게 떨렸다.

천마협의 신물인 승천패를 이곳에서 다시 만날 줄이야!

걷잡을 수 없는 의혹과 충격이 석도명을 휘감았다.

환상요희 또한 경악을 금치 못했다. 그러나 절대로 믿고 싶지 않았다. 석도명의 사문인 식음가를 몰살시킨 배후세력이 천마협이라니? 그러면 자신과 석도명은 돌이킬 수 없는 원수란 말인가?

그때였다.

'뭐지?'

격동에 휩싸여 있던 석도명이 기이한 느낌에 정신을 번쩍

차렸다.

　동굴 안의 공기가 미미하게 흔들리고 있었다. 바람 같은 게 아니었다. 자신을 바라보는 노인의 기운이 갑자기 달라졌다.
　보통 사람이라면 느낄 수 없는 그 미세한 위화감이 석도명의 경각심을 일깨웠다.
　번쩍.
　노인이 칼집에서 검을 뽑지도 않았는데, 검이 빛을 뿜었다.
　석도명이 황급히 뒷걸음질을 치며 무극음을 끌어 올렸다.
　"크흑……."
　무극음을 불러 오기도 전에 석도명이 두 손으로 복부를 움켜쥐었다.
　도저히 믿을 수 없는 일이었다. 빛을 뿜었다고 생각한 순간, 노인의 검은 석도명의 복부에 깊이 박혀 있었다. 석도명과 노인 사이의 거리가 고작 서너 걸음에 불과했지만, 검은 그 공간을 가르며 날아온 게 아니었다.
　노인에 검은 그대로 칼집에 들어 있는데 또 하나의 검이 석도명 앞에 생겨난 것이다.
　그게 무엇을 뜻하는지 석도명은 알았다.
　"심검(心劍)……."
　마음이 곧 검이 되는 경지였다.
　그 순간 변고를 알아차린 환상요희가 노인을 향해 쏜살같이 손을 털었다.

"죽어라!"

쐐액.

세침(細針) 형태의 암기 수백 개가 파공성을 내며 뿌려졌다. 노인이 가볍게 미소를 지었다.

티티티팅.

암기가 중간에서 쇳소리를 내며 튕겨 나왔다. 노인이 호신강기를 일으켜 암기를 막아낸 것이다.

"설마……."

"허허허, 미안하다. 식음가를 몰살시킨 배후가 누구냐고? 하필이면 그게 바로 나로구나. 쯧쯧, 과거는 그저 과거로 덮어 뒀으면 좋았을 것을……. 어찌 죽음을 자초했더냐?"

"이익!"

석도명이 부르르 몸을 떨었다.

너무 많은 게 한데 뒤엉켜서 일의 전모를 파악할 수 없었지만, 눈앞에 서 있는 저 노인이 절대 용서할 수 없는 원수인 것은 분명했다. 문제는 그자가 심검을 구사하는 절세고수라는 점이다.

석도명이 서둘러 주변의 기운을 몸 안으로 받아들였다. 복부를 관통 당한 성치 않은 몸으로 노인을 상대할 수 없었다. 더구나 검에 실린 노인의 경력이 오장육부를 헤집으면서 견딜 수 없는 고통이 몰려들고 있었다.

몸 안으로 흘러들어온 자연의 기운이 노인의 경력을 부드럽게 감싸 안았다. 온몸을 진탕시키던 고통이 빠르게 씻겨나갔다. 상처에서 뿜어지던 핏줄기가 멈추면서 석도명은 겨우 기력을 회복할 수 있었다.

그러나 파리한 석도명의 얼굴에 화색이 돌기 시작한 것을 노인이라고 우두커니 지켜볼 리 없다.

노인의 손에 들린 낡은 검이 다시 빛을 뿜었다. 노인의 시선은 이번에는 석도명의 심장을 향해 있었다.

"안 돼!"

환상요희가 비명과 함께 달려들어 석도명을 와락 감싸 안았다.

번쩍.

검 한 자루가 다시 공간을 건너 뛰어 나타났다. 그리고 환상요희와 석도명의 몸을 동시에 꿰뚫었다.

여지없이 뚫린 환상요희의 등에서 피분수가 뿜어졌다. 복부에 이어 가슴을 관통 당한 석도명은 몸을 지탱하지 못하고 뒤로 쓰러졌다. 거기에 환상요희가 달려들던 힘까지 더해지는 바람에 석도명의 몸은 직각으로 꺾인 동굴 아래로 떨어졌다.

그나마 다행이라면 환상요희에 밀려 중심을 잃는 바람에 심장을 겨눈 검이 아슬아슬하게 비껴갔다는 점이었다.

'정신 차려라.'

또다시 밀려든 극심한 고통 속에서 석도명이 이를 악물었다. 이대로 정신을 놓으면 영락없이 목숨을 잃을 터였다.

그러나 추락을 멈추기는커녕, 몸의 중심을 잡는 것조차 쉽지 않았다. 게다가 이미 혼절한 채로 축 늘어진 환상요희의 몸이 석도명을 무겁게 짓눌렀다.

석도명은 대책 없이 추락할 밖에 없었다. 그나마 한줌의 숨을 끌어 모아 정신을 차리고 주변의 기운을 받아들이는 게 유일하게 할 수 있는 일이었다. 조금이라도 몸을 추스르기 전에 바닥에 떨어지지 않기만을 바라면서.

퍽!

수직으로 떨어지던 석도명의 몸이 동굴 벽에 돌출해 있던 돌기둥에 부딪쳐 옆으로 튕겨나갔다. 뼈가 으스러지는 아픔과 함께 눈앞에 시뻘건 불덩어리가 터지는 것만 같았다.

그 덕분에 추락 속도가 잠시 늦춰졌다.

그 틈에 정신을 가다듬은 석도명은 시커먼 어둠 속에서 뭔가가 다시 가까워지는 것을 느꼈다. 발밑으로 바위가 또 돌출돼 있었다.

'저걸 잡아야 해.'

석도명이 한 팔로 환상요희를 단단히 안은 뒤 다른 손을 뻗어 바위를 거머쥐었다. 최후의 의지를 다해서.

헌데 그 순간 기묘한 현상이 벌어졌다.

석도명의 손이 바위에 닿기 직전, 손끝에서 뻗어나간 기의 실타래가 바위 속으로 녹아들어갔다.

이어 바위에 닿은 석도명의 손이 사라졌다. 아니, 정확하게는 손이 빈 허공을 지나가듯이 바위를 그대로 관통해버렸다.

퍽!

팔이 몸을 지탱해 주지 못하고 바위 속으로 들어가는 바람에 석도명과 환상요희의 몸이 사정없이 그 위에 떨어졌다. 무슨 까닭인지 바위가 그대로 무너져 내렸다. 바위와 함께 석도명과 환상요희가 다시 추락했다.

쿵, 쾅!

잠시 뒤 동굴 밑바닥에서 요란한 충돌음이 들려왔다.

그와 동시에 노인이 동굴 바닥을 향해 사정없이 검을 휘둘렀다. 연달아 빛이 터지더니 직경이 이장쯤 되는 동굴을 가득 메우며 수십, 수백 갈래의 검이 아래로 쏘아졌다. 개미 한 마리 살아나갈 틈도 보이지 않았다.

쿠쿠쿠쿵 콰쾅.

까마득히 먼 동굴 바닥에서 쉬지 않고 폭음이 터졌다. 땅이 뒤집히고 바위가 부서지는 소리였다. 그리고 뒤이어 동굴 벽이 와르르 무너져 내렸다.

"허허, 이 정도 위력일 줄은 몰랐군."

노인이 고개를 절레절레 저으며 황급히 바깥으로 달려 나갔다. 동굴 천장마저 무너지기 시작했기 때문이다.

노인이 사라진 뒤에도 몇 차례 더 폭음이 들더니 결국 동굴 전체가 완전히 내려앉았다.

제8장
결전(決戰)의 날

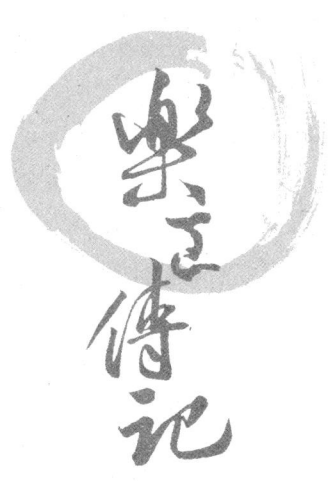

　천산으로 돌아간 을지상은 장담했던 대로 천마협의 주력을 이끌고 돌아왔다.

　가욕관 안쪽에 홀연히 모습을 드러낸 을지상과 천마협의 고수 1,000명은 섬서를 가로지른 다음, 황하 북쪽으로 올라가 곧장 동쪽으로 향했다. 황하 남쪽에 버티고 있는 황도를 피하는 것은 물론, 화산파와 소림사가 버티고 있는 화산과 숭산까지 비껴가기 위한 선택이었다.

　과거 천산파를 시작으로 십대문파를 차례로 짓밟아 나갔던 것과는 확연히 다른 행보였다.

　그리고 주력 부대와는 별개로 1,000명 이상의 고수들이 삼

삼오오 짝을 이뤄 여러 갈래 길을 통해 동쪽으로 나아가는 중이었다. 그들의 집결지는 말할 것도 없이 여가허였다.

천마협이 거칠 것 없이 동진을 계속하고 있는 동안 십대문파 중 어느 곳도 그 앞을 가로막지 않았다. 천마협이 진무궁과의 정면승부를 위해 일부러 십대문파를 피하고 있음을 알기 때문이다.

그렇다고 십대문파와 오대세가가 팔짱만 끼고 있었던 것도 아니다. 사마세가에서 세운 계책에 따라 각 파의 정예고수들이 은밀하게 움직이기 시작했다. 그 목적지는 물론 여가허였다.

아무 방해도 받지 않고 이동한 덕분에 천마협은 약속 날짜를 열흘 가까이 남겨 두고 원양(原陽) 부근에 접근하고 있었다. 원양에서 여가허까지는 고작 닷새 거리였다.

천마협은 날짜를 맞추기 위해 원양 인근의 구양산(九陽山)으로 들어갔다. 그 바람에 구양산에 터를 잡고 있던 산적 떼가 산채를 내주고 쫓겨나야 했다.

구양산으로 누군가가 찾아왔다. 진무궁의 군사 허이량이다.

"본좌가 네 얼굴을 볼 까닭이 있던가?"

을지상이 못마땅한 표정으로 허이량을 쏘아봤다.

을지상은 태생적으로 무공보다는 머리로 싸우려고만 드는 허이량 같은 인간이 별로 마음에 들지 않았다. 혹시라도 허이량이 중간에 끼어들어 자신과 악소천의 싸움을 방해하려는 게 아닐까 싶어 그의 등장이 더더구나 반갑지 않았다.

"무주의 손에 강호의 장래가 걸려 있음을 잊지 않으셨으면 합니다."

"흥, 그런 말로 본좌를 막을 수 있다고 생각했더냐?"

을지상이 노골적으로 불쾌한 기색을 보였다. 허이량이 자신과 악소천의 결투가 대국적인 견지에서 바람직하지 않음을 설득하러 왔다고 생각했기 때문이다.

"허허, 제가 어찌 무주를 막을 수 있겠습니까? 그리고 그것은 제 주인께서 원하시는 바가 아닙니다. 주인께서는 반드시 무주와 무공을 겨루실 생각입니다."

"당연한 이야기."

"하오나, 진무궁과 천마협의 미래를 위해서 일의 선후(先後)는 한 번 따져봐야 하지 않을런지요. 제가 이곳에 온 까닭은 그 말씀을 전하기 위해섭니다."

"일의 선후?"

을지상이 의아한 표정으로 물었다.

"십대문파와 오대세가가 천마협과 싸우기 위해 다시 손을 잡았습니다. 제 주인께서는 그들을 먼저 처리한 다음에 무주와 싸우기를 바라고 계십니다."

"허, 십대문파와 오대세가를 먼저 처리하겠다고? 그들을 대신해서 천마협과 싸우겠다고 선언을 했던 건 어쩌고?"

"진무궁은 강호의 평화를 위해 천마협을 막겠다……고만 했습니다. 막는 방법은 여러 가지가 있습니다. 극단적인 예를 들자면 진무궁과 천마협이 손을 잡는 것도 그에 해당하지요."

"그래서?"

"어쨌거나 천마협의 이름은 되찾아야 하지 않겠습니까? 그 일을 먼저 해치우자는 겁니다. 진무궁과 함께."

허이량이 을지상을 보며 미소를 머금었다.

천마협의 본래 이름은 천무협이다. 십대문파에서 천무협과의 싸움을 정사대결 구도로 몰아가기 위해 의도적으로 천마협으로 바꿔 부른 게 강호에서 굳어지고 만 것이다.

당사자들로서는 치욕스런 이름인데도 을지상은 자신을 천마협의 무주로 칭했다.

십대문파를 무릎 꿇리기 전에는 옛 이름을 되찾을 자격이 없다는 이유에서다.

허이량의 말은 십대문파에 대한 원한부터 갚아야 하지 않겠냐는 이야기였다.

"말은 번지르르하다만."

"다시 말씀드리겠습니다. 제 주인께서는 이번 기회에 십대문파와 오대세가를 뿌리 뽑으실 생각입니다. 진무궁과 사마세가가 그 일을 함께 하기로 했습니다. 십대문파의 시대를 끝내고 천룡의 후예가 주인이 되는 세상을 먼저 만들자고 하십니다. 그리고 그 다음에 천룡부의 적통을 다시 가리자는 것이고요."

"으하핫! 그동안 진무궁주가 제법 배포를 키웠구나."

을지상이 목을 뒤로 젖히며 통쾌하게 웃어댔다. 허이량의 제안이 마음에 든다는 의미다.

진무궁과 사마세가, 천마협.

천룡부의 후예 가운데 명맥을 잇는 곳은 천하에 오직 이들뿐이다. 문제는 이들이 반목을 지속하고 있다는 점이다.

진무궁은 4경을 독차지하기 위해 사마세가와 피 흘리며 싸운 과거가 있다. 천마협과 진무궁이 갈라서게 된 것도 그 후유증 때문이다. 그리고 세월이 흐르면서 천룡의 후예라는 동질감보다는 서로에 대한 배신감과 증오심만 키워왔다.

헌데 천룡부의 후예들이 힘을 모아 강호의 새 주인이 되자고 한다.

을지상은 가슴이 뻥 뚫리는 것 같았다. 그것이야말로 천마협이 오랫동안 꿈꿔온 일이었다.

더구나 천룡부의 적통을 다시 가리자는 제안도 마음에 들었다. 무황태제의 네 제자를 조상으로 둔 진무궁과 사마세가가 기득권을 주장하지 않고 오로지 실력을 겨루자는 이야기였다.

그것은 무황태제의 시대 이후 뿌리 깊은 차별을 받아왔다고 여기는 천마협의 한을 풀어주는 일이었다.

천마협을 세운 무사들이 무저동의 무공에 손을 댄 까닭은 무황태제의 네 제자들이 오직 자신의 직전 제자와 후손들에게만 제한적으로 유일공과 4경을 전수했기 때문이다.

천룡부의 기본 정신은 궁극의 무공을 완성하기 위해 모든 것을 공유하는 것이었지만, 무황태제에 의해 절대무공이 만들어진 뒤로는 독점의 폐해가 나타난 셈이었다.

사실 천마협이 동쪽으로 달아난 상자곤과 공전기의 후손 즉, 사마세가와 여씨세가를 극도로 증오한 것도 그 같은 이유가 작용을 했다.

사마세가와 여씨세가가 무황태제의 무공을 자신들의 전유물로만 생각해 4경을 하나로 묶자는 제안을 거부했다고 믿은 것이다.

이제 천마협은 무황태제조차 뛰어넘어 천룡부의 역사를 새롭게 쓰겠다는 목표를 갖고 있다. 허이량의 제안은 그런 목표와도 맞아 떨어졌다.

을지상이 웃음을 멈추고 허이량에게 말했다.

"일단 십대문파를 쓸어버릴 방법이나 들어보자꾸나."

허이량이 만면에 웃음을 머금었다.

진무궁과 사마세가, 천마협이 힘을 모아 십대문파를 제거하고 천룡부가 지배하는 새로운 강호가 목전에 와 있었다.

'후후, 이 싸움의 승자는 누가 될 것인가?'

허이량은 지금 과연 누가 누구를 속이고 있는 걸까 하는 생각을 잠시 떠올렸다. 그러나 그 생각을 이내 지워버렸다.

천룡부에 의한, 천룡부의 세상.

그것만 이룰 수 있다면 자신의 주인은 누가 되어도 상관이 없었다.

＊　　　　＊　　　　＊

　여가허에서 남동쪽으로 사흘거리에 있는 영릉(寧陵)에서 가장 큰 객잔인 모하루(暮河樓)가 손님들로 북적이고 있다. 그런데 왠지 평소와는 분위기가 다르다. 1층부터 3층까지 식당에 사람이 가득한데도 왁자지껄 떠드는 소리는 전혀 들리지 않았다.
　2층과 3층을 차지한 검은 무복의 무사들이 그 원인이었다. 무사들의 소매 끝에 수놓아진 붉은 도화가 그들의 정체를 말해주고 있다. 항주의 패자인 남궁세가의 사람들이다.
　남궁세가가 항주를 떠나 북서쪽으로 바삐 올라가고 있는 까닭이 천마협 때문임을 모르는 사람은 없었다. 남궁세가 무사들의 비장함이 영릉 전체를 짓누르고 있다고 해도 과언이 아니었다.
　남궁호천은 억지로 우겨넣듯 밥 한 그릇을 비우고는 조용히 자리에서 일어났다. 천마협과의 싸움이 점점 가까워지면서 도통 입맛을 느낄 수가 없었다.
　아마도 예전 같으면 또래들을 불러 모아 놓고 드디어 공을 세울 기회가 왔노라고 뻐겨대기에 바빴을 것이다. 그러나 자신이 가야 할 길이 너무 멀다는 것을 잘 아는 지금에 와서는 신경이 온통 한곳에 쏠려 있었다.
　'내 실력은 어디쯤 와 있을까?'
　불과 몇 년 사이에 장족의 발전을 이뤄 집안 어른들의 관심을 한 몸에 받고 있는데도, 앞으로 나가면 나갈수록 부족함만이 뼈저리게 느껴졌다.

남궁호천은 혼자 산책이라도 하면서 긴장된 마음을 추스르고 싶어 밖으로 향했다. 3층에서 아래로 이어진 계단을 혼자 내려오면서 남궁호천은 자신의 삶이 고작 발판 하나, 난간 한 자락에 의지한 것처럼 아슬아슬하게만 여겨졌다.

그리고 문득 보고 싶은 얼굴이 떠올랐다.

'석 소협, 어디 있소?'

우물 속에 갇혀 있던 자신을 바깥으로 꺼내준 석도명이 너무 만나고 싶었다. 석도명에게서 '괜찮다. 이 길로 똑바로 가면 된다.' 그 한 마디를 듣고 싶었다.

그러나 자신과 석도명은 이제 너무 먼 사이였다. 무림맹에서 내쳐질 때도, 악소천에게 눈과 무공을 잃을 때도 자신은 그와 함께하지 못했다. 더구나 사광 현신으로 추앙 받는 지금의 석도명은 다시 만난다고 해도 다가가 말을 붙일 엄두가 나지 않는 존재였다.

남궁호천이 2층을 지나 1층을 향해 걸음을 옮겼다. 1층까지 절반쯤 내려갔을 때 웬 젊은 여인이 종종걸음으로 계단을 올라왔다.

남궁호천이 중간에 걸음을 멈추고는 여인이 지나가도록 한쪽으로 비켜섰다. 헌데 여인은 남궁호천의 얼굴을 힐끔거리다가 발을 헛딛고 말았다.

"어머!"

여인이 중심을 잃고 위태롭게 휘청거리자 남궁호천이 반사적으로 여인의 손을 잡았다.

겨우 몸을 바로 세운 여인이 황망하게 고개를 숙였다. 묘한 아름다움을 자아내는 여인의 볼이 붉게 달아올랐다.

"감사……해요."

"아니올시다. 헌데 2층에는 자리가 없소이다. 남궁세가가 통째로 빌렸소."

"아, 그런가요? 그럼 이만."

여인은 2층에 자리가 없다는 이야기를 듣고는 미련 없이 돌아서서 계단을 내려갔다. 그리고는 1층에서 자리를 찾아볼 생각도 하지 않고 밖으로 나갔다.

남궁호천이 홀린 듯한 표정으로 서 있다가 천천히 객잔을 나섰다. 굳게 움켜쥔 남궁호천의 주먹 안에는 쪽지 하나가 쥐어져 있었다.

* * *

결전을 위해 구양산을 떠난 천마협이 마침내 황하에 도착했다. 천마협은 여가허 정북방에 위치한 강진(江津) 나루 인근의 들판에서 야영에 들어갔다. 예정된 싸움은 이제 이틀 뒤로 다가와 있었다.

수백 개의 천막이 들판을 가득 메웠음에도 야영지는 조용했다. 50여 년 만에 다시 강호를 밟았다는 설렘과 흥분, 그리고 그것을 압도하는 긴장감을 천마협의 고수들도 쉽게 떨치지 못한 탓이다.

밤이 깊어지면서 야영지는 더욱 깊은 적막으로 가라앉았다.

천마협의 무주 을지상은 자신의 천막 안에서 묵상에 빠져 있었다.

을지상이 갑자기 눈을 번쩍 떴다. 누군가가 자신을 바라보고 있다는 느낌이 들어서다.

정말로 천막 바깥에 그림자 하나가 서 있었다.

"누구냐?"

을지상이 흔들림 없는 태도로 조용히 물었다. 고작 정체불명의 인영이 나타났다고 호들갑을 떨 사람이 아니었다.

그림자가 스르르 천막 안으로 들어왔다. 낯익은 얼굴이었다.

"어찌 혼자 왔느냐?"

"같이 올 수 있는 상황이 아니었소."

그림자의 정체는 바로 석도명이었다.

을지상은 석도명의 음성이 유난히 서늘하다는 느낌을 받았다. 불길한 생각이 스쳐갔다. 환상요희에게 무슨 일이 생긴 건가? 혹시 석도명이 해코지를 한 건 아닐까?

석도명이 이 야심한 시각에 은밀하게 자신을 찾아온 게 아무래도 좋은 징조는 아니었다.

"용건이 있으면 말해라."

석도명이 말없이 품에서 뭔가를 꺼내 을지상에게 던졌다.

을지상이 그 물건을 받아들고는 의아한 표정으로 석도명을 다시 바라봤다. 석도명이 건넨 것은 승천패였다.

"내 사문의 원수를 찾기 위해 노산에 갔다가 그걸 얻었소. 혹시 식음가를 아시오?"

"안다면?"

"부득이 당신과의 약속을 깨야 할 것 같소."

"푸흐흐, 하나가 죽을 때까지 싸워보자는 이야기구나. 유감이로다. 정말 유감이야."

을지상이 쇳소리를 내며 거칠게 웃었다.

* * *

여가허에서 동쪽으로 반나절 거리에 대야평(大野平)이라는 드넓은 벌판이 자리를 잡고 있다. 대야평 한가운데를 가로지르는 구릉지를 경계로 북쪽을 상야평(上野平), 남쪽을 하야평(下野平)이라 부른다.

오늘 십대문파와 오대세가를 비롯한 정파의 무림지사들이 하야평을 가득 메우고 있다. 그 숫자는 대략 4,500명. 무림맹을 재결성해 진무궁에 도전장을 냈던 개화나루의 싸움 때보다 더 늘어난 규모다.

병영을 방불케 하는 야영지 한가운데 큼지막한 천막이 서 있다. 그곳에 십대문파와 오대세가의 가주는 물론, 중소문파의 대표들이 모였다.

사실상 무림맹주 노릇을 하고 있는 사마중이 회의를 주재했다.

"먼 길을 오느라 수고들 하셨소이다."

"허허, 수고는 사마 가주가 다 하셨지요."

"이렇게 완벽하게 준비를 하리라고는 기대도 못했습니다."

의례적인 인사와 치사가 오갔다.

그러나 빈말이라고 할 수는 없었다.

참석자들은 군문에 버금가는 사마세가의 병참 능력과 치밀한 준비에 새삼 감탄하고 있었다. 사마세가는 사흘 전 하야평에 가장 먼저 도착해 야영지를 만들고, 식량을 비롯한 각종 물품을 완벽하게 조달해놓았다.

건량이나 씹으며 보낼 줄 알았던 지난밤만 해도 사마세가가 준비한 푸짐한 음식으로 4,500명에 달하는 숫자가 잔치에 못지않은 만찬을 즐길 수 있었다.

각파의 수장들은 사마세가에 대해 탄복과 함께 내심 질리는 기분을 금할 수가 없었다. 이번 싸움이 정파의 승리로 끝난다면 사마세가의 시대가 활짝 열릴 것이라는 예상과 함께.

사마중은 인사치레가 끝나자 바로 본론으로 들어갔다. 강호의 장래를 결정지을 결전일에 뜸이나 들이고 있을 여유는 없었다.

"조금 전 진무궁에서 전령이 도착했소이다. 별로 좋지 않은 소식이오. 황하를 건넌 천마협의 주력이 동남쪽으로 방향을 틀었다고 하오."

"동남쪽이라면……."

"그들이 이곳으로 오고 있단 말이오?"

몇 사람이 놀라서 물었다.

곧장 남쪽으로 내려가 진무궁을 공격할 줄 알았던 천마협이 자신들에게 다가오고 있다니 반가울 리가 없다.

그러나 좋지 않은 소식은 그게 전부가 아니었다.

"더 나쁜 일이 있소. 천마협의 2진이 모습을 드러냈소이다. 흩어져서 은밀하게 이동한 병력이 기현(杞縣)에서 집결해 북상 중이오."

각파의 수장들이 일제히 술렁였다.

본래 계획은 천마협이 진무궁을 치고, 그 싸움이 끝날 무렵 무림맹의 세력이 뒤늦게 도착하는 것이다. 진무궁과 천마협이 처절한 혈전을 치르고 난 뒤, 어부지리를 취하려는 작전이었다.

헌데 천마협의 주력이 뜻하지 않게 대야평으로 진격하고 있다. 설상가상으로 천마협의 2진 또한 하야평에서 엎어지면 코가 닿을 거리인 기현에서 곧장 북상 중이라니! 천마협의 공격 대상은 처음부터 진무궁이 아니라 무림맹이었단 말인가?

불길한 예감이 모두의 머리를 스치고 지나갔다.

함정에 빠졌다!

"이게 어찌된 일이오? 진무궁과 천마협이 사전에 작당을 하지 않고서야!"

화산파 장문인 구유청이 벌떡 일어나 사마중을 노려봤다.

"그렇소! 사마 가주의 말을 듣고 진무궁을 덜컥 믿어버린 우리가 바보요!"

"여기서 전부 개죽음을 당하게 생겼구려."

여기저기서 원성이 쏟아졌다.

그러나 사마중은 태연하게 한 손을 들어 사람들의 입을 막았다.

"자자, 진정하시오. 이 또한 계산에 들어 있던 일이외다."

그 한 마디로 소란이 일시에 가라앉았다.

"계산에 들어 있는 일이라니요?"

"진무궁 군사 허이량은 바보가 아니외다. 우리가 사흘 전부터 이곳에서 집결을 시작했음을 그 또한 알고 있소. 이렇게 많은 숫자가 모인 까닭을 그라고 모르겠소이까? 그는 천마협과의 싸움에 처음부터 우리를 끌어들이고 싶을 게요. 짐작컨대 천마협이 방향을 바꾼 건 진무궁에서 손을 썼기 때문이라고 짐작하오."

"어허, 그들이 정말 한통속이란 말이오?"

"그건 아니외다. 천마협과 진무궁이 한통속이라면 천마협의 이동경로를 미리 알려줄 까닭이 없소. 진무궁이 십대문파와 오대세가를 싹쓸이할 기회가 충분히 있었는데 왜 이제 와서 마음을 바꾸겠소? 진무궁은 오히려 무림맹의 도움이 절실할 것이오."

남궁세가의 가주 남궁강이 물었다.

"진무궁이 우리의 도움을 바란다는 게 무슨 뜻이오."

"그동안 천마협의 이동경로를 진무궁만 추적하고 있었던 게 아니올시다. 사마세가 또한 그들을 주시해왔소. 다들 어느 정도 알고 있듯이 사파들 가운데 상당수가 천마협 편에 붙었소이다. 사마세가가 파악한 바에 따르면 천마협의 주력을 따라 이동 중인 사파의 무사들이 무려 3,000여 명을 헤아리오. 천마협의 2진 또한 사파의 무리를 달고 온다고 봐야 할 것이고, 진무궁에서 우리의 결집을 알면서도 막지 않은 건 천마협과 그를 따르는 세력이 예상보다 많기 때문일 것이오."

많은 사람들이 그 말에 수긍하는 눈치였다.

십대문파의 재앙에 쾌재를 부르던 사파가 근자에 들어 진무궁에 적잖은 불만을 품고 있다는 건 이미 알려진 사실이다.

진무궁이 무림맹을 해체하고도 정파를 온전히 존속시켰을 뿐 아니라, 사파의 악행을 엄하게 단죄했기 때문이다.

천마협의 등장을 빌미로 사파가 일제히 반기를 든 판국에 진무궁이 정파마저 적으로 돌리기는 어려웠다.

"허어, 그렇다 칩시다. 그러나 문제는 결국 우리가 어부지리를 취할 기회는 영영 사라진 게 아니냔 말이외다. 이번 싸움으로 진무궁의 위상만 공고히 하는 꼴이 아니겠소? 죽 쒀서 개 준다는 게 이런 상황이겠구려."

종남파 두한환의 불만에 여러 사람이 고개를 끄덕였다.

원망 섞인 시선이 사마중에게 모아졌다.

그럼에도 사마중의 표정에는 전혀 변화가 없었다.

"어찌 피 한 방울도 흘리지 않고 적을 이기려고 드시오? 불가피하게 아군의 손실은 있겠지만, 대세를 바꿀 정도의 피해가 생기는 일은 절대로 없을 것이외다."

"사마 가주에게 무슨 계책이 있는 모양이구려. 일단 들어봅시다."

구유청이 사마중을 향해 한 손을 들어 보였다. 말을 계속 하라는 뜻이다.

"진무궁은 우리에게 남쪽에서 올라오는 천마협의 2진을 막아달라고 했소. 도움을 받고는 싶으나 자존심 때문에 천마협의 주력을 우리에게 맡길 수는 없었을 것이오. 그 차이는 적지 않소이다. 바로 천마협의 무주가 있기 때문이오. 아마도 천마협을 따르는 사파도 대부분 그쪽으로 몰렸을 게요. 그 정도라면 우리 힘으로 충분히 막을 수 있다고 보오이다. 그리고 무엇보다……."

"……."

사마중이 잠시 뜸을 들였다. 사마중을 향한 사람들의 눈에 기대가 떠올랐다.

"사마세가는 천마협을 상대하기 위한 두 번째 진법을 준비했소이다."

"오오!"

"과연!"

곳곳에서 탄성이 쏟아졌다.

과거 양곡대전에서 정파 무림이 천마협을 물리치는 데는 사마세가의 오행금쇄진이 결정적인 역할을 했다. 사마세가가 준비한 두 번째 진법은 그보다 더 위력적일 게 분명했다.

그러나 모든 사람이 안도한 것은 아니었다.

천마협에 대해 끔찍한 기억을 안고 있는 곤륜파의 무암선사 또한 그런 사람 가운데 하나였다.

"사마 가주의 말에 트집을 잡자는 것은 아니오만…… 천마협이 진법에 다시 걸려들겠소이까?"

"물론 그들이 바보가 아닌 바에야 진법 비슷한 것만 봐도 몸을 사릴 것이오. 바로 그 점을 역으로 이용할 생각이외다."

짝짝.

사마중이 손뼉을 치자 사마세가의 무사 두 사람이 들어와 거대한 걸개그림을 펼쳐 놓고 밖으로 나갔다.

그것은 대야평 일대의 지형이 그려진 지도였다.

"자, 보는 것과 같이 우리의 야영지는 대야평 중앙을 가로지르는 구릉지 바로 남쪽에 자리를 잡고 있소. 그 아래로 하야평이 펼쳐져 있고, 그 벌판 끝에는 남쪽으로 늪지가 이어져 있소이다. 우리는 하야평 정중앙에 포진할 것이오. 그러면 천마협은 늪지대를 우회해서 하야평 서쪽으로 진입해야 할 게요. 여기서 중요한 점은 우리의 본진 바로 뒤편에 두 개의 진법이 매설돼 있다는 사실이오."

"진법이 왜 두 개씩이나 필요한 것이오?"

누군가의 질문에 사마중이 미소를 머금었다.

"불에 덴 아이가 불을 두려워하는 게 당연하지 않겠소이까? 두 개의 진법 가운데 하나는 적들을 기만하기 위한 속임수일 뿐이라오. 천마협은 확실한 미끼를 던져줘도 진법 안으로는 들어오지 않을 테니 말이오."

"오호!"

다시 탄성이 터져 나왔다.

사마중이 의미심장한 얼굴로 좌중을 천천히 둘러봤다.

이제부터 시작될 속고 속이는 싸움의 결과가 머릿속에 선명하게 그려졌다.

'후후, 어느 쪽이 미끼를 문 건지 곧 알게 될 게다.'

*   *   *

그날 오시(午時; 오전 11시~오후 1시)가 끝나기 전에 무림맹은 하야평 한복판에 포진을 마쳤다.

무림맹의 전체 병력은 4,500여 명이었지만, 본진은 그 절반이 채 되지 않았다.

 본진이 너무 많으면 적을 진법으로 유인하기 위해 퇴각하는 게 오히려 의심을 살 것이라는 이유에서다.

 사마중은 십대문파 2,000명과 자신이 직접 이끄는 사마세가의 직계 200명으로 본진을 구성했다.

 남궁세가와 헌원세가, 그리고 중소문파를 합한 1,500명은 대야평을 분할하는 구릉지에 배치됐다.

 상야평에서 치고 들어오는 세력을 견제하는 한편, 천마협의 주력과 2진이 합류하는 것을 막기 위한 조치였다. 그럼으로써 천마협의 2진이 본진에 대한 공격을 서두르게 압박한다는 포석도 깔려 있었다.

 사마세가의 비밀병기로 이름을 떨친 소야장과 사마별가의 극병과 궁병 1,000명에게는 늪지대를 가로지르는 소로를 통해 천마협의 배후로 돌아가는 임무가 맡겨졌다. 천마협의 2진을 따르는 사파의 세력을 저지하는 게 그들의 역할이었다.

 천마협의 2진을 정면으로 맞아 싸울 본진의 뒤로는 빈 터가 열려 있고, 그곳을 지나면 왠지 수상쩍게 보이는 나무 기둥이 복잡한 배열을 이루며 펼쳐져 있었다. 얼핏 보기에는 기마대의 돌격을 막기 위한 방어물 같았다.

 그러나 무림인들이 기마전술로 싸우는 법이 없으니 다른 용도로 봄이 옳았다. 사마세가의 진법을 펴기 위한 도구였다.

마침내 하야평 서쪽 벌판 끝에 1,000여 명에 달하는 천마협의 2진이 나타났다.

천마협의 무사들이 제법 질서정연하게 대열을 갖출 무렵, 그 배후에 그와 비슷한 숫자의 사람들이 꾸역꾸역 밀려드는 모습이 보였다. 천마협을 응원하겠다고 달려온 사파의 무리들이다.

"흠, 숫자는 우리보다 많지 않구려. 달아나는 척하는 것도 쉽지 않겠소이다."

화산파 구유청이 사마중을 보며 나지막이 중얼거렸다.

수적으로 우세에 있는 쪽이 싸우다 달아나는 척을 하는 게 이상해 보이지 않겠냐는 걱정이다.

그 말에 장문인 몇이 맞장구를 쳤지만 사마중은 냉담하게 고개를 저었다.

"글쎄올시다. 싸워 보면 생각이 좀 달라지지 않을까 싶소이다만…… 문제는 상야평의 싸움이오. 시간이 잘 맞아야 할 텐데."

사마중이 고개를 들어 북쪽을 바라봤다. 구릉지에 막혀 천마협의 주력과 진무궁이 맞붙을 상야평의 상황을 알 수 없는 게 불안하다는 듯이.

그때였다.

"와아!"

천마협 진영에서 먼저 함성이 터졌다. 그리고는 천마협의 무사들이 돌진을 시작했다.

뿌우, 뿌우—

마침 구릉지 위에서 뿔피리 소리가 들렸다. 상야평에서도 싸움이 벌어졌다는 신호다.

사마중이 한 손을 번쩍 치켜들었다.

"각자 위치를 사수하고 경거망동하지 말라!"

"와아!"

정파의 무사들이 제자리에서 발을 구르며 고함을 질러댔다.

봄 햇살에 잔뜩 말라 있는 들판이 이내 뽀얀 먼지로 뒤덮였다.

천마협이 돌진을 시작하고 얼마 지나지 않아 그 뒤편에서 비명이 쏟아졌다. 늪지를 가로질러간 소야장과 사마별가의 무사들이 나타나 천마협 배후에 있던 사파의 무리들을 공격한 것이다.

천마협을 따라 달려가던 사파의 무사들이 일제히 뒤돌아서 맞대응에 나섰다. 양편이 어지럽게 뒤섞이며 혼전이 벌어졌다.

하지만 천마협의 무사들은 그에 개의치 않고 앞으로 내달렸다. 애초에 사파의 무리를 같은 편으로 생각하지 않았기 때문이다.

채채채챙.

천마협과 정파의 무사들이 맞붙으면서 병장기가 부딪치는 날카로운 금속성이 들판에 가득 울려 퍼졌다.

"크아악!"

"커헉!"

그리고 단말마의 비명이 곳곳에서 쏟아졌다.

싸움은 치열했지만 기선을 잡은 것은 천마협이었다.

실력이 비슷한 경우라면 제자리에서 서서 기다린 쪽보다는 돌격해 들어오면서 기세를 살린 쪽이 우위를 차지하기 마련이다. 하물며 천마협의 무사들은 예상보다 강했다. 십대문파를 농락한 진무궁의 무사들과 견주어도 손색이 없을 정도였다.

서산일굴을 비롯한 괴협오선과 십대문파의 장문인들이 선두에 서서 분전을 펼쳤음에도 무림맹의 본진이 서서히 뒤로 밀렸다.

"밀리면 안 된다!"

"버텨라!"

정파 진영에서 다급한 외침이 잇달아 터져 나왔다.

팽팽한 상태에서 대열이 먼저 무너지는 쪽이 심각한 피해를 입고 끝내는 궤멸을 당하기 마련이다. 마치 홍수 때 한 곳이 터지면 삽시간에 제방 전체가 무너지는 것처럼.

십대문파의 장문인들이 천마협의 공세에 맞서 바삐 검을 휘두르면서 연신 사마중을 돌아봤다. 자파의 제자들이 속속 쓰러지는 것을 보면서 마음이 다급해진 탓이다.

이러다가 피해를 최소화하면서 승리를 거두겠다던 사마중의 장담마저 빗나가는 게 아닐까 하는 걱정이 떠올랐다.

그러나 사마중은 침착하게 적을 상대하기만 할 뿐 좀처럼 퇴각신호를 내리지 않았다.

그 순간 상야평에서도 치열한 싸움이 전개되고 있었다.

하야평에서 무림맹이 수적 우위를 보인 반면, 상야평에서는 그 반대 현상이 벌어졌다. 천마협의 주력은 진무궁의 절반인 1,000여 명에 불과했지만, 사파의 무사들이 3,000명을 헤아렸기 때문이다.

싸움의 양상은 기묘하게 진행됐다.

동쪽에서 다가온 진무궁과 북쪽에서 내려온 천마협의 주력이 정면이 아니라, 비스듬하게 부딪친 탓이다. 게다가 진무궁은 병력을 양분해 절반의 병력을 천마협의 배후로 돌렸다.

남방천군과 북방천군이 이끄는 약 1,000명의 병력은 북쪽으로 올라가 사파의 무리를 파죽지세로 밀어붙였다. 반면 동방천군과 남방천군은 동쪽으로 치고 나갔다.

문제는 천마협의 대응이었다.

방향을 돌려 진무궁의 공격을 맞받아치는 대신, 곧장 남쪽으로 내려온 것이다. 그로 인해 측면을 고스란히 드러나자 다시 동쪽으로 방향을 틀었다.

결과적으로 천마협은 진무궁을 피해 상야평을 동남쪽으로 비스듬히 가로지르게 됐다.

그리고 얼마간의 시간이 흐르자 동방천군과 남방천군이 이끄는 진무궁의 무사들이 천마협의 배후에 놓이게 됐다. 결국 3,000명에 달하는 사파의 무리가 두 갈래로 나뉜 진무궁의 병력에 앞뒤로 포위를 당하는 지경에 빠졌다.

하야평에서 그랬던 것처럼 천마협의 주력도 자신들을 따르는 사파의 무사들을 돌보지 않고 무조건 앞으로만 내달렸다. 그들 앞에 놓인 것은 이제 대야평의 중앙을 가로지르는 구릉지였다.

구릉지 위에서 상야평과 하야평의 전황을 동시에 살피고 있던 남궁세가와 헌원세가, 그리고 중소문파의 무사들이 일제히 술렁였다.

혼전 상황에서 천마협의 일부가 구릉지를 넘으려 들 경우 그들을 차단하는 게 자신들의 임무였다. 하지만 천마협의 주력을 고스란히 맞게 될 줄은 몰랐다.

"헛, 어쩌면 좋겠소?"

헌원소가 당황한 기색으로 남궁강에게 물었다.

중소문파를 포함해 1,500명에 불과한 전력으로 천마협의 주력을 막아낼 엄두가 나지 않았다.

사실 믿을 만한 병력은 남궁세가의 무사 300명과 헌원세가의 무사 100명 정도가 고작인데 그것도 천마협의 주력에 견주기는 어려웠다.

헌원소가 남몰래 식은땀을 흘리고 있는 것과 달리, 남궁강의 대답은 담담하다 못해 태연하기까지 했다.

"어쩌겠소이까? 할 만큼은 해봐야지요."
남궁강이 검을 뽑아 높이 치켜들었다.
"가자!"
"와아! 싸우자!"
남궁세가의 무사들이 우렁찬 함성으로 화답했다.
헌원세가와 중소문파의 무사들이 뒤이어 함성을 질러댔다.
뿌우우.
이어 싸움을 알리는 뿔피리 소리가 구릉지 위로 울려 퍼졌다.
남궁강을 필두로 한 1,500명의 무사들이 구릉지를 달려 내려가기 시작했다.
선두에서 천마협을 이끌고 있던 을지상이 그 모습을 보고는 웃음을 터뜨렸다.
"푸하하! 가소로운 것들!"
천마협의 무사들과 보조를 맞추고 있던 을지상이 발을 굴러 앞으로 튀어나가더니 허공으로 솟아올랐다.
"천권만영(千拳萬影)!"
순식간에 10여 장 높이로 떠오른 을지상이 주먹을 내질렀다.
수백 개의 검은 권영이 구름처럼 피어오르더니 구릉지 경사면에 떨어졌다.
퍼퍼퍼퍼펑!

권영이 떨어지는 곳마다 폭음이 터지면서 땅이 뒤집혔다.

기세 좋게 달려 내려가던 남궁세가의 무사들이 놀라서 멈춰 섰다. 저 무지막지한 권영 속으로 몸을 내던졌다가는 그대로 가루가 될 판이었다.

남궁강이 허공으로 도약하며 을지상을 향해 검을 뿌렸다.

구릉지 중간에서 뛰어올랐음에도 불구하고 남궁강은 을지상이 떠 있는 곳까지는 채 이르지 못했다.

"무검류형(武劍流形)!"

남궁강이 묵직하게 검을 내리치자 검 끝에서 아지랑이 일렁이듯 흐릿한 형상이 뿜어졌다. 남궁세가가 자랑하는 제왕검형이었다.

"흥!"

을지상이 코웃음을 치며 가볍게 손바닥을 폈다.

이번에는 거대한 장영(掌影) 하나가 허공에 펼쳐졌다. 장영은 남궁강의 검형을 허무할 정도로 쉽게 으깨 버렸다. 그리고도 모자라 남궁강의 신형을 휘감았다.

콰콰콰쾅!

남궁강이 현란하게 검을 저어 장영을 깨부수기 시작했다. 을지상은 뒷짐을 진 채로 여유롭게 그 모습을 내려다볼 뿐이었다.

"크흑!"

장영을 겨우 쳐낸 남궁강이 충격을 이기지 못하고 신음을 토했다. 그리고는 실 끊어진 연처럼 바닥으로 떨어졌다. 남궁설리가 뛰어나가 남궁강의 몸을 부축했다.

천마협 쪽에서는 요란한 함성이 터져 나왔고, 남궁세가와 헌원세가의 무사들은 무거운 한숨을 내쉬었다.

을지상이 천천히 허공을 걸어 내려오며 외쳤다.

"천무협의 용사들이여, 저들을 심판하라!"

"가자!"

"쓸어버리자!"

천마협의 무사들이 우레와 같은 함성을 내지르며 구릉지를 박차고 오르기 시작했다.

반면, 남궁세가를 비롯한 정파 무사들의 얼굴에는 짙은 그늘이 졌다. 을지상이 보여준 경이로운 무공에 투지가 한 풀 꺾인 상태였다.

그때 겨우 숨을 고른 남궁강이 외쳤다.

"물러나라! 우리의 힘으로 될 싸움이 아니다."

"남궁 가주, 비겁하게 달아나자는 게요?"

헌원소가 다급하게 만류했지만 남궁강은 그에 개의치 않았다.

"이런 상황에 명예 따위가 중요하오? 나는 남궁세가의 미래가 더 중요하오이다."

남궁강이 남궁세가의 무사들을 수습해 구릉지 위로 달아나자, 중소문파의 무사들이 급히 그 뒤를 따랐다. 오대세가인 남

결전(決戰)의 날 273

궁세가 물러나는 판에 자신들만 개죽음을 당하고 싶지는 않았다.
 "허어…… 말세로다……."
 헌원소가 고개를 저었다.
 남궁강이 저렇게 후안무치(厚顔無恥; 수치를 모름)한 인간이었던가 하는 생각이 떠올랐지만, 지금은 그걸 따질 계제가 아니었다.
 "우리도 후일을 기약한다!"
 뿌우우, 뿌우우—
 퇴각을 알리는 뿔피리가 길게 울렸다.

제9장
함정 속의 함정

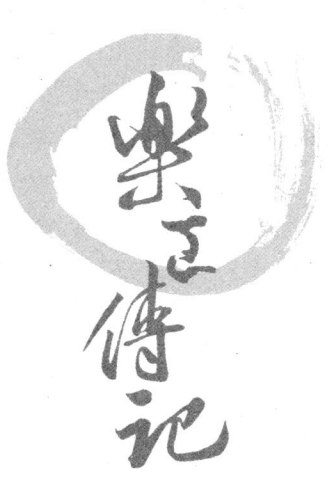

뿌우우, 뿌우우—

하야평 한복판에서 천마협의 2진과 치열한 공방을 벌이고 있던 사마중이 뿔피리 소리를 들었다.

구릉지 위로 능선을 따라 뽀얀 흙먼지가 일고 있었다. 남궁세가의 검은 무복이 줄지어 동쪽으로 달려가는 모습이 보였다.

'남궁 가주가 생각보다 쉽게 꼬리를 말았군. 천마협의 무주가 그만큼 강하다는 증거겠지.'

사마중이 머릿속으로 얼른 상야평의 전황을 그려봤다. 이제 다음 단계로 넘어가야 할 때였다.

함정 속의 함정 277

"퇴각하라!"

그 한 마디에 무림맹의 무사들이 망설이지 않고 뒤로 물러났다. 그렇지 않아도 구릉지에서 들린 퇴각 신호 때문에 내심 동요를 보이고 있던 차였다.

정파의 무사들이 썰물처럼 빠져나간 자리를 천마협이 짓쳐 들어왔다.

이내 사마세가를 필두로 한 2,000여 명의 무사들이 하야평 동쪽 끝으로 밀려나 곳곳에 세워져 있는 나무 기둥 사이로 뛰어 들어갔다.

그러나 천마협은 정확히 그 앞에서 추격을 멈췄다.

무림맹의 무사들도 더 이상 달아나지 않고 그 자리에서 돌아섰다.

여기까지는 정확히 사마중이 예측한 대로였다.

사마중은 과거 오행금쇄진에 당했던 기억 때문에 천마협이 쉽게 진법에 걸려들지 않을 것이라고 내다봤다. 그래서 두 개의 진법을 연달아 매설해놓았다고 설명했다.

지금 무림맹이 들어선 곳은 천마협의 눈을 현혹하기 위해 만들어진 진식이고, 정말로 무서운 진법은 천마협이 멈춰선 곳에 설치돼 있다는 것이다.

사마중은 겉으로 전혀 드러나지 않는 절진이 천마협을 완벽하게 처리해 줄 것이라고 호언장담했다.

스스스슥.

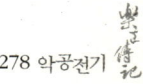

무림맹이 위장 진식에 뛰어들고, 천마협이 공터에 멈춰선 직후 풀이 바람에 스치는 듯한 기묘한 소리가 들리기 시작했다. 그와 함께 뿌연 안개가 삽시간에 피어올랐다.

"오오, 드디어 시작됐군."

화산파 장문인 구유청이 탄성을 흘렸다.

사람들이 웅성거리며 사마세가의 진법에 대해 떠들기 시작했다.

헌데 뭔가 이상했다.

천마협과 무림맹 사이에 펼쳐진 안개의 장막이 바람처럼 흩어져 정파 무림 진영을 뒤덮었다. 다음 순간 무림맹 무사들은 한치 앞도 볼 수 없는 짙은 연무에 휩싸였다. 방향감각이 사라졌고, 기이하게 사지에서 힘이 풀렸다.

구유청은 등골이 서늘해지는 느낌을 받으며 다급하게 소리쳤다.

"사마 가주! 사마 가주, 어디 있소?"

"사마 가주!"

"이게 대체 무슨 일이오?"

십대문파의 장문인들이 애타게 사마중을 찾았다.

그러나 사마세가의 직계 무사 200명을 이끌고 제일 먼저 진법 안으로 뛰어들었던 사마중의 대답은 어디에서도 들리지 않았다.

그때 누군가가 소리쳤다.

"제길, 사마세가 놈들은 다 어디로 간 거야? 어느 놈이든 대답 좀 하라고!"

그 대답도 역시 들을 수 없었다.

그제야 사람들이 사태를 파악했다.

정체를 알 수 없는 진법 안에 십대문파만 남겨진 것이다. 천마협을 함정에 빠뜨리겠다더니 정작 함정에 빠진 것은 바로 자신들이었다.

"이익! 사마중 이 간교한 놈!"

"쳐 죽일 사마세가 놈들!"

무림맹의 무사들이 이를 갈았지만 그것도 잠시였다. 자기 손바닥조차 볼 수 없을 정도로 안개가 짙어지면서 주변의 소음이 사라졌기 때문이다.

바로 조금 전까지만 해도 볼 수는 없어도 바로 옆의 동료와 이야기를 주고받을 수 있었다.

헌데 이제는 아무런 소리가 들리지 않았다. 사방으로 손을 휘저어도 잡히는 사람이 없었다.

혼자가 아닌 줄 알면서도, 결국 혼자 남겨졌다는 불안감이 걷잡을 수 없이 커져갔다.

동료의 이름을 외쳐대던 무림맹의 무사들이 이내 의욕을 잃고 바닥에 주저앉았다.

살고 싶은 생각도 사라지고, 이대로 죽어도 그만이라는 자포자기의 심정뿐이었다. 그리고 안개 속에서 이상한 형상들이 나타났다. 그것이 환영인 줄 알면서도 사람들은 뿌리칠 기운조차 없었다.

그렇게 시간이 얼마나 흘렀을까? 마침내 환영에 이어, 환청까지 들리기 시작했다.

꿈결 같은 노랫소리를 들으며 사람들은 눈을 감았다. 이대로 잠들어 다시는 눈을 뜨고 싶지 않았다.

* * *

대야평의 싸움은 한 시진도 되지 않아 끝이 났다.

구릉지 위에 있던 남궁세가를 비롯한 정파 무사 1,500명이 제일 먼저 달아났고, 2,000명에 달하는 십대문파의 본진은 어이없이 사마세가의 진법에 갇히고 말았다.

천마협의 주력을 따라온 3,000여 명의 사파 무리는 진무궁의 협공을 받고 뿔뿔이 흩어졌다.

천마협이 뒤도 돌아보지 않고 구릉지를 넘어가는 것을 본 사파의 무사들은 자신들이 천마협을 위해 개죽음을 할 필요가 없다는 사실을 깨달았다.

하야평에서 소야장과 사마별가의 저지를 받은 사파 무리도 지리멸렬한 끝에 사방으로 달아났다. 적을 멀찌감치 쫓아낸 소야장과 사마별가의 무사 1,000여 명은 대열을 이뤄 하야평으로 되돌아왔다.

구릉지를 넘은 천마협의 주력은 사마세가의 진법 앞에 정렬해 있는 2진과 합류했다.

그리고 얼마 뒤 2,000명에 육박하는 진무궁의 무사들이 구릉지를 넘어왔다.

이제 하야평은 천룡부에서 갈라져 나온 세 갈래 뿌리, 진무궁과 사마세가, 천마협의 무사들로 가득했다.

"분위기가 좋지 않구나. 이런 식으로 천룡부의 적통을 가릴 생각이었더냐?"

을지상이 사마중을 쏘아보며 말했다.

사마중의 작전에 따라 십대문파를 진법에 가둔 것까지는 일사천리였다. 그리고 십대문파의 시대를 끝내고 천룡부의 시대를 활짝 열었다고 해도 좋았다.

하지만 사마세가와 진무궁의 움직임이 석연치 않았다.

사마세가는 하야평 남쪽에 길게 자리를 잡았고, 둘로 나뉜 진무궁의 무사들은 서쪽과 북쪽에 멈춰 섰다. 동쪽에 사마세가의 진법이 설치돼 있음을 감안하면 진무궁과 사마세가가 천마협을 에워싼 형국이었다.

하야평이 워낙 넓은 탓에 서로의 간격이 50장(150미터) 넘게 떨어져 있기는 했지만, 싸움이 벌어질 경우 별 의미가 없는 거리였다.

진무궁과 사마세가를 합치면 3,000명이 넘고, 천마협의 병력은 2,000명. 정면충돌이 벌어진다면 천마협이 승리를 장담하기는 쉽지 않았다.

을지상은 그것을 보고 사마세가와 진무궁이 딴 마음을 먹은 게 아니냐고 지적한 것이다.

사마중이 비릿하게 웃었다.

"하하, 천마협이 천룡부의 적통을 운운할 자격이나 있는지 모르겠소이다. 천룡부의 금기를 깨고 무저동을 털어간 주제에 말이오."

"놈! 고작 믿을 게 세 치 혀와 간교한 머리뿐이더냐? 무황태제의 유지를 받든다며 골육상잔을 벌인 놈들답구나."

"피차 과거나 따지고 있을 만큼 한가한 처지는 아니라고 보오이다만."

"다 필요 없다. 악소천은 어디 있느냐? 설마 그 늙은이조차 나를 기만한 것이냐? 언제고 도전을 받아주겠다더니!"

을지상이 허이량을 향해 소리쳤다.

허이량이 넙죽 허리를 굽혔다. 누가 봐도 비꼬는 자세였다.

"진무궁주께서는 마인 따위나 상대해 줄 정도로 한가한 분이 아니시오. 그분은 선계로 먼저 떠나셨소. 무주께서도 부디 이 자리에서 그 뒤를 따라주기 바라오."

"푸하하! 가소로운 것들. 악소천이 있어도 나를 어찌지 못할 것인데 고작 머릿수를 믿고 나를 희롱하려 들다니! 내가 오늘 너희를 전부 저 세상으로 보내주마."

을지상이 쩌렁쩌렁 울리는 음성으로 앙소를 터뜨렸다.

천마협과 진무궁, 사마세가를 가리지 않고 무사들이 일제히 두 손으로 귀를 막았다. 을지상의 웃음을 태연하게 받아낼 수 있는 사람은 그리 많지 않았다.

"자, 어느 놈부터 지옥으로 보내줄까?"

을지상이 사마세가를 향해 뚜벅뚜벅 걸어 나왔다.

진무궁에 악소천이 없는 게 확인된 지금, 가장 먼저 손을 봐줄 사람은 사마중이었다.

사마중이 가볍게 손을 들어 을지상을 멈춰 세웠다.

"하하, 내 말이 다 끝나지 않은즉슨, 천천히 들어보시오. 공정하게 천룡부의 적통을 다시 가리자는 약속은 아직 유효하오이다."

을지상이 그 말을 웃음으로 맞받아쳤다.

"푸하하, 적통이 별거냐? 끝까지 살아남는 자가 적통이지."

그때였다.

사마세가의 대열 뒤에서 웃음소리가 들려왔다.

"허허허, 그거 아주 마음에 드는 말이로구나. 암, 끝까지 살아남는 자가 적통이지."

나지막한 노인의 음성이었다.

사람들이 놀란 얼굴로 그 음성이 들려온 곳을 바라봤다.

백발이 성성한 노인이 느릿하게 앞으로 걸어 나오고 있었다.

사마세가의 원로들 사이에서 먼저 탄성이 터져 나왔다.

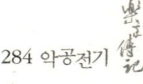

"천모(天謨) 어르신이시다!"

"전대 가주께서 살아계셨다니!"

사마중을 제외하고는 가족들에게까지 자신의 생존을 숨기고 있던 사마광이 드디어 모습을 드러낸 것이다.

진무궁의 사방천군이 놀란 눈으로 허이량을 쳐다봤다.

개화나루 싸움에서 사마세가가 전력을 다하지 않았다는 말을 이제야 헤아릴 수 있었다. 사마세가가 숨겨온 비장의 한 수는 사마중이 아니라, 사마광이었던 것이다.

을지상과 사마광이 지척에서 멈춰 섰다.

"흐흐, 귀신하고 싸우게 될 줄은 몰랐군."

"아이야, 그 말버릇부터 고쳐야겠구나. 내가 양곡에서 네 사부들을 상대할 때 너는 고작 어미젖이나 빨고 있었을 것 같구나."

"푸흐흐 오늘은 네놈 피를 빨아주마."

"쯧쯧, 품성이 엉망이로고. 어찌 그런 천박한 성정으로 천룡의 후예를 자처하겠느냐?"

사마광이 마치 어린 제자를 꾸짖는 듯 엄하면서도 온화한 눈길로 을지상을 바라봤다.

"흥, 영감이나 그 위선의 껍데기를 벗지 그래."

"허허, 내가 약속대로 천룡의 적통을 가리러 이 자리에 나왔으니 너도 싸움에 앞서 한 가지를 약속해 줘야겠구나."

"뭐냐?"

"이 한 판의 싸움으로 모든 걸 끝내자는 말이다."

"푸흐흐, 두말하면 잔소리. 대신 나도 한 가지를 묻겠다. 과거 여씨세가에 승천패를 보낸 건 혹시 영감 짓이냐?"

사마광이 고개를 절레절레 흔들었다.

"허허, 처음 듣는 말이로고. 천마협의 마수에 평생지기를 잃은 원한도 풀지 못했는데 이제 엉뚱한 누명까지 씌우려 드는구나. 어찌 자신들의 죄를 남에게 떠넘기려고 드느냐? 정녕 용서할 수 없는 자들이로다."

을지상이 사마광을 노려보며 외쳤다.

"기어이 피를 봐야겠구나. 덤벼라!"

을지상이 두 주먹을 천천히 들어올렸다. 사마광과의 대화에서 더 이상 얻을 게 없다고 생각했기 때문이다.

사마광이 느릿하게 검을 뽑으며 한 마디를 던졌다.

"수하들이나 치우는 게 어떻겠느냐? 크게 다칠 텐데."

정작 그 말에 가장 먼저 반응을 한 사람은 사마중이었다.

사마중이 번쩍 손을 들어 사마세가의 무사들을 최대한 뒤로 물러나게 했다. 진무궁에서도 사방천군이 자신의 수하들을 일제히 뒤로 이동시켰고, 천마협 또한 알아서 피했다.

5,000여 명이 자리를 옮기느라 잠시 소란이 일었다.

여전히 천마협이 삼면으로 포위를 당한 상태였지만, 천마협이 구릉지 쪽으로 움직이는 바람에 진무궁의 무사들과의 간격이 1장도 되지 않을 정도로 좁혀졌다.

그로 인해 하야평 중앙에 상하와 좌우의 길이가 각각 거의 70장(210미터)에 이르는 거대한 공간이 생겨났다.

*   *   *

"아버님, 어쩌자고 그러셨습니까?"
남궁설리가 근심 가득한 음성으로 남궁강에게 물었다.
대야평의 구릉지에서 허겁지겁 달아나 깊은 숲으로 숨어든 직후였다.
남궁설리는 남궁강의 행동을 도무지 납득할 수 없었다.
무림맹이 측면 지원군으로 남겨둔 병력만 갖고 천마협의 주력을 맞서 싸울 형편이 아니라는 점은 이해할 수 있다. 을지상이 보여준 무공이 가공스럽다는 사실 또한 누구라도 인정할 것이다. 전황이 불리할 경우 후일을 도모하는 일도 병법에서 상책으로 여기는 방법이다.
문제는 대야평에 무림맹의 본진을 남겨두고 달아났다는 점이다. 퇴각을 하더라도 동료들과 함께해야 했다.
헌데 자신의 부친은 뜻밖에도 무조건 퇴각을 명령했다. 그리고 남궁세가의 무사들을 이끌고 도망을 쳤다. 자신이 알고 있던 아버지가 아니었다.
남궁설리는 가슴이 참을 수 없을 만큼 무거웠다. 그리고 참담했다.

이제 강호에서 남궁세가가 어찌 고개를 들고 다니겠는가? 동료를 싸움터에 버려두고 달아난 비겁자가 어찌 명문 정파 노릇을 할 수 있을 텐가?

벌써부터 헌원세가와 중소문파의 사람들이 남궁세가를 바라보는 눈길이 곱지 않았다. 그리고 뒤에서 노골적으로 쑥덕였다.

그들이 무슨 말을 하는지는 듣지 않아도 알 수 있었다. 비겁한 남궁세가가 모든 것을 망쳤다고, 자신들까지 남궁세가 때문에 욕을 먹게 됐다고 비난을 하고 있으리라.

그런 눈치를 뻔히 알 텐데도 남궁강은 너털웃음을 터뜨렸다.

"허허, 어쨌거나 모두 무사하지 않느냐? 살아 있어야 후일을 도모할 수 있는 법이란다."

남궁설리는 그 말이 공허한 변명이라고 생각하면서도 대꾸를 하지 못했다. 마침 헌원세가의 가주 헌원소가 벌겋게 상기된 얼굴로 다가왔기 때문이다.

"남궁 가주! 이게 무슨 망발이오? 나는 죽음을 각오하고 싸우자고 했거늘, 병력을 전부 이끌고 달아나다니! 덕분에 우리 헌원세가마저 고개를 들지 못하게 됐소이다."

헌원소가 불만에 찬 음성으로 소리쳤다. 헌원소는 일부러 목청을 키우고 있었다.

사실 을지상의 무공에 겁을 먹고 도망을 친 건 자신도 마찬가지였다. 그러나 정신을 차리고 보니 자신의 처지가 너무 부끄럽고 비참했다. 누군가에게라도 책임을 전가하지 않고는 견딜 수가 없었다.

다행히도 분명 퇴각을 주도한 건 남궁강이었다. 더구나 단 한 차례뿐이기는 했지만, 자신은 분명 남궁강을 만류하기도 했다.

그러니 이 수치와 불명예는 남궁강의 몫으로 돌아가는 게 백 번, 천 번 옳았다.

중소문파의 문주 몇 사람이 몰려들어 강도 높게 남궁강을 비난했다. 그들의 심정 또한 헌원소와 다르지 않았다.

남궁강은 자신에게 쏟아지는 불만과 비난을 묵묵히 듣기만 했다. 입이 있어도 할 말이 없는 상황이기는 했지만, 남궁강의 불같은 성격을 감안하면 보기 드문 상황이었다.

사람들이 그렇게 한바탕 소란을 피우고 물러나자 남궁설리가 안타까운 표정으로 남궁강에게 다시 다가섰다.

자존심이 구겨질 대로 구겨진 아버지에게 더 이상 잔소리를 할 마음은 남아 있지 않았다.

"아버님…… 기운내세요. 우리 힘으로 천마협의 주력을 막는 건 처음부터 불가능한 일이었어요. 저 사람들도 그걸 알 거예요."

남궁설리가 조심스레 남궁강을 위로했다.

그러나 남궁강의 대꾸는 엉뚱했다.

"조금은 알겠구나. 아무런 변명도 하지 않는다는 게 어떤 기분인지를."

"예?"

남궁설리는 그 뜻을 알아듣지 못했다.

"석 악사 말이다. 무림맹에서 쫓겨날 때 꼭 이런 심정이 아니었을까? 아니, 나야 욕을 먹을 짓을 했지만 그에게 무슨 잘못이 있었다고. 아무리 생각해도 그때 그러는 게 아니었다."

"아버님……."

남궁강은 석도명이 혈제의 전인과 어울렸다는 죄목으로 무림맹에서 쫓겨날 때 그를 변호하지 못한 게 지금까지 마음에 걸리는 모양이었다.

남궁설리로서는 차마 입을 열 수가 없었다. 동생이 물려받을 남궁세가의 장래를 위해 석도명을 먼저 버리자고 한 것은 바로 자신이므로.

그러나 또 한편으로는 의문이 떠올랐다. 부친은 하필이면 왜 지금 이 자리에서 석도명의 일을 새삼 거론한 것일까?

"설리야, 기회가 있다면 한 번쯤은 석 악사를 돕고 싶구나. 이미 신선이 됐다는 그에게 도움이 필요하다면 말이지."

남궁강은 남궁설리의 대꾸도 듣지 않고 어딘가로 발걸음을 옮겼다. 그곳은 남궁세가를 제외한 다른 문파의 사람들이 모여 있는 숲 한복판이었다.

머리를 맞대고 대책을 의논 중인 사람들 사이를 헤치고 들어간 남궁강이 목청을 높여 말했다.

"무림 동도들에게 아뢰오! 내 행동에 대한 비판과 고언(苦言; 쓴소리)은 뼈에 새기겠소. 이 몸은 이제 다시 대야평으로 돌아갈 생각이오. 부디 여러분들이 나와 함께 가주기를 바라오. 이미 늦었다 생각 마시고, 그곳에서 우리가 할 일을 찾아봅시다."

"뻔뻔하구려!"

"싸움이 다 끝났을 텐데 지금 가서 뭘 할 수 있겠소?"

여기저기서 야유 섞인 음성이 터져 나왔다.

"여러분이 어떤 결정을 내리든 나와 남궁세가의 무사들은 싸움터로 갈 것이오. 가서 내가 할 일을 하리다."

남궁강이 그 말을 남기고는 숲을 빠져나갔다.

남궁세가의 무사들이 묵묵히 고개를 숙인 채 그 뒤를 따랐다.

"허참, 이러다가 우리만 비겁자가 되겠소이다."

"그러게 말이오."

남겨진 사람들이 혀를 찼지만, 달리 방법이 없었다.

지금까지 남궁세가를 비겁자로 몰아놓고는 이곳에 남아 있자니 발이 저렸다. 남궁세가가 싸움터로 돌아가서 혹시 작은 공이라도 세운다면 자신들만 두고두고 욕을 먹을 판이었다.

"헌원세가는 대야평으로 갈 것이오."

헌원소가 100여 명에 불과한 헌원세가의 무사들을 불러 모

함정 속의 함정

았다.

잠시 뒤 대야평으로 돌아가는 남궁세가 무사들의 뒤로 긴 대열이 이어졌다. 숲에 남겨진 무사는 단 한 사람도 없었다.

* * *

천룡부의 적통을 가리기 위한 싸움은 을지상의 선공으로 시작됐다.

"천권만영(千拳萬影)!"

수백 개의 권영이 사마광을 향해 폭사됐다.

사마광이 검을 아래로 비스듬히 떨어뜨린 채 좌우로 발을 번갈아 내딛으며 갈지(之)자 걸음을 걸었다. 한 치의 틈도 보이지 않는 빽빽한 권영 사이에서 사마광의 신형이 바람 앞의 촛불처럼 흔들렸다.

을지상의 권영이 떨어지는 곳마다 땅이 뒤집히는 가운데 사마광은 파도를 밟아가듯 뽀얀 흙먼지 위를 위태롭게 떠다녔다.

을지상이 공격을 퍼부어대고, 사마광이 그 주변을 맴돌기만 하는 공방전이 계속 되풀이됐다.

그렇게 시간이 얼마나 흘렀을까?

숨을 죽이고 두 사람의 싸움을 지켜보던 천마협의 무사들 가운데 낮은 한숨이 흘러나왔다.

얼핏 보면 사마광이 수세에 몰린 것 같지만, 실제로 불리한 건 을지상이었다. 아무래도 공격을 퍼붓는 쪽이 공력을 더 심하게 소비할 테니 말이다.

저렇게 무수히 공격을 되풀이하고도 사마광의 옷깃도 건드리지 못했으니 언젠가는 을지상의 내공이 먼저 바닥날 터였다.

반면 사마세가 무사들의 얼굴에는 점점 열띤 기운이 차올랐다.

수십 년 전에 죽은 줄 알았던 전대 가주가 살아서 나타난 것도 놀라웠지만, 천마협의 무주와 팽팽한 접전을 벌인다는 사실이 더 감격적이었다.

개화나루의 싸움에서 사마중이 십대문파를 능가하는 실력을 보여준 데 이어, 사마광이 그보다 더한 실력을 발휘하고 있다. 이제 누가 사마세가를 함부로 볼 수 있겠는가?

악소천이 우화등선을 했다니, 을지상만 꺾으면 사마광이 천하제일인의 자리에 오르게 된다. 그러면 사마세가가 천하제일가가 될 것이다. 그 잘난 십대문파가 사라진 강호에 새 주인으로 군림한다 그 말이다.

주변에서 느낀 것을 을지상이 모를 리 없다. 싸움의 양상을 바꿔야 하겠다는 생각을 하는 게 당연했다.

을지상이 두 손을 태극 모양으로 휘저으며 교차시켰다.

콰르르릉.

천둥소리와 함께 손바닥에서 검은 장영이 쏟아지더니 회오리를 일으키며 날아갔다.

사마광이 그제야 검을 치켜들었다. 몸놀림만으로 피해낼 수 있는 공격이 아님을 깨달았기 때문이다.

사마광의 검이 번쩍 빛을 뿜었다.

까가가강.

을지상의 몸에서 요란한 금속성과 함께 불꽃이 튀었다. 을지상의 몸에서 튕겨져 나간 것은 놀랍게도 10여 자루의 검 아니, 검의 형상을 한 강기였다.

"헛, 심검이닷!"

"오오, 전설의 심검을 보다니!"

사마세가와 진무궁, 천마협을 가리지 않고 사방에서 경악성과 탄성이 흘러나왔다.

사마광이 검을 치켜든 것만으로 을지상의 몸에 검강이 격중됐다. 을지상이 쏘아댄 장영을 뚫고 간 게 아니라, 공간을 건너 뛰어 검강이 출현한 것이다.

생각만으로 원하는 곳에 검을 보낸다는 심검이 아니고서는 불가능한 경지였다.

"허어, 이게 어디 사람의 싸움인가?"

동방천군 문적방이 절레절레 머리를 흔들었다.

심검을 쏜 사마광의 경지는 경악스러웠다. 그러나 그걸 호신강기로 튕겨낸 을지상의 솜씨 또한 상상 이상이었다. 저 감당할 수 없을 것 같은 장영을 뿜어대면서도 심검을 무력화시킬 정도의 내공을 남겨두고 있다는 의미였다.

그러자 문득 떠오르는 의문이 있었다.

'무주는 사마광이 심검을 쓴다는 사실을 알고 있었단 말인가?'

악소천이 자신들을 어린아이 취급했던 게 당연했다는 생각마저 들었다. 그건 천룡부의 절학에 대한 을지상의 성취와 이해가 자신을 훨씬 앞선다는 의미였다.

문적방은 자신이 부끄러웠다. 고작 진무궁주의 장제자 자격을 앞세워 천룡부의 적통을 이으려고 했다니!

문적방만 그런 게 아니었다. 사방천군 넷이 전부 침통한 얼굴로 사마광과 을지상의 일거수일투족에서 눈을 떼지 못했다.

일순 사마광과 을지상 사이에 적막이 찾아들었다.

회오리를 일으키며 날아가던 을지상의 장영은 힘을 잃고 소멸됐다. 심검을 방어하느라 호신강기에 공력을 집중시킨 탓이다.

반면, 사마광은 한 번의 심검을 뿌린 뒤 다시 움직이지 않았다. 을지상이 심검을 막아낼 줄을 몰랐기 때문이다. 그리고 그건 심검이 완벽하지 않음을 뜻했다. 호신강기에 가로막힌다는 건 심검이 검강에 불과할 뿐, 완벽한 심의상인(心意傷人)의 경지는 발휘하지 못했다는 의미다.

"허허, 생각보다 제법이구나."

"푸흐흐, 노인장도 나이 먹은 값을 충분히 하는구려."

사마광을 영감으로 불러대던 을지상의 말투가 조금은 점잖아졌다. 반드시 무찔러야 할 적이지만, 무인으로서 상대의 실력을 인정해 준다는 태도였다.

두 사람이 자세를 고쳐 잡았다. 최후의 한 수를 교환할 순간이었다.

사마광과 을지상의 소매가 팽팽하게 부풀어 올랐다. 두 사람 모두 필생의 공력을 짜내고 있었다.

"무저혈장(無底血掌)!"

앞으로 내뻗은 을지상의 손이 붉게 물들었다. 그리고 손바닥이 빠르게 부풀어 올랐다.

뼈와 살로 이뤄진 손바닥이 부푼 게 아니라, 장영이 손 위에 겹쳐진 상태로 커진 것이다.

붉은 장영은 순식간에 을지상의 몸집보다 다섯 배는 될 듯한 크기로 늘어났다. 그러고도 팽창을 멈추지 않았다.

이름 그대로 끝을 알 수 없는 핏빛 손 그림자 하나가 세상을 전부 덮을 듯한 기세였다.

그 광경을 보고 사마광이 웃음을 터뜨렸다.

"허허, 좋구나, 좋아. 본시 검 하나로 세상을 가득 채우는 것이 유일공이니라."

사마광이 태산 같은 기도를 풍기며 검을 들어 올렸다.

그와 동시에 사마광이 몸 안에서 검 한 자루가 솟았다. 사마광의 검 또한 걷잡을 수 없이 빠르게 커져 종내는 사마광의 신형을 집어삼켰다.

사마광의 말마따나 검 한 자루로 세상을 채우는 것도 불가능할 것 같지 않았다.

"가랏!"

을지상이 무겁게 손을 뻗었다.

어지간한 성채만큼이나 커진 붉은 장영이 앞으로 주룩 밀려나갔다. 장영이 지나가는 자리로 엄청난 소용돌이가 몰아치면서 사방으로 흙과 돌이 날렸다.

멀찌감치 물러나 있던 천마협과 진무궁, 사마세가의 무사들이 두 손으로 머리를 감싸기에 바빴다.

사마광이 그에 맞서 검을 앞으로 찔러 넣었다.

수백 년 묵은 고목을 방불케 하는 거대한 검이 붉은 장영과 충돌했다.

콰앙!

그 순간 엄청난 폭발음과 함께 섬광이 터졌다.

그 바람에 그 누구도 무슨 일이 벌어졌는지를 눈 뜨고 지켜볼 수가 없었다.

다만 사마광의 음성이 들려왔다.

"그 검 한 자루를 지우니 마침내 무일(無一)이로다!"

휘잉.

뽀얀 흙먼지를 헤치며 한 줄기 바람이 불어왔다.

흙먼지 사이로 을지상과 사마광의 모습이 언뜻언뜻 보였다.

사마광은 꼼짝도 하지 않는데 을지상이 천천히 무릎을 꿇었다. 을지상의 복부에서 피가 쏟아졌다.

두 무릎이 꺾인 상태에서도 상체를 꼿꼿이 세우고 있지만, 복부에는 어른 주먹만 한 구멍이 뚫린 상태였다.

을지상은 자신이 공격에 모든 내공을 쏟아 붓는 대신, 전력을 다해 호신강기를 끌어올렸더라도 사마광의 마지막 공격을 막지 못했으리라는 것을 알았다.

그것은 마음만으로 어떤 상대라도 죽일 수 있는 진정한 심검이었다.

을지상이 떨리는 음성으로 말했다.

"크흑…… 이것이…… 무일공인가? 나쁘지 않군……."

사마광이 고개를 끄덕였다.

을지상은 사마세가의 천하를 열기 위해 반드시 죽여야 할 적이었다. 그러나 또 한편으로는 자신이 잠력을 전부 짜낼 수 있게 해준 호적수이기도 했다.

"와아!"

사마세가에서 떠나갈 듯한 함성이 터졌다.

진무궁의 무사들은 크게 기쁘지도, 그렇다고 절망적이지도 않았다.

일말의 패배감은 떨칠 수 없었지만, 그래도 무황태제 이후 처음으로 무일공을 성취한 절대강자와 함께 천룡의 후예로 살아가는 건 그리 나쁜 일이 아니었다.

반면 천마협의 무사들 사이에는 죽음보다 더한 침묵이 찾아들었다.

자신들의 운명이 오로지 사마광의 처분에 달려 있었다. 그리고 그것이 별로 우호적이지 않을 것임은 굳이 물을 필요가 없었다.

사마광의 승리가 확인되는 것과 동시에 사마중이 사마세가의 무사들을 앞으로 이동시켰다. 진무궁의 무사들도 그에 맞춰 움직이기 시작했다.

사마광과 을지상이 싸울 공간을 만들어주느라 벌어져 있던 간격을 좁히기 위해서였다.

북쪽을 막고 있던 진무궁의 무사들과 바싹 붙어 있던 천마협의 무사들이 서서히 벌판 중앙으로 걸음을 옮겼다. 그곳에는 을지상이 이제 싸늘한 시체가 되어 쓰러져 있었다.

최후를 맞아야 한다면 무주와 함께 가겠다.

천마협 무사들은 그런 생각을 품었다. 그 행렬의 제일 앞에서 환상요희가 달려 나와 을지상의 시체를 부둥켜안았다.

이윽고 하야평 한가운데 천마협을 두고 진무궁과 사마세가가 삼면을 에워싸는 형태가 복구됐다.

사마광이 천마협의 무사들을 향해 천천히 입을 열었다.

"내가 이제 천룡의 시대를 열겠노라. 황제라고 한들 천룡부의 부활을 막지 못할 것이다."

사마세가와 진무궁의 진영에서 뜨거운 함성이 터졌지만, 사마광이 손을 들어 제지했다.

"허나 그대들에게 천룡부의 이름을 따를 자격이 있는지는 심히 의문스럽다. 선조들이 금지한 금단의 무공에 손을 대고, 마도의 길로 들어섰기 때문이다. 더구나 그대들은 천룡의 후예인 여씨세가에 난입해 남녀노소를 가리지 않고 참혹한 학살을 저질렀다. 내 어찌 그대들의 죄를 그냥 두고 보겠는가?"

천마협의 무사들에게선 한숨소리조차 들리지 않았다.

드디어 사마광의 입에서 결국 최후의 통첩이 떨어졌다.

"내가 그대들에게 허락할 수 있는 것은 천룡의 후예답게 죽을 수 있는 기회뿐이다. 위선과 거짓으로 똘똘 뭉친 가증스런 십대문파가 저곳에 갇혀 있다. 강호의 새로운 질서를 위해 반드시 제거해야 할 쓰레기들이자, 천마협의 원수이기도 한 저들을 그대들에게 맡기겠노라. 달려가 저들을 처단하라!"

사마광이 손을 들어 동쪽을 가리켰다.

뿌연 안개가 가득한 그곳에는 바로 사마세가의 진법이 펼쳐져 있었다. 그리고 그 안에는 십대문파의 주력이 고스란히 갇혀 있다.

그 안으로 들어가 십대문파의 무사들을 죽이라는 사마광의 명령은 사실상 자살을 권유한 것이었다. 진법에 갇히면 다시는 빠져나올 수 없다는 것을 천마협의 무사들조차 알고 있었다.

그리고 그것이 오늘의 결전을 마무리 짓기 위해 사마광이 준비한 최후의 계책이기도 했다.

천마협이 십대문파를 전멸시켰고, 사마세가가 천마협을 무찔러 그 원수를 갚았다.

세상 사람들은 그 소식을 듣게 될 예정이었다.

사마세가가 이끌 천룡부는 십대문파를 몰살시킨 존재가 아니라, 천마협의 마수에서 천하를 구한 영웅으로 존재해야 했다.

누가 따로 시키지도 않았는데 천마협의 무사들이 일제히 동쪽을 향해 돌아섰다.

어려서부터 패도적인 성정으로 길들여진 사내들이다. 승자의 권리를 행사하는 데 주저함이 없는 것처럼, 패자의 운명을 받아들이는 법도 잘 알았다.

싸우다 죽어야 할 운명이라면 가증스런 십대문파와 싸우자. 이왕이면 천룡부의 부활에 밑거름이라도 되자.

그런 결의를 세운 것이다.

천마협의 무사들이 막 걸음을 떼려는 순간이었다.

"아냐, 이건 아니라고!"

"그렇지. 밝힐 건 밝혀야 한다."

천마협의 대열 한쪽 구석에서 불만스런 음성이 터져 나왔다.

주변의 시선이 일제히 그쪽으로 쏠렸다. 대열을 헤치며 여덟 사람이 걸어 나왔다.

사마세가의 무사들이 사내들을 향해 야유를 퍼부었지만 당사자들은 전혀 개의치 않는 표정이었다.

정작 얼굴이 굳어진 사람은 따로 있었다.

"허어."

사마세가의 가주 사마중이 사내들의 얼굴을 가장 먼저 알아봤다. 사마중은 놀라서 입을 다물지 못했다.

제10장
각주구검(刻舟求劍)

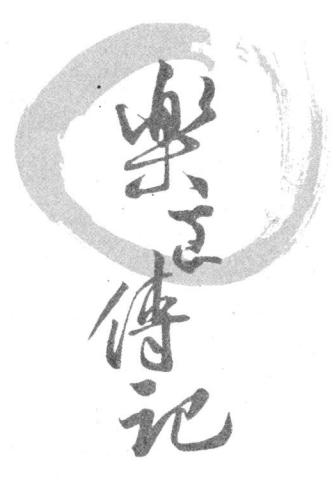

종남파 무형칠검사 추헌은 꿈을 꾸었다.

그 꿈이 언제부터 시작됐는지는 잘 기억나지 않았다. 다만 종남파 제자로 입문해 약관의 나이에 무형칠검사가 되기까지 고되지만 가슴 벅찬 나날들이 한순간에 아스라이 스쳐갔다.

꿈속에서 추헌은 언제나 당당했고, 행복했다. 세상에 자신을 따라올 자는 없을 것만 같았다.

그런데 갑자기 주변의 풍경이 바뀌었다. 추헌은 어느새 종남산을 떠나 무림맹에 와 있었다. 십대창룡들과 어깨를 나란히 하고 있건만 마음은 참을 수 없이 불쾌했다.

추헌은 자신이 누군가를 향해 화를 내고 있는 모습을 보았다.

상대는 보잘 것 없는 옷차림, 유약하기 짝이 없는 외모의 젊은 청년이다. 한 주먹거리도 되지 않을 녀석이 여인들의 비호를 받으며 자신에게 꼬박꼬박 말대꾸를 해댄다. 게다가 자신이 남몰래 연정의 불꽃을 태우고 있는 꽃다운 여인마저 놈을 감싸고 있다.

추헌은 생각했다. 저 재수 없는 놈을 밟아버리겠다고.

하지만 청년은 밟아도, 밟아도 무너지지 않았다. 오히려 무섭게 커지기만 했다. 어느새 거인이 된 청년이 저 위에서 자신을 가련하다는 듯이 내려다보고 있었다.

저놈을 꼭 혼내줘야겠다고 발버둥을 쳐보지만 왜소한 자신의 발길질은 거인의 무릎에도 닿지 않는다.

추헌은 슬프고 외롭고 초라했다. 이렇게 아무것도 아닌 존재로 살 바에야 차라리 죽는 게 낫겠다는 처절한 패배감이 가슴을 갈가리 찢었다. 분노가 살기를 부르고, 살기가 스스로의 목을 조르기 시작했다.

추헌은 터져버릴 것 같은 광기에 휘말렸다. 죽자, 죽자, 죽자. 누군가가 달콤하게 속삭였다.

추헌이 손을 치켜들었다. 이 손으로 치욕스런 삶을 끝내리라. 공력이 잔뜩 실린 주먹이 제 이마를 향해 떨어졌다.

움찔.

제 손으로 머리를 부수기 직전 추헌이 가볍게 몸을 떨었다.

뭔가가 죽고 싶은 마음을 가로막고 있었다. 그것은 노랫소리였다.

> 천리길에 붉은 구름 가득하고 해마저 저무네.
> 찬바람이 기러기를 거스를 제, 흰 눈이 어지러이 날리누나.
> 그대 가는 길에 친구 없음을 근심하지 말라.
> 천하에 뉘돌 차마 그대를 몰라봐주랴.
>
> 千里黃雲白日曛 北風吹岸雪紛紛
> 莫愁前路無知己 天下誰人不識君

제 목숨을 끊으려 했던 추헌의 손이 힘을 잃고 축 늘어졌다.

추헌은 알았다. 자신을 고통스럽게 하는 이 끔직한 기분의 실체를.

외로움.

주변에 따르는 사람은 많건만 자신을 진심으로 걱정해 줄, 험하고 먼 길을 마다하지 않고 같이 가줄 그런 친구가 하나도 없었다. 아니, 스스로 누구에게 친구가 되어준 적이 없었다.

추헌은 긴 여운과 함께 슬픈 꿈에서 깨어났다.

한치 앞도 볼 수 없는 짙은 안개 속에 홀로 주저앉아 있었다. 아무것도 보이지 않고, 들리지 않는 주변의 풍경이 너무 몽롱해서 여전히 꿈인지 현실인지를 알 수 없었다.

그때 안개를 헤치고 누군가가 다가왔다. 평생의 외로움을 한꺼번에 맛보고 있던 터라, 추헌은 그 사람이 너무 반가웠다.

"나와 함께 갑시다."

그가 추헌에게 손을 내밀었다.

상대는 놀랍게도 추헌이 그렇게 미워하고 시기했던 꿈속의 청년, 바로 석도명이다. 추헌은 가슴 속에 여러 가지 감정이 뒤섞여 아무것도 할 수 없었다.

석도명이 추헌을 향해 한없이 따스한 미소를 지었다. 그 미소가 추헌의 부끄러움과 망설임을 깨끗이 녹였다.

추헌이 손을 뻗어 석도명의 손을 잡았다. 그 순간 석도명의 형상이 안개 속으로 스르르 사라졌다.

"아직도 꿈을 꾸고 있는 건가?"

추헌이 나지막이 중얼거렸다.

기이하게 가슴은 후련하고, 머리는 맑아졌다. 사방은 여전히 짙은 안개 속인데 주변에서 낮은 한숨이 들려왔다. 추헌은 그제야 자신이 진법에 갇혔고, 혼자가 아니라는 사실을 깨달았다.

안개는 걷히지 않았지만, 진법은 작동을 멈춘 상태였다. 사방에서 사람들이 다가왔다. 십대문파의 동료들이었다.

'석 악사, 그대가 또 나를 살렸소?'

추헌은 왠지 조금 전에 만난 석도명의 모습이 지워지지 않았다. 어쩌면 분명히 그가 다녀갔을지도 모른다는 생각이 들었다. 석도명이 아니고서는 사람의 마음을 흔드는 그런 노래를 불러줄 사람이 있겠는가?

　　　　　*　　　*　　　*

 "허허, 가소롭구나. 명예롭게 죽을 용기도 없는 자들이 무슨 배짱인고?"

 사마광이 자신 앞에 버티고 선 여덟 사람을 보며 웃었다. 한마디로 어이가 없었기 때문이다. 다 끝난 싸움에 시비를 걸고 나선들 무슨 소용이 있겠는가? 그것도 고작 한줌도 되지 않는 숫자로.

 "십대문파를 몰살시키는 것이 명예로운 일이 될 수는 없는 법이지요."

 사내 가운데 하나가 머리에 쓴 두건을 벗었다. 삭발한 머리가 그의 신분이 승려임을 알려주었다.

 그의 법호는 성목이었다.

 "어제까지만 해도 우리는 한편이었건만, 사마세가가 무림동도를 상대로 이렇게 더러운 함정을 팔 줄은 몰랐소. 당신의 무공이 하늘을 찔렀다한들 남궁세가는 이를 좌시하지 않을 것이오."

 성목 옆에서 날카롭게 쏘아 붙인 사람은 남궁호천이다.

 사마광으로서는 처음 보는 얼굴이지만, 사마중을 비롯한 사마세가의 무사들 가운데 꽤 많은 사람이 성목과 남궁호천을 알고 있었다.

 어디 그뿐인가? 금강대 출신의 송필용을 비롯해 육도해, 공택 등도 무림맹에서는 제법 알려진 얼굴이다.

보다 못한 사마중이 앞으로 나섰다.

"어찌…… 그대들이 천마협의 무리와 함께 있는가?"

"사마 가주! 이제야 마각을 드러냈구려. 정말 실망이외다."

송필용이 대답 대신 사마중에게 호통을 쳤다.

여운도와 사마중을 믿고 청춘을 무림맹에 바친 사람으로서 그가 느끼는 배신감은 작지 않았다.

그러나 사마중은 그 말이 귀에 들어오지 않았다.

이들이 이렇게 태연히 모습을 드러낸 것은 믿는 구석이 있기 때문일 것이다. 그 해답이 될 수 있는 사람은 오직 석도명이다.

그 의문에 대한 대답이 들려온 것은 바로 그때였다.

필리리이.

가느다란 피리 소리가 바람을 타고 날아들었다.

살벌한 싸움터에 어울리지 않는 그 맑은 소리에 사람들의 고개가 일시에 돌아갔다.

피리 소리는 하야평 동쪽, 바로 사마세가가 진법을 쳐놓은 곳에서 났다.

두터운 안개 장벽 위로 누군가가 피리를 불며 허공을 걸어오고 있었다.

'저자가 어찌 살아났을꼬?'

그 누구보다 놀란 사람은 사마광이었다.

"헛, 사광 현신이다!"

"아아!"

석도명을 알아본 사람들이 일제히 술렁였다.

조금 전까지 승리의 기쁨에 도취돼 있던 사마세가의 무사들 사이에는 짙은 그늘이 드리워졌다.

그동안 사마세가와 긴밀하게 지내온 석도명이지만, 십대문파를 몰살시키는 일에 힘을 보탤 것 같지는 않았다. 아니, 그간의 행태를 보건대 석도명은 분명 사마세가, 더 나아가 천룡부의 걸림돌이 될 존재였다.

사마광이 노골적으로 달갑지 않은 표정을 지었다.

"허어, 참으로 질긴 아이로구나. 아직까지 살아 있다니."

석도명이 사마광으로부터 10여 장 정도 떨어진 곳으로 걸어 내려오며 대답했다.

"하늘이 지켜보고 있거늘, 하늘의 도를 따르는 자가 어찌 악인의 손에 죽겠소?"

"허허, 어린것이 교만하구나. 감히 하늘을 사칭하다니. 너의 기준으로 선악을 판단하지 말거라."

"선악의 판단은 하늘에 맡긴다고 칩시다. 그러나 나와 식음가가 당신에게 받은 것은 반드시 돌려줘야겠소."

석도명이 사마광에게 뭔가를 던졌다.

소리 없이 날아가 사마광의 손에 쥐어진 물건은 승천패였다. 노산에서 그 물건을 석도명에게 건넸던 노인의 정체가 바로 사마광이었다.
 "그래서 너 혼자 무엇을 할 수 있을 것 같더냐?"
 사마광은 여유를 잃지 않았다.
 노산에서 동굴이 무너지는 바람에 끝마무리를 깔끔하게 하지 못한 것은 조금 아쉬웠지만, 대세를 바꿀 만한 실수는 아니었다.
 석도명이 자신의 죄에 대해 무슨 이야기를 떠들더라도 그 말에 귀를 기울여줄 사람은 한 줌에 지나지 않는다. 증거도 없고. 더구나 무일공을 성취한 지금 무엇이 두렵겠는가?
 "어찌 내가 혼자라고 생각하시오?"
 석도명이 사마광 못지않게 여유로운 태도로 물었다.
 성목과 송필용 등이 우르르 달려가 석도명 뒤에 버티고 섰다. 석도명이 결코 혼자가 아님을 보여주겠다는 듯이.
 "푸하하, 한 명이나 아홉 명이나 거기서 거기 아니더냐?"
 "글쎄올시다. 아홉 명보다는 조금 많은 것 같소만."
 석도명이 느릿하게 손을 저었다.
 휘이이잉.
 서쪽에서 세찬 바람이 불어와 벌판을 쓸고 지나갔다. 동쪽 편에 자욱하게 피어올라 있던 안개가 그 바람을 타고 천천히 흩어졌다. 석도명에 의해 진법이 멈춘 뒤라 안개가 바람을 거스를 수는 없었다.
 그리고 그 속에서 수천 명의 사람들이 걸어 나왔다. 진법에 갇혀 있던 십대문파의 정예 2,000명이 고스란히 나타난 것이다.

그게 끝이 아니었다.

"와아!"

구릉지 위에서도 함성이 터졌다.

천마협에 쫓겨 달아났던 남궁세가와 헌원세가를 비롯한 1,500명의 병력이 능선을 따라 모습을 드러냈다.

사마광과 사마중 부자의 얼굴이 험하게 일그러졌다.

십대문파를 몰살시키고 그 책임을 천마협에 떠넘기려던 계책이 송두리째 허물어지다니! 그것도 단 한 사람에 의해서.

이제 사마세가가 천하의 신망을 얻으며, 강호의 구원자로 떠받들어지기는 어려웠다. 아니, 정파의 가면을 쓰고 십대문파를 농락하려 했다는 오명을 덮어 쓰기 십상이었다.

사마광이 씁쓸하게 물었다.

"처음부터 내 정체를 알고 있었던 것이냐?"

"그랬다면 당신에게 칼을 맞지는 않았을 게요. 다만, 무공을 본 뒤에는 확실히 알았소. 당신이 천룡부의 후예라는 것을. 진무궁도 아니고, 천마협도 아니라고 하고……, 남는 건 오직 사마세가뿐이더이다."

"뭐라고? 설마……."

그 말은 사마광에게 적잖은 충격이었다.

석도명이 천룡부에 대해서 알고 있는 것 자체가 놀라웠다. 하지만 그보다 더 놀라운 건 자신의 무공을 단박에 꿰뚫어봤다는 사실이다.

 평생을 숨어서 갈고 닦은 천룡부의 무공을 누군가에게 펼쳐 보인 건 석도명이 처음이었다. 헌데 석도명이 그것을 알아봤다. 천룡부의 무공, 그것도 무황태제의 무공에 대해 알지 않고서는 불가능한 일이다.

 "나는 청공무제의 유지를 받들었소. 또한 진무궁주가 전해 준 것도 있고. 어쩌다 보니 내 손 안에 셋이 있소."

 사마광과 사마중 부자는 물론, 허이량과 사방천군이 석도명의 말을 알아듣고는 입을 다물지 못했다.

 무황태제의 절학이 담긴 4경 가운데 셋을 석도명이 갖고 있을 줄이야!

 사마광은 화가 났다.

 자신의 치부를 알고 있는 석도명이 살아 있는 것도 짜증스러운데, 무황태제의 무공비급까지 넘봤다니 도저히 용서할 수 없었다.

 "이놈!"

 사마광의 검이 빛을 발했다.

 그리고 공간을 뛰어넘어 심검이 쏘아졌다. 환영처럼 갑자기 나타난 검이 석도명의 심장과 복부, 팔다리를 꿰뚫었다. 열 자루가 넘는 검을 꽂은 석도명의 모습은 고슴도치 같았다.

 석도명과 사마광의 대화를 지켜보고 있던 무림맹 진영에서 다급한 비명이 터져 나왔다. 어찌해 보기에는 너무 창졸간에 벌어진 일이었다.

그때 석도명이 아무 일도 없다는 듯이 옆으로 한 걸음을 움직였다. 십여 자루의 검을 허공에 남겨두고서 석도명의 몸만 빠져나왔다. 석도명의 육신이 연기로 이뤄지지 않고서야 있을 수 없는 일이었다.

사마광의 검이 재차 빛을 뿜었다. 심검이 석도명의 몸을 꿰뚫고, 석도명이 아무 일도 없다는 듯이 또 한 걸음을 옮겼다.

목숨을 잃은 줄 알았던 석도명이 연달아 사마광의 불가사의한 공격을 피해내자 무림맹 무사들이 목청을 다해 함성을 내질렀다.

"와아! 제천대주 만세!"

"과연 사광 현신이다!"

사마광은 어이가 없었다.

을지상처럼 호신강기로 튕겨냈다면 이해를 했을 것이다. 아니, 노산에서 봤듯이 평범한 피와 살로 이뤄진 석도명의 육신은 검이 꽂히는 순간 피떡이 되어야 마땅했다.

더구나 지금 자신이 구사한 심검은 호신강기조차 뚫을 수 있는 진짜 마음의 검이었다.

"어, 어떻게……."

"그런 식으로는 절대로 나를 어쩌지 못할 거요. 당신은 내가 어디 있는지를 알지 못하니까."

"그게 무슨 해괴한 소리더냐? 너는 분명 내 앞에 있거늘."

사마광은 어느새 팔을 늘어뜨린 채 석도명의 입에 온 신경을 모으고 있었다. 석도명이 무슨 재주로 심검을 피해냈는지 궁금해서 미칠 지경이었다.
　"각주구검(刻舟求劍)이란 말을 아시오? 당신이 지금 그 바보 노릇을 하고 있소."
　"허어……."
　사마광이 탄식을 내뱉었다.
　각주구검. 배에 표시를 해놓고 검을 찾는다는 이야기다. 옛날 어떤 바보가 배를 타고 가다가 강물에 칼을 빠뜨렸는데, 자신이 서 있던 난간에 표시를 해놓았다고 한다. 배가 나루에 도착한 다음, 그 표시가 돼 있는 곳에서 물에 들어가 칼을 찾겠다는 이유에서다.
　한 마디로 바보짓이란 말이다.
　명백한 놀림이었지만 사마광은 그 말에서 알 수 없는 현기(玄機)를 느꼈다.
　그것은 분명 시간과 공간의 흐름에 관한 비유였다.
　사마광의 어리석음을 일깨우려는 듯 석도명의 설명이 계속됐다.
　"당신은 내 모습을 눈으로 본 뒤 내가 어디 있는지를 알았을 게요. 그리고 그곳으로 마음의 검을 겨눴을 테고. 물론 내가 그 자리에 그냥 서 있었다면 분명 그 검에 찔려 죽었을 것이오. 하지만 내가 그 자리에 서 있는 게 아니라, 시간의 흐름을 타고 쉼 없이 움직인다면 어떻겠소? 당신이 나를 봤다고 느낀 순간, 당신 앞에 서 있는 나는 이미 당신이 본 내가 아니오. 그것은 오직 당신이 나를 처음 본 순간, 그 찰나 시간을 잠시 스쳐간 나일뿐이니까. 그러니까 당신의 검으로 죽일 수 있는 건 당신이 검을 쏘아내기 전의 나이지, 당신이 죽이고자 하는 내가 아니라는 말이오. 배가 강물을 따라 흘러가듯, 우리의 존재도 시간을 따라 변해 가는데 어찌 뱃전만 보고 있소? 그 이치를 모르고서 어찌 무일공을 이뤘다 할 것이오?"

"그러면…… 네가 노산에서 살아난 게 무일공 덕분이란 말이냐?"

사마광의 눈에서 시퍼런 살기가 줄기줄기 쏟아졌다.

석도명에게서 무일공의 오의에 대해 훈계를 듣고 있노라니 피가 거꾸로 흐르는 것 같았다.

그러나 석도명이 무일공에 대해 자신이 알지 못하는 경지에 접근했다는 사실은 부정할 수 없었다. 석도명이 절대로 살아날 수 없을 것 같았던 노산의 동굴을 빠져 나온 비결이 시공에 관한 이야기에 담겨 있는 게 분명했다.

"솔직히 말하리다. 나는 아직도 무일공이 무엇인지를 모르겠소. 다만 당신의 도움에 힘입어 무황태제가 어떤 길을 갔는지는 조금 엿보게 된 것 같소. 하하, 어쨌거나 내겐 무일공이 필요 없다오."

주악천인경을 통해 관음의 경지를 연 석도명은 천하 자연의 기운을 있는 그대로 보고, 또 그 기운과 감응할 수 있었다.

거기에 시공의 흐름에 대한 실마리를 던져준 사람은 악소천이었다. 그리고 4경에 담긴 무황태제의 가르침이 석도명에게 존재에 관한 새로운 안목을 열어줬다.

노산의 동굴에서 사마광의 검을 맞고 추락하던 그 절박한 순간에 석도명은 삼라만상에 담긴 변화, 즉 시간과 공간에 대한 깨달음을 얻었다. 석도명의 팔이 기의 실타래와 함께 바위 속으로 들어간 것은 자신의 의지로 존재의 시공적인 한계를 뛰어넘은 결과였다.

그 갑작스런 깨달음에 놀라 처음에는 바위와 충돌하고 말았지만, 바닥에 닿기 직전 반대편 봉우리로 뚫고 나올 수 있었던 것이다.

"조금만, 조금만 더 이야기해다오."

사마광은 어느새 석도명에게 깨달음을 구걸하고 있었다. 자신이 식음가의 식솔들을 몰살시킨 흉수라는 사실조차 잊은 듯했다.

"당신은 선계가 정말로 하늘에 있다고 믿으시오? 그러면 뭐 하러 도를 닦겠소? 차라리 뒷산에 올라가 나무를 베어 하늘에 닿을 수 있는 긴 사다리나 만들 일이지. 아무리 높이 올라가도 선계에 다다르지 못하고, 반대로 땅을 깊이 판다고 지옥에 떨어지는 게 아니란 말이오. 진정한 선계는 모든 집착을 버린 자유로운 마음으로만 갈 수 있는 곳이오. 하늘이 왜 인간에게

100년도 살지 못하는 덧없이 짧은 시간과 어디로도 갈 수 없는 헛된 육신을 주었겠소? 시간과 공간의 한계를 넘어 마음이 머무는 곳 거기가 바로 선계인 것이오. 이 부질없는 세상과 삶에 매달려 인간으로서의 신의를 저버리고, 타인을 기만하며 살아온 당신의 일생이 곧 지옥임을 왜 모르오?"

"……."

석도명의 따가운 질책에 사마광은 고개를 푹 숙인 채 아무런 대꾸도 하지 못했다.

아니, 이 자리에 있는 수천 명의 사람이 모두 꿀 먹은 벙어리일 뿐이었다. 말끝마다 도를 내뱉으면서 실제로는 다르게 살아온 자신들의 삶이 새삼 부끄러웠기 때문이다.

무겁고 불편한 침묵이 하야평의 넓은 들판을 오래도록 짓눌렀다.

"크흐흑, 크흐흑……."

사마광의 어깨가 들썩였다. 그리고 울음인지 웃음인지를 알 수 없는, 짓눌린 목울대에서 새어나온 괴성이 들렸다.

사마광이 고개를 번쩍 쳐들고 석도명을 노려봤다.

"푸허허, 고마운 가르침이로고. 시간 위를 흐른다고? 어디 이것도 받아 보아라!"

그 말과 동시에 사마광이 검을 치켜들었다.

우우웅.

기묘한 떨림과 함께 사마광의 신형이 둘에서 넷으로, 넷에서

각주구검(刻舟求劍)

여덟으로, 여덟에서 열여섯으로 갈라졌다. 공간을 분할해 자신의 몸을 늘리는 면면발이(綿綿發異)의 수법이 펼쳐진 것이다.

개화나루의 싸움에서 사마중이 자신의 몸을 두 개로 늘리는 것에 그친 반면, 사마광의 신형은 끝없이 갈라지고 또 갈라졌다. 사마광은 자신이 더 이상 육체의 한계에 얽매이지 않게 됐음을 알았다. 악소천의 심득을 고스란히 간직한 상태에서 석도명의 말이 또 다른 깨우침을 열어준 덕분이었다.

어느새 수천, 수만 개를 헤아릴 정도로 늘어난 사마광의 신형이 석도명을 에워싸고 빙글빙글 돌기 시작했다. 사마광의 숫자가 너무 많아서 밖에서는 석도명의 모습이 전혀 보이지 않았다.

번쩍.

수백, 수천 개의 사마광이 일제히 빛을 뿜었다.

번쩍, 번쩍.

수천, 수만 개의 검이 석도명의 몸에 꽂혔다.

사마광의 공격은 거기서 끝나지 않았다.

또다시 사마광의 검에서 빛이 터지면서 수만 개의 심검이 작렬했다.

사마광의 공격이 거듭되면서 태연하게 서 있던 석도명의 몸도 조금씩 흔들리기 시작했다.

겉으로 보기에는 똑같은 공격을 퍼붓는 것 같지만, 사실은 시간을 분할해 서로 다른 공간에 검을 쏟아내고 있었다. 그 바람에 시간의 흐름을 타고 있던 석도명의 몸이 매순간 부서져 나가고 있었다.

눈으로 석도명의 위치를 잡아낼 수 없다면, 석도명이 움직일 수 있는 시간의 틈을 전부 검으로 메워 버리겠다는 것이 사마광의 속셈이었다.

그리고 석도명의 몸이 흔들린다는 것은 심검을 피할 수 있는 시간의 틈이 점점 좁혀지고 있다는 뜻이었다.

사마광이 광기 어린 음성으로 외쳤다.

"어디로도 갈 수 없는 헛된 육신이라 했더냐? 오냐, 그 육신으로 막아보란 말이다!"

더는 늘어날 수 없을 것 같았던 사마광의 몸이 다시 갈라졌다.

석도명을 둘러싼 포위망이 두 겹, 세 겹, 네 겹으로 불어났다.

번쩍.

또 한 번의 섬광이 터졌다. 이번에는 족히 수십만 개는 될 것 같은 엄청난 숫자의 검이 석도명에게 쏟아졌다. 검이 아니라, 검의 장벽이 석도명을 덮쳤다고 하는 게 옳았다.

그때 석도명이 발을 굴러 하늘로 솟아올랐다. 더 이상 제자리에서 버틸 재간이 없었기 때문이다.

콰콰콰쾅.

석도명의 발아래서 검과 검이 맞부딪치며 요란하게 터져 버렸다.

"흥, 고작 위로 뛰었더냐? 얼마든지 상대해 주마."

사마광이 코웃음을 치며 허공으로 뛰어올랐다.

그림자인지, 실물인지 구분이 가지 않는 이제는 수만 명으로 늘어난 사마광이 석도명을 쫓아가며 허공에서 수십만 개의 검을 뿜어대는 광경은 놀라웠다. 천신이 천군을 이끌고 강림한다면 저런 모습이 아닐까 싶었다.

석도명이 족히 100장(300미터)은 되고도 남을 높이에서 멈춰 섰다.

그 모습을 본 사마광이 속도를 늦춰 느릿하게 떠올랐다. 사마광으로서는 최후의 한 수가 될 공격을 준비 중이었다.

사마광의 몸과 검이 동시에 금빛으로 물들었다.

석도명이 그 광경을 내려다보며 공중에서 좌정을 하고 앉았다. 때마침 하늘을 떠가던 조각구름이 뒤쪽에 걸쳐지는 바람에 마치 구름에 올라탄 듯했다.

석도명이 두 손을 들어 조용히 피리를 입에 물었다. 아니, 피리를 무는 자세를 취했을 뿐 손에는 아무것도 들려 있지 않았다.

우웅, 우웅.

사마광의 검이 심상치 않은 울음을 토해냈다.

"가라!"

사마광이 석도명을 향해 힘차게 검을 찔렀다. 다음 순간 하늘이 온통 사마광의 검으로 가득 찼다. 수를 센다는 게 무의미할 정도였다.

그때 석도명이 피리를 불 듯 가볍게 숨을 내뿜었다.

「옴 도로도로 지미 사바하! 오방(五方) 내외의 신들이 안위(安慰)할지이다!」

목을 빼고 하늘을 올려다보고 있던 모든 사람들이 허공에서 석도명의 음성을 들었다.
 말로 행해진 게 아니었다. 전음의 수법 같은 것도 아니었다.
 석도명의 마음에서 생각이 일어난 순간, 모든 사람들이 귀로 듣는 것처럼 그 말을 알아들었다. 마음으로 뜻이 통하는 경지가 펼쳐진 것이다.
 고오오오오.
 난생 처음 듣는 기이한 소리와 함께 세상이 암흑으로 물들었다.
 하늘이 사라지고, 땅이 사라진 것 같았다.
 하지만 그 순간 수를 헤아릴 수 없는 사마광의 검이 빛을 발하며 석도명의 몸에 꽂혔다. 고슴도치보다 더한 꼴이 된 석도명의 모습은 검에 가려 아예 흔적조차 남지 않았다.
 석도명이 무엇을 하려던 것인지 알 수 없지만, 아무래도 한 발 늦은 모양이었다. 석도명이 멀쩡할 것이라고 믿는 사람은 없었다.
 "와아! 사마세가 만세!"
 사마세가의 무사들 가운데 성미 급한 사람들이 환호성을 질렀다.
 그건 너무 성급한 반응이었다.
 석도명이 떠 있던 자리에서 누군가가 검을 헤치고 일어섰다. 한 사람, 또 한 사람, 그리고 또 한 사람……
 누구는 피리를, 누구는 공후를, 또 다른 누구는 비파를 들었다.
 하늘을 올려보던 사람들이 하나같이 전율을 금치 못했다.
 "처, 천인이다……"
 "아니, 저건 천신이야."
 그 모습은 분명 전설로 듣고, 상상으로나 그려보던 천인이요, 천신이었다.
 정말로 석도명이 오방의 신들을 불러냈단 말인가?
 천인들이 일제히 손을 움직여 악기를 연주했다.
 아름다운 선율이 들릴 것이라는 기대와는 달리, 아무 소리도 들리지 않았다. 다만 한 가닥 바람 같은 음유한 파동이 둥글게, 둥글게 퍼졌다.
 분명 악기 소리이건만 사람들의 눈에는 색을 띠지 않은 투명한 빛이 그 파동을 타고 번져 나왔다.
 석도명의 몸을 고슴도치로 만든 뒤에서 쉬지 않고 날아가 꽂히던 사마광의 심검이 그 음유한 파동에 산산이 부서졌다. 검에 가려졌던 석도명의 모습이 한 치의 이지러짐도 없이 다시 드러났다.
 수천 개로 나뉘어 있던 사마광의 신형도 어느새 하나로 되돌아왔다.

"이, 이게 무슨 사술이냐?"

사마광이 부들부들 떨며 물었다.

피리 부는 자세를 취하고 있던 석도명이 손을 내렸다. 천인들이 연주를 멈추고 석도명의 몸 안으로 날아 들어갔다. 하늘에 가득했던 빛과 파동이 조용히 가라앉았다.

"사부님께서 평생을 추구했던 단 하나의 음이오. 시작도 끝도 없는."

"하아……"

사마광의 입에서 덧없는 한숨이 흘러나왔다.

조금 전까지 천하를 집어삼킬 것처럼 엄청난 내기가 넘쳐흐르던 단전이 텅 비어 있었다. 기이하게도 사마광의 몸에는 무공을 익힌 흔적조차 남아 있지 않았다. 세상에 처음 태어났을 때의 몸이 이런 상태였을까?

석도명은 자신의 평생 꿈을 무산시켰을 뿐 아니라, 일생을 바쳐 이뤄낸 무공까지 거두어 간 것이다.

사마광이 허공에서 중심을 잃고 뒤로 쓰러졌다. 그리고 빠른 속도로 추락하기 했다.

사마세가의 무사들이 비통을 금치 못했다. 반면 십대문파의 사람들은 목청이 터져라 함성을 질렀다.

힘없이 떨어진 사마광의 몸을 사마중이 달려가 받아들었다.

"아버님……"

"쿨럭, 쿨럭."

사마광이 연신 밭은기침을 해댔다.

사마광은 그새 30년은 더 늙은 듯한 모습이었다. 피부는 있는 대로 쪼그라들고, 당당하던 골격도 초라하게 오그라들었다.

석도명이 천천히 땅으로 내려섰다.

천마협과 진무궁의 무사들이 석도명을 향해 일제히 무릎을 꿇었다. 뒤이어 사마세가의 무사들 또한 같은 자세를 취했다.

석도명이 무황태제의 무공을 완성했다고 믿은 까닭이다. 누구도 입을 열지 않았지만, 암묵적으로 석도명이 천룡부의 주인이 되어야 한다는 합의가 이뤄진 셈이었다.

수천 명의 사람들이 석도명에게 무릎을 꿇자, 곤란해진 건 십대문파 사람들이었다.

신선이라고 밖에는 말할 수 없는 석도명 앞에 꼿꼿이 허리를 펴기도 부담스러웠지만, 그렇다고 무릎까지 꿇는 건 너무 민망했다. 결국 정중하게 포권을 취하는 것으로 석도명에게 예의를 표시했다.

석도명은 주변의 그런 태도에 눈길도 주지 않고 사마광에게 다가섰다.

"모든 것이 끝났소. 이제라도 진실을 밝히고 사죄하는 게 어떻겠소?"

"이 늙은이를…… 그냥 보내주면…… 안 되겠던가? 나는 할 말이 없으이."

사마광이 늙고 지친 음성으로 대답했다.

"나는 고작 당신에게 복수를 하려고 이곳에 온 것이 아니라오."

석도명이 단호하게 고개를 저었다.

복수가 목적이라면, 사마광은 물론이고 사마세가의 무사들을 전부 죽이는 것으로 족했다. 그 옛날 사마광이 식음가의 식솔들을 해쳤듯이.

그러나 석도명은 그런 식의 복수로 식음가의 일을 마무리 짓고 싶지 않았다. 사마광과 사마세가가 스스로 죄를 인정하고, 뼈를 깎는 반성을 하기를 원했다. 그리고 그것이 진정으로 원한을 갚는 길이라고 생각했다.

사마광의 얼굴에 체념과 회한의 빛이 떠올랐다. 그러나 입은 좀처럼 열리지 않았다. 마지막 순간까지 자신의 아니, 사마세가의 치부를 덮고 싶은 것이리라.

그때 누군가가 날카롭게 외쳤다.

"고이 보내드려라. 네 계집이 우리에게 있음을 잊었느냐?"

진무궁 군사 허이량이 핏발 선 눈으로 석도명을 노려보고 있었다.

"당신이 어떤 한을 품고 살아야 했는지는 들었소. 허나 한소저의 목숨을 담보로 날 위협한다고 상황이 달라질 것 같소? 이제 와서 무엇을 더 이루겠다고."

허이량과 허정량 형제에 대해서는 을지상에게 들은 이야기가 있었다.

각주구검(刻舟求劍) 327

무황태제가 사랑했던 여인에 관한 사연이었다. 천음절맥(天陰絕脈)을 타고난 무황태제의 여인은 딸 하나를 남기고 죽었는데, 그 딸 역시 천음절맥을 이었다고 했다.

무황태제는 딸의 목숨을 살려볼 요량으로 젖먹이에 불과한 어린아이를 천산의선(天山醫仙)으로 이름을 날리던 명의 가문에 보냈다. 그리고 그 아이가 장성하기 전에 신선이 되어 세상을 떠났다.

천산의선의 며느리가 된 무황태제의 딸은 결국 천음절맥을 고치지 못하고 죽었지만, 아들 하나를 남겼다. 무황태제의 유일한 혈육이면서도, 심장이 약해 상승의 무공을 익히지 못하는 천형(天刑)의 체질을 타고난 탓에 천룡부에서도 끝내 그를 거두지 않았다.

그렇게 버려진 혈통이 바로 허이량 형제의 가문이다. 천룡부로부터 버림을 받고도, 언젠가 천룡부를 일으켜 세우겠다는 열망 하나로 스스로 무황태제의 성씨인 허 씨를 자처하며 살아온 비운의 일족이었다.

"닥쳐라! 꿈을 잃었으니 차라리 그 계집과 함께 죽으리라. 네가 신선이 됐는지는 모르겠으나, 제 계집은 끝내 구하지 못할 것이다."

허이량은 석도명이 자신의 가문에 대해 아는 체를 하자 오히려 치를 떨었다.

석도명이 고개를 저었다.

"나는 신선이 아니오. 그러나 당신 또한 한 소저를 어쩌지는 못할 것이오."

석도명의 말이 끝나기가 무섭게 구릉지 위에서 한 무리의 사람들이 쏜살같이 달려왔다.

그들 가운데 가장 앞에 선 사람은 부도문이었다. 그 뒤로 염장한과 단호경, 그리고 한운영이 보였다.

"어, 어떻게?"

허이량이 믿을 수 없다는 듯 고개를 흔들었다.

석도명은 그 질문까지 대답해 주지는 않았다.

바보가 아닌 다음에야 한운영이 잡혀 있을 곳이 진무궁이 아니면, 사마세가밖에 없다고 생각하는 게 당연했다.

노산에서 위기를 벗어난 석도명은 염장한과 부도문을 찾아가 몇 가지 일을 당부했다.

그중 한 가지가 여가허로 가기 위해 일찌감치 집을 비워야 하는 사마세가를 뒤져 달라는 것이었다. 그리고 사흘 전 한운영을 구해서 돌아오고 있다는 소식을 받았다. 그러니 허이량의 협박이 씨가 먹힐 리 없었다.

"보아하니 네 솜씨로는 어림도 없겠다."

삼척보를 발휘해 제일 먼저 도착한 부도문이 그 한 마디와 함께 석도명을 스쳐지나 사마광 앞에 섰다.

"끄끄끄, 영감, 나한테는 그런 고집 안 통한다. 착한 아우와 달리, 나는 흡혈 마인이거든. 죄를 지었으면 비는 게 당연하잖아."

"허허, 차라리 피를 빨게…… 내게 죄가 있다면 싸워서 졌다는 것뿐이니까. 힘이 있다고 없는 죄를 덮어씌우면 안 되지……."

사마광은 죽음을 목전에 둔 상황에서도 노회했다.

자신이 고백을 한다고 있는 죄가 없어지는 건 아니었다. 오히려 그 죄를 빌미 삼아 석도명이 사마세가를 몰살시켜도 할 말이 없을 것이다.

반대로 자신이 끝내 죄를 인정하지 않는다면, 사마세가를 해칠 명분이 부족했다. 자신이 한 일을 증빙해 줄 증거는 어디에도 남아 있지 않으니까.

부도문이 빙긋 웃었다.

"끄끄, 좋은 소식이 하나 있지. 내가 사마세가에서 누굴 만났는지 알아? 멸산도제 우무중이 수하들을 끌고 왔더라고. 녹림맹이 거덜이 났다고 하더니 빈집털이에 재미를 들인 모양이야. 사마세가 식솔들의 목숨이 지금 걔들 손 안에 있거든. 네가 고집만 안 피우면 내가 선처를 부탁해 줄 수도 있는데."

"뭐라고? 네놈이……."

앉은 채 사마광을 부축하고 있던 사마중이 말을 잇지 못하고 부들부들 떨었다.

녹림맹이 궤멸에 가까운 피해를 입은 건 사마세가 탓이었다. 천마협과의 싸움을 위해 사마세가가 집을 비운다는 이야기를 듣고, 복수를 노린 모양이다.

하지만 사마중은 그조차도 부도문이 동원한 것이 아닐까 하는 의심이 들었다. 막간대채의 산적들과 험하게 얽히기는 했지만, 혈제와 녹림왕 사이에는 과거의 친분이 있었기 때문이다. 더구나 선처 운운하는 것을 보니 처음부터 작당을 한 게 분명했다.

부도문이 그예 쐐기를 박았다.

"끄끄, 공교롭게 식음가의 식솔들도 산적들에게 떼죽음을 당했다더군. 그걸 원하나?"

그 말을 듣고 석도명이 낮게 한숨을 내쉬었다.

그저 사마세가의 수련동이 수상쩍으니 살펴달라고 부탁했을 뿐인데, 부도문이 제멋대로 일을 키워버렸다. 힘없는 아녀자를 인질로 상대를 협박하는 수법이 마음에 들지 않았지만, 이제 와서 자기 말을 들어줄 부도문이 아니었다. 그리고 솔직히 남의 목숨을 하찮게 여기는 악인이 제 핏줄에 대해서는 어쩌려는지 보고 싶기도 했다.

반면 사마중은 창자가 타들어가는 듯한 기분이었다. 장부가 싸우다 죽는 게 무슨 대수겠는가? 그러나 죄 없는 어린아이와 여인들까지 피를 흘리게 할 수는 없었다.

"아버님…… 제가 짐작하는 그것이…… 사실입니까? 죄가 있다면 제가 감당할 테니 말해 주십시오. 가족의 목숨을 희생시키면서까지 지켜야 할 비밀이 어디 있습니까?"

차마 입술이 떨어지지 않았지만, 사마중은 물을 수밖에 없었다.

사실은 을지상과 석도명의 말을 듣고 난 뒤, 여씨세가와 식음가에 대해 내심 짚이는 게 있었다.

자신의 평생지기인 여운도와 의형제를 맺겠다고 했을 때 부친은 완강하게 반대했다.

그뿐이 아니다. 부친으로부터 물려받은 사마세가는 상상 이상으로 부유했다. 그 많은 재산이 전부 어디에서 왔을까 하는 생각을 종종 하곤 했는데, 이제 그 실마리가 풀리는 것 같았다. 식음가의 재물을 가로챘다면 쉽게 설명이 됐다.

사마광의 얼굴이 고통스럽게 일그러졌다.

모든 건 사마세가를 위해서 벌인 일이다. 가족을 잃고서는 아무런 의미가 없었다.

사마광이 손짓으로 석도명을 불렀다.

석도명이 다가앉자 사마광이 귓가에 속삭이기 시작했다.

대부분의 사람들에게는 들리지 않았지만, 주변을 지키고 선 사람들은 충분히 들을 수 있을 정도의 음성이었다.

여씨세가에서 벌어진 일은 적룡의 말과 다르지 않았다. 천마협은 여씨세가에 먼저 승천패를 보낸 일도, 불을 지른 일도 없었다. 사마광이 천마협을 끌어들이기 위해 함정을 팠을 뿐이다.

여씨세가에 승천패를 보낸 것도 사마광 본인이었다. 공포에 질린 여한영이 찾아와 도움을 청하자 사마광은 여씨세가를 위해 진법을 설치해 주겠다고 했다. 그리고 사람을 보내 가족을 보호해 주겠다고 약속했다. 그렇게 여씨세가에 들어간 사마광의 수하들이 불을 질러 온 가족을 죽인 것이다.

그리고 나중에 여운도가 한지신의 여동생과 사랑에 빠져 강호를 등지겠다고 했을 때, 그에게 승천패를 보낸 것 또한 사마광의 짓이었다. 여운도를 내세워 십대문파를 무림맹에 잡아두려는 포석이었다.

식음가의 일도 알고 있는 것과 마찬가지였다.

사마광은 식음가의 재물을 차지하기 위해 일을 꾸몄다고 했다. 창의문 출신의 홍박을 내세워 비호표운을 세웠고, 일이 끝난 뒤에는 창의문을 습격해 관련자들을 전부 죽이기까지 했다.

"그래도, 자네 사부를 대하는 마음은 거짓이 아니었네. 속죄하는 심정으로 그를 보살폈지. 정작 그 사람은 내가 베푸는 호의를 하나도 받아들이지 않고, 음악에만 미쳐 살았지만. 천하를 얻으려고 그의 가문을 해쳤건만…… 자네를 보니 정작 천하를 얻은 것은 그 친구로구먼. 부디…… 죄는 나 하나로 끝내주게. 내 아들조차 아무것도 몰랐으니……."

평생의 죄를 털어놓는 것으로 삶의 의지마저 잃은 것일까?

사마광은 그 말을 끝으로 숨을 거뒀다.

이제 남겨진 자에게는 남겨진 자의 책무가 남아 있을 뿐이었다.

사마중이 침통한 얼굴로 몸을 일으켰다. 사마형이 달려와 사마광의 시신을 받아들었다.

사마중이 사마광의 품에서 뭔가를 꺼내 석도명에게 건넸다.

"이것으로 어찌 죄를 갚겠소이까만, 사마세가가 갖고 있을 자격도 없구려. 4경이 전부 그대 손에 있으니 이것도 맡아주시오."

사마세가에 전해져온 4경이었다.

사마중이 돌아서서 사마세가의 무사들을 향해 외쳤다.

"들으라! 내 오늘 승리를 위해 적들을 기만한 것은 부끄럽지 않으나, 내 가문에 그보다 더한 죄가 있는 줄을 몰랐다. 우리는 죄인이다. 동문의 식솔을 죽음으로 내몰고, 천하의 식음가를 파탄에 이르게 한 것이 우리의 죄다. 사마세가의 가주로서 나는 더 이상 천룡의 후예로 살아갈 자격이 없구나. 나는 두 번 다시 검을 잡지 않겠노라."

사마중이 손을 들어 자신의 단전을 파괴했다. 무공을 폐하는 것으로 스스로를 벌한 것이다.

"가주!"

사마세가의 무사들이 일제히 울음을 터뜨렸다.

"내 어찌 형님을 홀로 죄인으로 만들겠는가?"

사마중의 동생인 사마청이 앞으로 나서 단전을 파괴했다.

막내 동생인 사마소와 사마별가를 이끌고 있는 사촌형제 사마질, 사마봉이 뒤따라 무공을 폐했다.

그게 끝이 아니었다. 소야장의 가주인 전우격 형제를 비롯해 사마중과 같은 항렬에 있는 장로들이 전부 같은 벌을 자처하고 나섰다.

석도명은 마음이 참담했지만, 나서서 말리지는 못했다. 그것은 사마세가가 스스로 떠안고 가야 할 짐이었다.

　한운영 또한 하염없이 눈물을 흘리기만 할 뿐 아무 말도 하지 않았다.

　원수를 찾으면 갈가리 찢어 죽이겠노라고 수없이 다짐을 했었다. 그러나 자신의 원수가 곧 석도명의 원수였을 줄이야!

　석도명이 죄인에게 스스로 단죄를 맡긴 이상, 자신도 그에 따를 뿐이었다.

　사마중이 침울한, 그러나 어딘가 모르게 후련한 얼굴로 석도명에게 말을 건넸다.

　"자네와 운영이에게 감히 용서를 구하지는 못하겠네. 그러나 복수는 여기서 끝내줄 수 없겠는가? 자네가 허락한다면 이대로 돌아가 다시는 강호에 나서지 않을 생각이라네."

　석도명이 조용히 고개를 끄덕였다.

　헌데 십대문파 쪽에서 창노한 음성이 들려왔다.

　"안 될 말이오. 이 많은 병력을 고스란히 이끌고 돌아가다니! 이들이 언제 다시 십대문파에 칼을 들이댈지 누가 알겠소?"

　"옳소이다. 우리를 기만하고 몰살시키려 했던 죄는 어쩔 거요?"

　"어디 그뿐이오? 이대로 돌아간다면 진무궁이나 천마협 모두 강호의 후환이 될 것이외다."

　십대문파의 장문인들이 앞서거니 뒤서거니 사마세가와 진무궁, 천마협을 싸잡아 비난했다.

마음 같아서야 전부 쳐 죽이고 싶지만, 전력이 열세이다 보니 목청을 키우는 것 외에는 방법이 없었다.

사실은 석도명이 좀 더 과감한 처벌을 내려주기를 바라는 마음이었다.

동방천군 문적방이 버럭 소리를 질렀다.

"닥쳐라! 뉘 앞에서 생떼를 쓰는가? 그대들이 오늘 누구의 도움으로 목숨을 건졌는지를 벌써 잊었는가? 진무궁은 오로지 사광 현신의 명을 따를 뿐이다."

"옳소. 십대문파가 감히 천룡부의 일에 나설 수는 없는 법이오. 천마협 또한 사광 현신께서 죽으라면 죽겠소이다."

천마협의 무사들이 문적방을 거들고 나섰다.

모든 사람들의 시선이 석도명에게로 향했다.

양쪽을 합쳐 무려 1만 명에 달하는 사람들의 생사가 오로지 석도명의 입에 달려 있었다.

"끄끄, 나도 네가 하자는 대로 하마."

"험험, 해운관의 장래도 결정해 줘야지."

부도문과 염장한이 은근히 석도명을 채근했다.

모질지 못한 석도명의 성격상 제대로 결정을 내리지 못할까 봐 슬그머니 걱정이 된 탓이다.

그러나 석도명은 뜻밖에도 대답을 망설이지 않았다. 사실은 여운도의 유지를 받을 때부터 천룡부에 대해 줄곧 깊은 생각을 해온 터였다.

"제가 원하는 것은 오직 하납니다. '천룡부는 기련산 동쪽으로 나오지 않는다.' 돌아가 그 약속을 지키십시오."

"아니 될 말! 그건 오래전에 망한 한나라 황실과 맺은 약속에 지나지 않는다. 어찌 천룡부를 기련산 서쪽에 묶어두려는 것이냐? 영원히 황제의 눈치나 보라는 말이냐?"

허이량이 길길이 날뛰며 소리쳤다.

"어리석은 소리하지 마시오. 설마 무황태제가 황제를 두려워해서 기련산을 떠나지 않았다는 말이오? 그는 천룡부가 스스로에게 한 약속을 지켜야 한다고 생각했을 것이오. 내 뜻 역시 같소. 무황태제를 따른다면 그가 하지 않은 일을 하지 말아야 할 것이오. 피치 못한 사정으로 기련산을 떠나온 이들에게는 당연히 돌아갈 기회를 줘야 할 테고."

"그 무슨……."

허이량이 반발했지만, 말을 잇지는 못했다. 문적방이 달려들어 목덜미를 움켜쥐었기 때문이다.

"멋대로 주인을 바꾼 그대는 진무궁의 죄인이다. 당장 목을 따도 그만이겠으나 사광 현신께서 천룡부의 화해를 원하시니 참겠다. 그러니 살고 싶다면 조용히 떠나라."

문적방을 비롯한 사방천군이 하나같이 살기 띤 시선으로 허이량을 노려봤다. 허이량의 입에서는 더 이상 아무 말도 나오지 않았다.

그리고 그 누구도 석도명의 말에 토를 달지 못했다.

사실 더 나은 해결책은 존재하지 않았다. 공멸을 각오하고 이 자리에서 당장 전면전을 벌이는 것을 제외한다면.

사마중이 가장 먼저 승복의 뜻을 밝혔다.

"사마세가는 모든 것을 정리해 기련산으로 돌아가겠소."

사마중이 사마세가의 무사들을 이끌고 먼저 하야평을 떠났다.

진무궁과 천마협의 무사들은 뭐가 아쉬운지 계속 해서 석도명만 바라보고 있었다.

환상요희가 그들을 대신해 입을 열었다.

"당신이 4경을 모았으니, 무황태제의 후계자나 다름없어요. 우리와 함께 기련산으로 가지 않을래요?"

석도명이 고개를 저었다.

"나는 식음가의 후계자요. 천룡부의 일은 천룡의 후예들이 해결하는 게 옳을 게요. 4경은 내게 필요 없는 물건이나, 잠시 보관하고 있다가 돌려주리다. 서로 더불어 살아가는 모습을 보여주시오. 그리고 자신들의 힘을 가련한 민초를 돌보는 데 써주면 더욱 좋겠소."

진무궁과 천마협의 무사들이 일제히 고개를 숙였다. 4경이 자신들에게 있으면 또다시 탐욕과 분쟁이 일어날 소지가 남아 있었다. 차라리 석도명이 보관하고 있다가 적절한 후계자를 찾아 물려주는 게 공정할 것 같았다.

"4경을 너무 오래 갖고 있지는 말아요. 그리움에 내 가슴이 터져버릴지도 모르니까."

환상요희가 쓸쓸하게 속삭이고는 석도명에게서 멀어졌다. 그리고 진무궁과 천마협이 나란히 하야평을 빠져나갔다.

십대문파 또한 더 이상 남아 있을 이유가 없었다.

비록 석도명이 십대문파를 구원해 주기는 했지만, 이제 와서 살갑게 감사 인사를 건네기도 어색했다. 게다가 석도명 옆에는 부도문이 떡 하니 버티고 서 있지 않은가 말이다.

청성파 장문인 주면공이 석도명에게 허리를 깊이 숙이는 것을 시작으로 십대문파 장문인들이 먼발치에서 석도명에게 인사를 하고 떠나갔다.

"아버님, 저희도 돌아가야겠지요?"

구릉지 위에서 석도명을 지켜보고 있던 남궁설리가 남궁강에게 물었다.

"그래야지. 이걸로 그에게 조금은 빚을 갚은 기분이구나. 사실은 호천이가 하자는 대로 한 거지만."

남궁강이 아쉬움이 가득 묻어나는 얼굴로 멀리 석도명을 바라보고는 발걸음을 돌렸다.

모두가 떠난 뒤 성목과 송필용 일행도 석도명에게 작별을 고했다. 성목에게는 돌아갈 사문이 있고, 송필용은 더 이상 석도명 곁에 붙어 있을 핑계가 없었다. 석도명이 강호를 영원히 등질 것임을 묻지 않아도 알 수 있었으니까.

각주구검(刻舟求劍) 339

그리고 마지막으로 한 사람 한운영이 다가섰다.

석도명을 봤을 때부터 달려가 안기고 싶은 마음뿐이었지만, 주변의 상황이 그걸 허락하지 않았다.

한운영이 석도명에게 다가서는 것을 보면서 부도문과 염장한, 단호경이 슬쩍 자리를 옮겼다. 청춘남녀의 감격적인 재회를 방해하고 싶은 마음은 추호도 없었다.

"고마워요…… 인사가 너무 늦었네요."

"아뇨, 제가 하고 싶은 일을 했을 뿐입니다."

"고맙고…… 미안해요. 나 때문에…… 너무 많은 걸 잃은 게 아닐까, 줄곧 괴로웠어요."

한운영이 손을 들어 석도명의 눈가를 어루만졌다.

굵은 눈물이 뺨을 타고 흘렀다. 가슴이 아려왔다. 자신은 아무것도 해준 게 없는데 이 사내는 자신을 구하려다 눈까지 잃었다. 그가 자신 때문에 겪었을 고통과 절망의 나락을 생각하면 모든 걸 다 내줘도 아깝지 않았다.

석도명이 자신의 얼굴에 닿은 한운영의 손을 잡았다.

따스하지만, 어딘가 모르게 벽이 느껴지는 행동이기도 했다. 정연이 아닌 다른 여인의 손길을 석도명은 받아들일 수 없었다.

그래서 이제는 말해야 했다.

"당신을 보면 늘 마음이 아팠습니다. 그리고 지켜주고 싶었습니다. 당신을 처음 보던 날, 당신을 제대로 알지도 못했던 그때에도 나는 벌써 당신이 안고 있는 깊은 슬픔에 사로잡혔던 모양입니다. 지켜주고 싶은 사람을 지켜주지 못했다는 후회를 이제라도 끝낼 수 있어서 정말 다행입니다."

"그것……뿐인가요?"

"떠돌이 고아였던 저를 누이가 거두고 헌신적으로 돌봐줬지요. 어릴 때는 그 마음이 무엇인지 몰랐는데, 이제는 알겠습니다. 당신을 지켜보면서 나는 줄곧 오라비의 마음이었나 봅니다. 그 옛날 누이가 내게 그랬듯이."

한운영이 석도명에게 잡힌 손을 살며시 뺐다.

그리고 두 손으로 뺨에 흐르는 눈물을 닦아냈다. 석도명은 자신을 여인으로 받아들이기를 거절한 것이다. 석도명의 가슴에 단단히 자리를 잡은 여인이 정연이라는 사실이 새삼 느껴졌다.

그러나 그것 때문에 눈물을 보이고 싶지는 않았다.

한운영이 방긋 웃음을 지어 보였다.

"오라비의 마음…… 좋아요. 오라버니로 모실게요. 저를 누이동생으로 대해 주세요."

"예……."

석도명은 차마 오누이로 지내자는 말까지 거절할 수는 없었다. 또 그렇게 지내도 나쁘지 않을 것 같았다.

문제는 그 다음에 이어진 한운영의 말이었다.

"일단 오누이로 10년쯤 기다려볼래요. 언니와 당신이 그랬듯이."

"아니……."

오누이로 지내자는 한운영의 말이 대담한 고백임을 알고 석도명은 당황해서 말이 제대로 나오지 않았다.

한운영은 석도명의 말을 마저 듣지도 않고 돌아서서 부도문과 염장한을 향해 걸어갔다. 어디를 가든 석도명을 따라가겠다는 뜻이다.

잠시 뒤 석도명 일행은 대야평을 북으로 가로질렀다. 관음사를 떠나 먼저 고향으로 돌아간 정연에게 가기 위해서였다.

* * *

천룡부의 출현으로 천하가 소란스러웠던 그해 가을, 합비의 대사찰 명교사에 두 남녀가 모습을 드러냈다.

석도명과 정연이다.

10월 보름을 맞아 당환지를 만나러 온 길이었다.

대웅전에 향불을 올리고 돌아서던 당환지가 석도명과 정연을 발견하고는 얼굴을 찌푸렸다.

"지들끼리 잘 살 것이지, 이런 곳엔 왜 나타나?"

퉁명스런 말과 달리, 당환지의 눈빛에는 반가움이 가득했다.

"하하, 저는 그러고 싶었는데 누이가 아저씨를 꼭 만나겠다고 고집을 피워서요."

"됐다, 이놈아. 천하를 들었다 놓은 녀석이 여자 하나를 못 휘어잡아?"

정연이 다가가 당환지의 왼쪽 팔을 잡았다. 식음가의 일을 캐기 위해 왼쪽 손목을 내준 게 사실은 석도명을 자신에게 보내기 위한 배려였음을 알고 있었다.

"저 때문에……."

당환지가 정연의 어깨를 가볍게 토닥였다.

"아니다. 사실은 나 자신을 위해서 한 일이다. 제 딸도 지키지 못한 놈이 너한테라도 아비 노릇을 해주고 싶었던 게지."

"그러면……."

"그래, 오늘이 내 딸아이 기일이다."

당환지는 그 말을 끝으로 굳게 입을 다물었다.

그것으로 충분했다. 석도명도 정연도 오직 그 한 마디로 헤아릴 수 있었다. 당환지가 오래도록 가슴에 묻고 살아온 사연을.

"제가 이제부터 딸이 될게요. 의부로 모시겠습니다."

"허허, 됐다. 형식이 뭐 그리 중요하겠느냐? 살던 대로 살면 되는 거지."

그 말에 석도명이 손을 내저었다.

"아니죠. 형식도 사람이 살아가는 방식이라고요. 사람한테 필요하니까 형식도 있는 거죠."

"그래 형식이 중요한 줄 아는 놈이 여태 혼례도 안 올리고 이러고 있냐?"

각주구검(刻舟求劍) 343

"아, 혼례를 올리려면 먼저 아버님의 허락을 받아야죠. 그래서 이 먼 길을 온 거 아닙니까?"

"푸하하, 둘러대기도 잘 한다."

당환지가 너털웃음을 터뜨렸다. 석도명이나 정연 모두가 처음 보는 밝은 웃음이었다.

세 사람의 밝은 웃음소리가 명교사 뜨락에 울려 퍼졌다.

〈악공전기 완결〉

신세대 무협 작가 '3인 3색'
드림 출간 기념 이벤트!

제 1 탄!
감성무협의 신기원을 열었던
『은거기인』의 작가 건아성!

이번엔 배신과 음모가 판치는 비정한 사파인들의 이야기로
끊임없이 변화를 추구하는 작가주의의 진면목을 보여준다!

군림마도

하북 호혈관에서 시작된 강호 대파란.
이제 사파의 이름으로 천하 무림을 굽어보리라!

제2탄, 나민채 작가의 퓨전 무협『마검왕』(2009년 1월 출간 예정)
제3탄, 가나 작가의 신무협『천마금』(2009년 1월 출간 예정)

푸짐한 사은품 증정!!

EVENT ONE

이벤트를 진행하는 3종의 책을 '모두 구입하신 분들 중' 추첨을 통해 사은품을 드립니다.

[사은품]
1명 : <최신형 디지털 카메라> + 3종의 3권(작가 친필사인)
('EVENT ONE에 참여하신 분들 중 30명'에게 작가 친필사인이 들어 있는 3종 3권을 드립니다.)

[응모요령]
1,2권 띠지에 부착된 응모권 6개를 오려 드림북스로 보내주세요.

EVENT TWO

이벤트를 진행하는 3종의 책을 개별적으로 구입하신 분들 중 추첨을 통해 사은품을 드립니다.

[사은품]
3명 : <백화점 상품권(10만원)> + 구입한 도서의 3권(작가 친필사인)
(『군림마도』(1명), 『마검왕』(1명), 『천마금』(1명))

[응모요령]
1,2권 띠지에 부착된 응모권 6개를 오려 드림북스로 보내주세요.

EVENT THREE

책을 읽고 감상평을 올리시는 분들 중 11명을 추첨하여 사은품을 드립니다.

[사은품]
으뜸상(1명) : Mplayer Eyes MP3 + 서평을 쓴 도서의 3권(작가 친필사인)
우수상(10명) : 문화상품권(1만원) + 서평을 쓴 도서의 3권(작가 친필사인)

[응모요령]
이벤트 진행 도서들 중 하나를 읽고 인터넷 서점(YES24)리뷰란에 감상평을 올려주시고,
그 내용을 복사하여(이메일, 아이디 기재) 한 번 더 '드림북스 홈페이지 감상란'에 올려주세요.

[보내주실 곳] (우)142-815 서울시 강북구 미아8동 322-10
(주)삼양출판사 2층 드림북스 이벤트 담당자 앞

[이벤트 기간] 2008년 12월 15일~2009년 2월 16일

[당첨자 발표] 2009년 2월 27일(당사 홈페이지 및 장르문학 전문 사이트에 발표합니다.)

드림북스 홈페이지 http://www.sydreambooks.com
드림북스 블로그 http://www.blog.naver.com/dream_books
문피아 사이트 http://www.munpia.com/출판사 소식/드림북스
조아라 사이트 http://www.joara.com/출판사 소식

※ 응모권을 보내주실 때는 '이름, 연락처, 주소'를 정확히 기입해 주세요.
※ 사은품은 이벤트 진행도서 3종 3권의 책이 모두 출간된 직후 일괄 배송합니다.
※ 사은품은 상기 이미지와 다를 수 있습니다.

기천검 판타지 장편 소설
FUSION FANTASY STORY & ADVENTURE

아트 메이지

『미토스』,『하이로드』의 베스트 작가!
기발한 상상력의 극치를 보여주는 아티스트 기천검.

헐리웃에 진출한 인기배우이자, 귀선문의 후예 성훈.
이계에서 시작된 그의 예술혼이 뮤우 대륙을 열광시킨다!

2008년, 뮤우 대륙에 문화 대혁명을 선포.
이제 신개념 르네상스의 진수를 보여주겠다!

dream books
드림북스